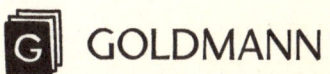

Buch

Heiner, der Postbote, sitzt in Strandkorb 396 und blickt aufs Meer. Doch die Aussicht kann er nicht mehr genießen, denn Heiner ist mausetot. Er wurde erstochen, wie Karin beim Morgenspaziergang entdeckt. Sie wohnt mit ihren Freundinnen Elsbeth und Ursula, alle Mitte siebzig, in einer Jugendstilvilla in einem hübschen Küstenort nahe Kiel. Kürzlich zog auch Olaf hier ein, Cousin der jüngst verstorben Agathe und pensionierter Kriminalkommissar. In der Damenrunde war er zunächst nicht willkommen, aber nun erweist er sich als Glücksfall. Denn der Mord hat die Neugierde der drei geweckt. Und weil die Polizei nicht vorankommt, beschließen die passionierten »Tatort«-Zuschauerinnen, den Fall selbst zu lösen.

Weitere Informationen zu Jette Jakobi
sowie zu lieferbaren Titeln des Autorenduos finden Sie am Ende des Buches.

Jette Jakobi
Heiner ist tot

Der Ostsee-Mordclub ermittelt

GOLDMANN

Der Verlag behält sich die Verwertung der urheberrechtlich geschützten Inhalte dieses Werkes für Zwecke des Text- und Data-Minings nach § 44b UrhG ausdrücklich vor. Jegliche unbefugte Nutzung ist hiermit ausgeschlossen.

Penguin Random House Verlagsgruppe FSC® N001967

1. Auflage
Originalausgabe März 2024
Copyright © 2024 by Wilhelm Goldmann Verlag, München,
in der Penguin Random House Verlagsgruppe GmbH,
Neumarkter Straße 28, 81673 München
Dieses Werk wurde vermittelt durch die Literarische Agentur
Thomas Schlück GmbH, 30161 Hannover.
Umschlaggestaltung: UNO Werbeagentur, München
Umschlagmotiv: © Michaela Spatz für FinePic®, München
Redaktion: Kristine Kress
Karte: © Peter Palm, Berlin
BH · Herstellung: ik
Satz: GGP Media GmbH, Pößneck
Druck und Bindung: GGP Media GmbH, Pößneck
Printed in Germany
ISBN: 978-3-442-49435-4

www.goldmann-verlag.de

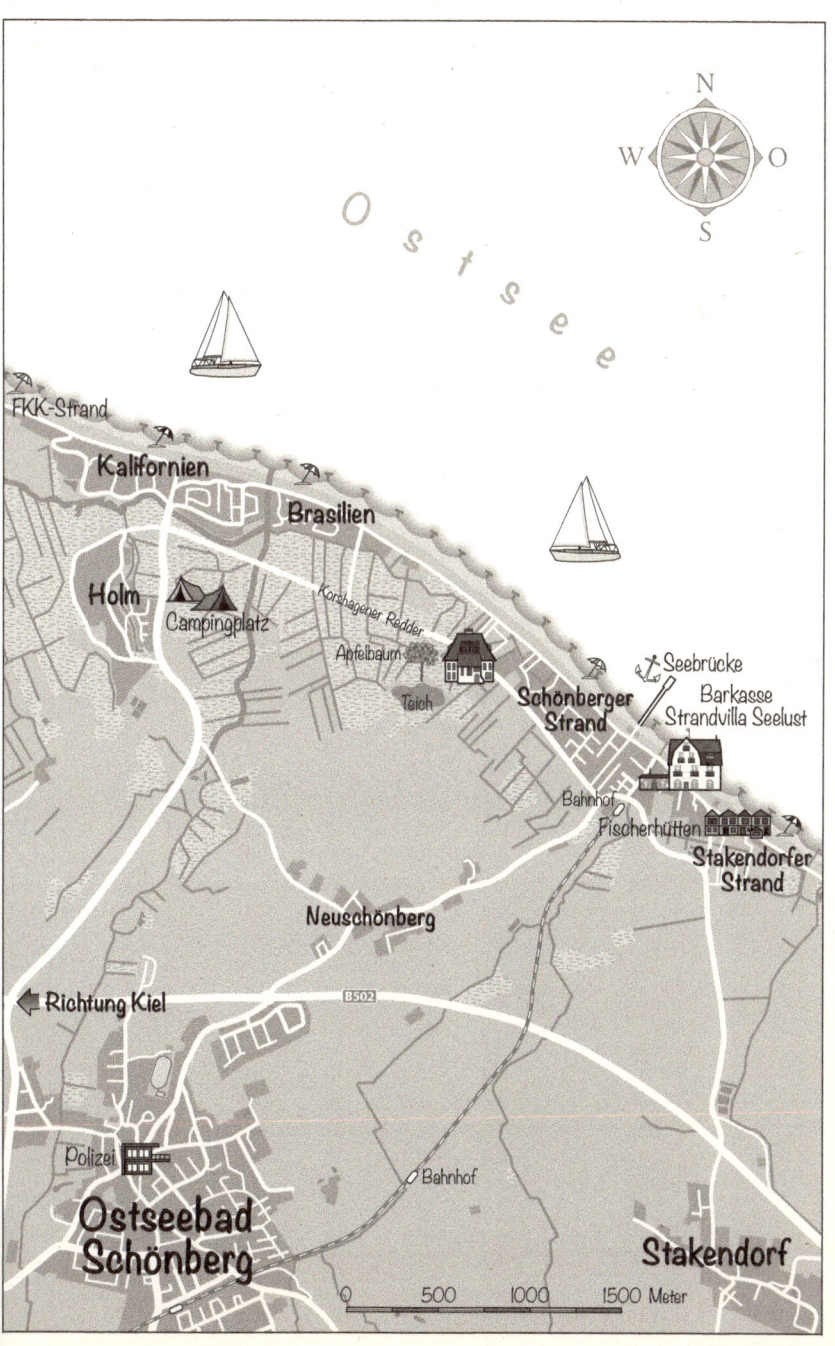

1.

Elsbeth

Es begann alles an dem Tag, an dem das Foto eintraf.

Elsbeth saß bei einer Tasse Tee in ihrem gemütlichen Sessel und genoss den Blick auf die Ostsee, als ihr Smartphone mit einem »Pling« den Eingang der Nachricht verkündete. Sie hatte es schon ein paarmal bereut, dass sie sich zu dem Gruppenchat mit ihren beiden Freundinnen hatte überreden lassen. Schließlich wohnten sie im selben Haus und verbrachten ohnehin viel Zeit miteinander, zu viel für Elsbeths Geschmack. Ursel und Karin gackerten den ganzen Tag herum wie die Hühner. Und trotzdem schickten sie sich ständig Mitteilungen. Schlimmer noch: Sie hatten die Sprachnachrichtenfunktion für sich entdeckt. Und da vor allem Ursel arge Probleme mit den Ohren hatte, aber aus Eitelkeit ihr Hörgerät nicht benutzte, hatte sie die Lautstärke ihres Telefons grundsätzlich bis zum Anschlag aufgedreht. So konnten auch alle anderen in der Umgebung gut hören, was die beiden einander zu sagen hatten.

Die Ostsee war an diesem Morgen ungewöhnlich ruhig. Behäbig schwappten die Wellen ans Ufer und wieder zurück. Ein paar Möwen kreisten über dem Wasser, Touristen waren keine zu sehen. Es war noch zu früh am Tag und außerdem Mitte November, die Saison war vorbei, es war Sonntag, kalt, das Wetter so grau wie die See. Kaum jemand war freiwillig draußen am Meer.

Elsbeth mochte diese Jahreszeit am liebsten. Bei nasskaltem Wetter zwickte ihr künstliches Hüftgelenk, und so hatte sie eine Ausrede, wenn ihre Freundinnen sie drängten, mit ihnen an die frische Luft zu gehen. An dem Tag, an dem das Foto eintraf, war Karin allein unterwegs gewesen, auch Ursel war faul zu Hause geblieben. Sie hatte es sich im Bett gemütlich gemacht und einen Krimi gelesen. Wahrscheinlich hatte sie bereits den größten Teil der vorigen Nacht ihre Nase in das Buch gesteckt. Ursels Schrei jedoch war sicher nicht auf die spannende Lektüre zurückzuführen, denn Ursel fürchtete sich so schnell vor nichts.

Überrascht horchte Elsbeth auf, als Ursel erst laut quietschte und dann in schriller Tonlage mit sehr gedehnten Anfangslauten nach ihr rief: »Eeeelsbeth!« Kurz darauf hörte Elsbeth eine Tür zuschlagen, dann trampelnde Schritte auf dem knarrenden Parkettboden. »Eeeelsbeth!«

Ursels Stimme klang aufgeregt, aber nicht ängstlich oder verzweifelt. Elsbeth lehnte sich in ihrem Sessel zurück und wartete.

Schon betrat Ursel den Raum und sah sich um. »Hast du nicht mitbekommen, dass Karin uns gerade eine

Nachricht geschickt hat?« Ihr Blick fiel auf Elsbeths Telefon, das auf dem kleinen Bistrotisch neben dem Sessel lag. »Es ist ein Foto. Das musst du dir unbedingt ansehen.« In ihren Worten schwang eine gehörige Portion Sensationslust mit, ihre Augen waren weit aufgerissen, ihre Wangen gerötet. Irgendetwas musste da passiert sein, aber anstatt es einfach zu sagen, bestand Ursel darauf, dass Elsbeth es selbst herausfand. »Na los!«

»Ja, ja, ich mach ja schon«, sagte Elsbeth.

Kurz darauf starrte sie sprachlos auf den Postboten, der tot in einem Strandkorb saß. Es war offensichtlich, dass er nicht mehr lebte. Das lag zum einen an seinen weit aufgerissenen, starren Augen, vor allem aber natürlich an dem Messer, das tief in seiner Brust steckte und einen dunkelroten Fleck auf seinem weißen Hemd hinterlassen hatte. Wäre das nicht der Fall gewesen, hätte man meinen können, er habe es sich im Korb bequem gemacht. Seine Hände lagen ineinander verschränkt auf seinem Schoß, die Beine ausgestreckt auf der Fußstütze.

»Heiner ist tot«, stellte Ursel mit erstaunlich ruhiger Stimme fest. Während Elsbeths Puls sich nun beschleunigte, war Ursels Aufregung verflogen.

Elsbeth konnte sich nur schwer von dem Anblick des Postboten losreißen. Er hatte nicht nur eine lustige, mitreißende Art gehabt, sondern auch die besten Geschichten über den Schönberger Strand auf Lager.

»Ich mochte ihn«, sagte sie.

Genau in dem Moment kam die Sprachnachricht an.

»Von Karin?«, fragte Ursel.

Elsbeth nickte und spielte sie ab, das Telefon in Ursels Richtung haltend.

»Heiner ist tot«, ertönte Karins wie üblich etwas krächzende Stimme. »Jemand hat ihn umgebracht. Dabei war er doch immer so nett.« Eine kurze Stille folgte, untermalt vom Rauschen der Wellen. Und dann sagte sie: »Er schaut aufs Meer hinaus.« Sie räusperte sich. »Er kann natürlich nichts mehr sehen, weil er mausetot ist. Wenn ihr mich fragt, sieht es so aus, als hätte ihn jemand nach seinem Tod in den Strandkorb gesetzt. Dafür sprechen auch die Schleifspuren im Sand. Außerdem hat er keine Jacke an. Und wer geht bei diesen Temperaturen freiwillig ohne?« Sie seufzte. Schließlich sagte sie: »Ich rufe besser mal die Polizei. Kommt ihr? Ich bin in Brasilien, Strandkorb Nummer 396.«

Während Elsbeth noch fassungslos den Kopf schüttelte, machte sich Ursel schnurstracks auf den Weg nach unten zur Garderobe. Elsbeth wusste nicht, was sie mehr schockierte: der ermordete Postbote oder die Tatsache, dass Karin ihn erst mal in aller Seelenruhe abgelichtet und das Foto verschickt hatte, bevor sie auf die Idee kam, die Polizei zu rufen. Andererseits hatte der Tod auf Karin schon immer eine eigenartige Faszination ausgeübt. Während sich Elsbeth und Ursel als Kinder vor Spinnen und anderen Insekten ekelten, hatte Karin sie mit Nadeln auf weiß getünchte Bretter gesteckt. Sie hätte auch tote Möwen und anderes lebloses Getier mit nach Hause gebracht, wenn ihre Mutter nicht strikt dagegen gewesen wäre.

»Worauf wartest du, Elsbeth?«, rief Ursel. »Lass uns schnell zum Strand, bevor alles abgesperrt wird. Oder willst du nicht mitkommen?«

Elsbeth beschloss, dass sie Ursel nicht allein zu Karin marschieren lassen konnte. Irgendjemand musste schließlich auf die beiden aufpassen. Gemeinsam kamen sie schnell auf dumme Gedanken. Am Ende würden sie noch die Leiche bewegen oder irgendwelche Beweisstücke vernichten.

»Warte!« Elsbeth ignorierte das lästige Ziehen in der Hüfte, als sie sich aus dem Sessel drückte und Ursel folgte.

Ursel drehte sich zu Elsbeth um und sah sie mit einem Funkeln in den Augen an, das Elsbeth so schon lange nicht mehr bei ihrer Freundin gesehen hatte. »Wusste ich doch, dass du dir das nicht entgehen lässt.«

Irgendjemand hatte Heiners Licht aus- und dafür Ursels wieder angeknipst. Elsbeth gestand sich ein, dass auch sie neugierig war. Schließlich kam es nicht oft vor, dass eine von ihnen eine Leiche fand – abgesehen von der im Gartenteich. Aber das war schon fünfzig Jahre her, da war im wahrsten Sinne des Wortes Gras über die Sache gewachsen. Sie hatten einstimmig beschlossen, nie wieder darüber ein Wort zu verlieren. Und sie hielten sich daran.

»Gestern hatten wir keine, aber am Freitag hat Heiner

uns noch Post gebracht, da hat er noch gelebt«, überlegte Elsbeth laut. »Er sah gut aus, irgendwie verändert.«

»Er hat sich die Zähne machen lassen«, erklärte Ursel und reichte Elsbeth den Mantel. »Außerdem waren seine Augenbrauen gezupft, obwohl ich mir nicht vorstellen kann, dass er selbst Hand angelegt hat. Ich glaube, er war bei einer Kosmetikerin.«

»Wirklich?« Heiners Bild blitzte vor Elsbeths geistigem Auge auf, und sie nickte. »Du hast recht, jetzt, wo du es sagst …« Er hatte sich beim Lachen immer verschämt die Hand vor den Mund gehalten, um seine Zahnlücke im Unterkiefer zu verbergen. Sie war verschwunden. »Aber seine Augenbrauen …« Sie überlegte einen Moment. »Da ist mir nichts aufgefallen.«

Während Elsbeth in ihren Wollmantel schlüpfte, beschäftigte sich Ursel mit ihrem Telefon. »Warte, ich zeige es dir.«

»Brauchst du nicht«, versicherte Elsbeth schnell. Sie glaubte ihr. Wenn sich eine von ihnen mit solchen Dingen auskannte, dann war es Ursel. Sie war früher Friseurin mit eigenem Salon in Schönberg gewesen und hatte sogar ein paar Jahre als Visagistin gearbeitet. »Lass uns schnell zu Karin gehen.« Elsbeth sah auf die Uhr. »Genau halb zehn, ich bin gespannt, wie lange die Polizei braucht.«

Sie hörten das weit entfernte Martinshorn etwa drei Minuten später, als sie gerade die Steintreppe am Deich hinaufgestiegen waren.

»Die sind noch auf der Landstraße«, bemerkte Ursel. Sie kniff die Augen zusammen und suchte den Strand ab.

»Nummer 396 müsste links von uns sein«, erklärte Elsbeth.

Zwischen zwei Strandkörben leuchtete Karins rote Daunenjacke auf. Und schon winkte sie ihnen zu.

»Elsbeth, Ursel, hier, hier bin ich!«

Unten am Strand angekommen, sah Elsbeth aus den Augenwinkeln, wie ein dunkelhaariger Mann mit Hund strammen Schrittes den Spülsaum entlang auf sie zukam.

Auch Ursel bemerkte ihn. »Benny«, sagte sie. »Der ist aber spät dran heute. Hat er keine Frühstücksgäste?«

Der Wirt der Barkasse hatte die Frauen auch entdeckt. »Guten Morgen, meine Damen!«, rief er fröhlich.

Da plötzlich schrie Karin laut auf. Elsbeth und Ursel rannten los. Und auch Benny nahm die Beine in die Hand, um Karin zu helfen.

Er war zwar noch etwas weiter weg, aber mit Mitte dreißig etwa halb so alt und natürlich schneller als Elsbeth und Ursel. Er kam fast gleichzeitig mit ihnen an.

»Was zum Teufel …«, sagte er und verstummte.

Karin deutete mit ausgestrecktem Zeigefinger auf Heiners rechten Arm. Ein kleiner Taschenkrebs spazierte seelenruhig darauf herum. »Der ist gerade aus seinem Ärmel gekrochen. Im ersten Moment dachte ich, Heiner bewegt sich.« Ihre Stimme zitterte. »Aber das kann er ja gar nicht mehr.« Obwohl Karin weiß Gott keine Kirchgängerin war, bekreuzigte sie sich. »Der Herr sei mit dir, Heiner.«

»Dein Segenswunsch kommt ein bisschen spät, Karin. Er ist für die Lebenden gedacht. Gott hat unserem Postboten offenbar im entscheidenden Moment nicht beigestanden«, erklärte Elsbeth und bereute es schon im nächsten Moment. Sie hatte sich schon so oft vorgenommen, ihre Mitmenschen nicht zu korrigieren. Aber sie konnte einfach nicht aus ihrer Haut.

»Einmal Lehrerin, immer Lehrerin«, bemerkte Ursel prompt mit spitzer Zunge.

Elsbeth kam nicht mehr dazu, sich zu entschuldigen. Niemand hatte auf Bennys Hund geachtet. Deshalb hatte sie nicht mit der nassen Zunge gerechnet, mit der der Husky-Mischling über ihre Finger leckte. Sie zuckte zusammen, griff nach Ursels Arm und fluchte laut, während der Hund nun sein Interesse für Heiner entdeckte und schwanzwedelnd auf ihn zulief.

Elsbeth stieß den besorgniserregend blassen Benny auffordernd in die Seite.

»Hierher, Fred!«, befahl er und wischte sich über die schweißnasse Stirn. »Ich glaube, mir wird schlecht.«

Zum Glück kam das Martinshorn immer näher.

»Die sind schon auf der Promenade«, sagte Ursel. »Am besten geht jemand von uns hoch, damit sie wissen, wo sie hinmüssen.« Sie stupste Benny an. »Du bist der Jüngste.«

Er nickte dankbar und sprintete los, gefolgt von Fred.

»Waren Heiner und Benny Freunde?«, fragte Karin. »Das könnte sein, oder? Sie sind ja ungefähr gleich alt.«

»Das denke ich nicht, Benny ist doch nicht von hier, er kommt aus Kiel«, antwortete Ursel. »Aber Heiner hat ab und zu in der Barkasse gesessen, etwas gegessen oder ein Bierchen getrunken, so wie die meisten Leute hier vom Strand.« Sie runzelte die Stirn. »Wo hat Heiner nach der Trennung von Julia eigentlich gewohnt?«

»Die beiden haben sich getrennt?«, fragte Elsbeth überrascht. »Das habe ich gar nicht mitbekommen.«

»Was vielleicht daran liegt, dass du dich generell nicht sehr für deine Mitmenschen interessierst.« Ursel sah Elsbeth ernst an. »Bis auf wenige Ausnahmen.« Ein kleines Lächeln spielte um ihre Mundwinkel. »Aber du warst schon immer so. Schön, dass Karin und ich zu den Auserwählten gehören.« Sie deutete mit dem Kopf auf Heiner. »Julia hat ihn vor einem halben Jahr verlassen. Es ging ihm sehr schlecht deswegen. Aber seit ein paar Wochen schien er wie ausgewechselt. Erst neulich habe ich ihn gefragt, ob er sich wieder verliebt hat und wer die Glückliche ist. Aber er hat es mir nicht gesagt. Wisst ihr, was er geantwortet hat?« Sie legte eine kleine bedeutungsvolle Pause ein. »»Ein Gentleman genießt und schweigt.‹«

»Oh Gott!« Karin hielt sich erschrocken die Hand vor den Mund.

Vor Elsbeths geistigem Auge blitzte das Bild eines gutaussehenden Mannes mit widerspenstigen blonden

Haaren, blauen Augen und einem sehr markanten Kinn auf. In den letzten Jahren war es ihr gelungen, sich einzureden, ihn vergessen zu haben – aber sie befürchtete, dass sie die Erinnerung an ihn mit ins Grab nehmen würde.

2.

Ursel

Vielleicht hätte Ursel diesen Spruch für sich behalten sollen. Sie wusste ja, wie empfindlich vor allem Elsbeth darauf reagierte, an bestimmte Ereignisse in der Vergangenheit erinnert zu werden. Aber so war es nun mal, der Postbote hatte genau diese Worte zu ihr gesagt. Elsbeth musste so langsam mal darüber hinwegkommen, schließlich waren seitdem fünfzig Jahre vergangen. Außerdem stand für Ursel außer Frage, dass Heiners Aussage in direktem Zusammenhang mit seinem Tod stehen könnte.

Karin sah das ähnlich. Sie hatte sich schnell wieder gefasst und sagte: »Das sollten wir auf jeden Fall der Polizei melden.«

Ursel blickte zum Deich. Ein rothaariger Mann und eine dunkelhaarige Frau mit Pferdeschwanz, beide in Uniform, kamen direkt auf sie zu. Dahinter Benny, der immer noch nicht viel Farbe im Gesicht hatte. Er war fast so blass wie Heiner. Die müssen von der örtlichen Wache sein, dachte Ursel. Von der Mordkommission waren sie bestimmt nicht, die wurde erst vom Tatort aus von der normalen Polizei informiert. So war das zumindest in den Krimis, die Ursel abends gerne las. Dass sie mit sechsundsiebzig Jahren jetzt in ihren ganz persönlichen Kriminalfall verwickelt werden würde, damit hatte sie nun wirklich nicht gerechnet.

»Guten Tag, die Damen«, sagte der Beamte und nickte ihnen zu.

»Guten Tag«, grüßte auch seine Kollegin. Sie lächelte freundlich – bis sie Heiner erblickte. Täuschte sich Ursel, oder war die Polizistin gerade zusammengezuckt? Vielleicht hatte sie in ihren jungen Jahren noch nicht so viele Tote gesehen. Oder war da noch etwas anderes? Hatte sie etwa, wie Ursel sofort vermutete, eine persönliche Beziehung zu dem Briefträger? Dafür sprach zumindest der schmerzerfüllte Ausdruck in ihren Augen. Die junge Frau straffte die Schultern. »Wer von Ihnen hat die Leiche gefunden?«

Endlich registrierte auch der Polizist, dass er direkt neben einem leblosen Körper stand. Zugegeben, so wie Heiner positioniert war, hätte man meinen können, er wolle sich nur eine kleine Pause gönnen. Aber es war wohl für die Ewigkeit. Ein Messer steckte tief in seinem Körper, direkt unter dem rechten Rippenbogen – und das war nun wirklich nicht zu übersehen.

»Ich«, meldete sich Karin mit wichtiger Stimme. »Ich war spazieren und habe den armen Heiner hier gefunden.«

»Gut, erst einmal vielen Dank, dass Sie uns benachrichtigt haben«, sagte die Polizistin, während ihr Kollege über Funk die Mordkommission informierte. Genau wie im Krimi, stellte Ursel zufrieden fest.

Nachdem er das Gespräch beendet hatte, setzte auch er ein wichtiges Gesicht auf und verkündete: »Meine Damen, ich möchte Sie bitten, ein paar Schritte zurückzutreten. Das könnte ein Tatort sein.«

»Könnte?«, fragte Elsbeth.

»Immerhin hat sich hier ein Mord ereignet«, antwortete der Polizist mit bedeutungsvoller Stimme.

»Ach was!« Elsbeth lächelte. »Wenn Sie das sagen.«

Der Polizist rieb sich verlegen am Ohrläppchen. Er hatte wohl an Elsbeths ironischem Tonfall gemerkt, dass er Unsinn geredet hatte, aber er schien nicht recht zu wissen, warum. Ursel lag es auf der Zunge, ihm zu erklären, dass ein Tatort im kriminalistischen Sinne jeder Ort sei, an dem der Täter Veränderungen vorgenommen hat, die zur Beweisführung beitragen können. Der Strandkorb war also auf jeden Fall ein Tatort, auch wenn Heiner wohl etwas weiter entfernt getötet worden war, wie die Schleifspuren vermuten ließen. Aber war es Mord? Warum nicht Totschlag? Beide Delikte wurden mit dem Vorsatz begangen, das Leben des Opfers zu verkürzen. Mord setzte aber eine besondere Verwerflichkeit voraus, und im Moment konnten sie noch nicht wissen, ob das der Fall war. Tatsache war lediglich, dass Heiner nicht mehr lebte und sich das Messer vermutlich nicht selbst in die Brust gerammt hatte. Da Ursel den Polizisten nicht noch mehr in Verlegenheit bringen wollte, verzichtete sie darauf, ihm das zu erklären. Auch Elsbeth sagte nichts. Sie sah ihn nur mit gerunzelter Stirn an, faltete die Hände zur Merkelraute und tippte mit den Daumen gegeneinander. Etwas ging in ihr vor, das war nicht zu übersehen.

Der Polizist räusperte sich und gab mit fuchtelnden Bewegungen seiner etwas zu langen Arme zu verstehen, dass sie ihm folgen sollten. »Ich kann doch davon ausgehen, dass Sie nichts angerührt haben?«

»Natürlich!«, rief Elsbeth plötzlich. »Das rote Haar ... du bist doch ... Gernot, Gernot Fischer, oder? Wie haben sie dich doch gleich genannt?« Sie hob den Zeigefinger in die Luft und schwenkte ihn ein paarmal hin und her. »Ich hab's! Nottel.«

Er wurde rot. »Stimmt. Hallo, Frau Kannenwischer.«

»Na, das ist ja ein Ding.« Elsbeth schüttelte den Kopf. »Wann hast du deinen Schulabschluss gemacht?« Sie musterte ihn. »Mitte der Neunziger?«

»Ja, genau, Frau Kannenwischer, 1996 war das«, antwortete Elsbeths ehemaliger Schüler und rieb wieder sein Ohr.

Elsbeth nickte. »Ja, ich erinnere mich ...« Ein feines Lächeln spielte um ihre Lippen. »Da war diese Sache mit ...« Sie sprach den Satz nicht zu Ende. »Ach, lassen wir das. Du bist also Polizist geworden.«

»Ja, Frau Kannenwischer.« Er grinste. »Damit haben Sie wohl nicht gerechnet.«

Elsbeth legte ihm die Hand auf den Arm. »Ich habe immer gewusst, dass du deinen Weg machen wirst.« Sie nickte ihm aufmunternd zu. »Und der ist sicher noch nicht zu Ende. Das weiß ich!«

»Danke, Frau Kannenwischer, es freut mich sehr, dass Sie so denken.«

Elsbeth lächelte, was sie für Ursels Geschmack viel zu selten tat. »Du wolltest wissen …« Sie räusperte sich. »Ich darf dich doch noch duzen?«

Er nickte und drückte die Schultern durch, sodass er bestimmt zwei Zentimeter größer wurde. »Aber sicher doch, sehr gern, Frau Kannenwischer.«

Ursel lächelte still in sich hinein. Elsbeth konnte sehr manipulativ sein, auch im positiven Sinne. Wahrscheinlich würde Nottel heute Abend schon Karrierepläne schmieden.

»Du wolltest also wissen, ob wir am Tatort etwas angefasst haben«, fuhr Elsbeth fort. »Also Ursel und ich, wir haben nichts berührt.«

»Ich natürlich auch nicht«, mischte sich Karin jetzt ein. Sie zeigte auf den Sand. »Aber die Fußspuren sind zum Teil von mir. Ich musste doch näher an Heiner heran, um zu überprüfen, ob er vielleicht doch noch atmet.«

»Das ist doch selbstverständlich. Hat er denn geatmet, als Sie ihn hier gefunden haben?«, fragte Nottel, der für Ursel jetzt in erster Linie Elsbeths ehemaliger Schüler war und nicht mehr Polizist.

»Natürlich nicht«, antwortete Karin. »Sehen Sie ihn sich an. Heiner ist mindestens seit sieben Stunden tot.«

Ursel lächelte, als sie Nottels überraschtes Gesicht sah. Er ahnte ja nicht, wen er hier vor sich hatte. Elsbeth, Karin und sie hatten immer wieder sonntags schon unzählige Tatorte gemeinsam angesehen. Und meistens hatten sie den Täter erraten, noch bevor die Ermittler in der Flimmerkiste auch nur den Hauch einer Ahnung hatten. Wären sie nur ein paar Tage jünger gewesen, hätten Karin, Elsbeth und sie leicht eine eigene Mordkommission oder Detektei gründen können. Außerdem war es einmal Karins großer Traum gewesen, Bestatterin zu werden oder gar in der Rechtsmedizin zu arbeiten. Wenn sie sagte, dass Heiner seit gut sieben Stunden tot war, dann war er es auch.

»Das müssen Sie mir bitte genau erklären«, sagte Elsbeths ehemaliger Schüler, bewaffnet mit Notizblock und Stift. »Wie kommen Sie darauf, dass es vor sieben Stunden passiert ist?«

»Das Messer steckt rechts unter dem Rippenbogen«, erklärte Karin. »Der Blutfleck auf dem Hemd ist nicht sehr groß. Deshalb nehme ich an, dass die Klinge die Leber und wahrscheinlich eine größere Arterie verletzt hat. Heiner ist innerlich verblutet, und zwar relativ schnell. Die Totenstarre ist vollständig eingetreten, das passiert normalerweise nach sechs bis acht Stunden. Die Totenflecken sind noch nicht ganz zusammengeflossen, wie man an den Händen sehen kann.« Sie zeigte auf Heiner. »Ich nehme an, dass unser lieber Postbote gegen drei Uhr morgens gestorben ist.«

Nottel kratzte sich am Kopf. »Interessant. Sind Sie vom Fach?«

»Ich habe über vierzig Jahre als Krankenschwester gearbeitet«, antwortete Karin. Dass sie außerdem einen guten Draht zu einer Mitarbeiterin des Kieler Instituts für Rechtsmedizin hatte und das Lesen von Obduktionsberichten zu ihren Hobbys gehörte, behielt sie für sich.

»Ah«, sagte Nottel und nickte. »Deswegen. Ich hätte dann noch ein paar Fragen an Sie ...« Er ging mit Karin ein paar Schritte zur Seite.

Die Polizistin, die bisher sehr zurückhaltend gewesen war, wandte sich an den Barkassenwirt. »Dann fange ich mal mit dir an, Benny.« Ihre Stimme klang mitfühlend.

Die beiden kannten sich also.

»Karin ganz in ihrem Element«, sagte Elsbeth da leise neben Ursel.

»Ja«, flüsterte sie zurück.

»Wer Heiner wohl auf dem Gewissen hat, was meinst du, Ursel?«

»Schwer zu sagen ...«

Ursel dachte daran, wie sehr sich Heiner in den letzten Wochen verändert hatte. Da steckte mit Sicherheit eine Frau dahinter.

Elsbeth stand mit gerunzelter Stirn neben ihr. Sie war sicher schon dabei, alle Puzzleteile in ihrem Kopf zusammenzusetzen. Von den dreien hatte sie körperlich am meisten zu kämpfen. Nicht nur die Hüfte bereitete ihr

Schwierigkeiten. Auch der Hallux valgus, den Elsbeth jahrelang ignoriert hatte, striezte sie. Elsbeth klagte nie, aber Ursel wusste, dass die entzündeten Ballen sehr wehtaten. Geistig war Elsbeth jedoch immer noch enorm fit. Ihr Gehirn schien ununterbrochen zu arbeiten.

Ursel blickte noch einmal zu Heiner. Da hatte er sich für teures Geld die Zähne machen lassen, und jetzt hatte er nichts mehr davon. Wie traurig!

Nachdem die Polizistin Benny befragt hatte, kam sie zu Ursel.

»Ich denke übrigens, dass unser Postbote eine Geliebte hatte«, sagte Ursel.

Die Polizistin schien überrascht zu sein. Sie schwieg einen Moment, bevor sie fragte: »Und wissen Sie vielleicht auch, wer das war?«

»Ein Gentleman genießt und schweigt …« Ursel erzählte ihr von ihren Beobachtungen. »Das ist aber nur eine Vermutung.«

Kaum war die Vernehmung beendet, trafen die Ermittler ein. Der Schönberger Strand gehörte zum Kreis Plön, aber weil Sonntag war, war wohl das Notfallteam aus Kiel angerückt. K1 und K6, schoss es Ursel durch den Kopf, Mordkommission mit Spurensicherung.

Vier Kriminaltechniker in weißen Schutzanzügen sperrten den Bereich weiträumig mit Flatterband ab. Was hier geschah, blieb in dem verschlafenen Örtchen natürlich nicht unbemerkt. Immer mehr Schönberger versammelten sich hinter dem Absperrband und versuchten, einen Blick auf ihren toten Postboten zu erhaschen.

»Du kannst dann gehen, Benny«, sagte die Polizistin. Der Barkassenwirt schien Heiners Anblick nicht gut verkraftet zu haben. Aber das konnte man ihm nicht verübeln, wahrscheinlich hatte er zum ersten Mal eine Leiche gesehen.

Aber er kam nicht weit. Von allen Seiten stürzten sich die Schaulustigen auf ihn. Sie belagerten ihn regelrecht, sodass es selbst dem freundlichsten Hund der Welt, Fred, zu viel wurde. Er bellte und rannte unruhig hin und her, bis sich sein Herrchen endlich befreien konnte.

Ursel mochte den Wirt, der immer sehr aufmerksam war. Er hörte zu, wenn seine Gäste etwas erzählten, aber er tratschte nicht. Benny gehörte zu den Guten.

»Sind Sie Frau Flemming?«, fragte plötzlich ein Beamter des K1. Er hatte eine sehr angenehme, warme Stimme. Mit seinem zerzausten blonden Haar, in dem sich die ersten grauen Strähnen zeigten, dem Dreitagebart und dem kleinen Wohlstandsbauch erinnerte er sie auch äußerlich ein wenig an den Kieler Tatort-Kommissar Borowski in jungen Jahren, ihren heimlichen Favoriten unter den ermittelnden Fernsehkommissaren. Wie sehr hatte sie gelitten, als seine geliebte Frieda kurz vor der geplanten Hochzeit die Beziehung beendete. Jedenfalls war ihr der hier ermittelnde Kommissar auf Anhieb sympathisch, zumal er sehr laut sprach und sie deshalb keine Schwierigkeiten hatte, ihn zu verstehen.

Sie lächelte. »Das bin ich. Was kann ich für Sie tun?«

»Biermann von der Mordkommission Kiel«, stellte sich der Mann vor. »Ich würde Ihnen gern ein paar Fragen stellen, Frau Flemming.«

»Nur zu.«

»Erzählen Sie doch bitte mal, was aus Ihrer Sicht passiert ist.«

Ursel sah zu Heiner und wieder zum Kommissar. »Nun, irgendjemand hat unseren Postboten erstochen und ihn in Strandkorb Nummer 396 gesetzt. Zumindest sieht es ganz danach aus, dass er durch das Messer gestorben ist.«

Er nickte. »Treffend zusammengefasst. Sie sind zufällig hier vorbeigekommen?«

»Nein, meine Freundin Karin hat Heiner beim Spazierengehen gefunden. Sie hat uns informiert, Elsbeth und mich. Wir wohnen zusammen in einem Haus, wir drei. Elsbeth und ich sind dann natürlich sofort losgegangen«, erklärte sie. »Wir wollten unsere Freundin nicht mit dem toten Postboten allein lassen.« Sie sah Heiner noch einmal an. »Er hat sich neulich die Zähne machen lassen, richtig teure Implantate. Das habe ich schon der Kollegin aus Schönberg erzählt. Die Augenbrauen hat er sich auch zupfen lassen.« Plötzlich empfand sie tiefes Bedauern darüber, dass Heiner so früh gestorben war. »Das ist so schade …« Schnell hatte sie sich wieder gefangen. »Als ich ihn vorgestern zum letzten Mal gesehen habe, hat er noch gut gelaunt gepfiffen.«

»Sie sind eine sehr aufmerksame Beobachterin.« Der Kommissar nickte anerkennend. »Und Sie vermuten, dass er eine Geliebte hatte? Das hat mir meine Kollegin gerade erzählt. Und Sie haben keine Ahnung, wer das gewesen sein könnte?«

Ursel wusste nicht warum, aber sie musste plötzlich an die junge Polizistin denken, an ihren schmerzerfüllten Gesichtsausdruck und ihre Überraschung bei der Befragung. Aber das konnte auch andere Gründe haben, deswegen behielt sie es für sich. »Nein, da bin ich leider überfragt«, antwortete sie. »Aber wenn ich etwas herausfinde, lasse ich es Sie wissen.«

Beide Augenbrauen des Kommissars schnellten nach oben. »Aber Sie fangen doch jetzt nicht an, hier auf eigene Faust zu ermitteln!«

»Natürlich nicht«, erklärte Ursel sofort. »Aber es könnte ja sein, dass ich irgendwo zufällig etwas aufschnappe. Hier wird viel geredet, wissen Sie.«

»Na gut, wenn Sie irgendwo zufällig ...« Er machte eine kleine Pause und sprach etwas leiser weiter, sodass Ursel sich anstrengen musste, um ihn zu verstehen. »... also wirklich zufällig etwas aufschnappen, können Sie sich gerne an mich wenden.«

»Das mache ich, Herr Borowski«, sagte Ursel.

Wie ihr das passieren konnte, konnte sie sich im Nachhinein nicht erklären. Normalerweise hatte sie noch alle Sinne beisammen. Sie vermutete, dass es Heiners Anblick gewesen war, der ihr Gehirn ein wenig durcheinandergebracht hatte. Sonst hätte sie den Kommissar niemals mit dem Namen des Fernsehermittlers angesprochen.

Augenblicklich spürte sie Hitze in sich aufsteigen, Röte schoss ihr ins Gesicht.

Herr Biermann lachte schallend und reichte ihr seine Visitenkarte. Schließlich sagte er: »Sie sind mir eine. Borowski! Sie haben einen köstlichen Humor.«

Sie war beruhigt. Er dachte, sie würde scherzen.

»Mein Lieblingskommissar«, fügte sie keck hinzu. Ihren nächsten Gedanken behielt sie für sich. Sie schätzte Biermann auf Anfang fünfzig. Wäre sie zwanzig oder besser noch mindestens dreißig Jahre jünger gewesen, wäre der schnuckelige Kommissar, der jetzt lächelnd vor ihr stand, ganz nach ihrem Geschmack gewesen.

Aus den Augenwinkeln sah sie den Strandkorb und fühlte sich schuldig. Heiner war umgebracht worden und sie, die alte Fregatte, flirtete mit dem Kommissar, der Heiners Tod aufklären sollte. »Aber Sie haben sicher noch andere Fragen«, fügte sie hinzu, wieder mit dem Ernst, der der Situation angemessen war.

Er nickte. »Wie spät war es, als Ihre Freundin Sie anrief, um Sie über den Fund der Leiche zu informieren?«

»Wie bitte?« Sie deutete auf ihr rechtes Ohr, während sie fieberhaft überlegte, wie sie aus der Nummer herauskommen sollte. »Ich bin etwas schwerhörig.«

»Die Uhrzeit«, sagte er laut. »Wann hat Ihre Freundin angerufen?«

Zum Glück kam in diesem Moment eine Mitarbeiterin der Spurensicherung zu ihnen. »Hast du kurz Zeit, Enno?«

Während Herr Biermann sich etwas abseits mit der Kollegin unterhielt, fischte Ursel schnell ihr Telefon aus der Tasche und schaute nach, wann das Foto im Gruppenchat eingegangen war.

»Es war genau neun Uhr zwanzig«, sagte sie, als der Kommissar sich wieder zu ihr umdrehte. »Ich habe gerade nachgesehen.« Dass Karin nicht angerufen, sondern Heiners Foto geschickt hatte, behielt sie auch lieber für sich.

Er notierte die Uhrzeit in seinem Notizbuch, fragte sie, ob sie noch andere Personen am Strand gesehen habe, ob ihr sonst etwas Verdächtiges aufgefallen sei oder ob sie noch etwas anderes zu dem Fall zu sagen habe.

Diese Fragen konnte sie schnell verneinen.

»Vielen Dank, Frau Flemming. Sie und Ihre Freundinnen können jetzt gehen, wir melden uns, wenn wir weitere Rückfragen haben«, sagte der Kommissar schließlich. »Und meine Visitenkarte haben Sie ja. Falls Sie etwas hören, rufen Sie mich an. Auf Wiedersehen.«

»Das mache ich. Auf Wiedersehen, Herr Biermann.« Ursel drehte sich zu Karin und Elsbeth um. Die beiden warteten schon oben auf dem Deich auf sie.

Inzwischen war es elf Uhr. Die meisten Schaulustigen hatten sich nach einer Durchsage der Polizei wieder in ihre Wohnungen und Häuser zurückgezogen. Doch hier und da sah man hinter den Fensterscheiben Gardinen wackeln. Die Schönberger waren neugierig. So eine Sensation, wenn auch eine traurige, gab es nicht oft.

Sie gingen schweigend nebeneinander. Ursel war nicht nach Reden zumute. Sie dachte an Heiner und daran, wie schwer es für die Angehörigen sein würde, von seinem gewaltsamen Tod zu erfahren. Es war nie leicht, von einem Menschen für immer Abschied nehmen zu müssen. Das hatte sie mit ihren sechsundsiebzig Jahren schon oft genug erlebt, und ihre Freundinnen auch. Menschen starben an Krankheiten, Unfällen und manchmal sozusagen aus Versehen, wie sie es zu dritt erlebt hatten. Bei Heiner kam erschwerend hinzu, dass ihn jemand absichtlich umgebracht und in den Strandkorb gepackt hatte. Wer auch immer das war, er musste verdammt wütend auf ihn gewesen sein.

Zu Hause angekommen, steuerte Elsbeth schnurstracks auf den alten, wuchtigen Wohnzimmerschrank aus dunkel gebeizter Eiche zu. Sie holte eine halbvolle Flasche Kräuterschnaps heraus, den sie im letzten Jahr selbst angesetzt hatte. »Ich brauche jetzt ein Gläschen. Vielleicht auch zwei«, sagte sie. »Ihr auch?«

Ursel nickte und setzte sich in den Ohrensessel, den sie vor kurzem mit einem schönen bordeauxroten Stoff hatten beziehen lassen. Karin machte es sich auf dem Chesterfield-Sofa bequem. Eine der Sprungfedern quietschte, wenn man sich zu hart draufsetzte, und das Leder war schon ziemlich abgenutzt. Trotzdem hatten sie beschlossen, es so zu lassen, wie es war. Das Sofa war echt antik, keine neumodische Imitation. Auch die Chaiselongue, auf der Elsbeth mit Vorliebe lag, stammte aus der spätviktorianischen Zeit.

Elsbeth füllte die Schnapsgläser bis zum Rand und verteilte sie. »Prost!«, sagte sie.

Ursel war froh, dass Elsbeth den traditionellen Trinkspruch, der eigentlich nicht fehlen durfte, diesmal ausgelassen hatte. Er passte an diesem Tag nicht.

Aus zwei Schnäpsen wurden schnell drei, Ursel merkte, wie sich ihr Körper, vor allem ihr Kopf, endlich entspannte.

Da sagte Karin: »Mich würde interessieren, warum der Täter ihn in den Strandkorb gesetzt hat, und wo Heiner wirklich gestorben ist. Die Schleifspuren kamen aus Kalifornien. Ich vermute, dass es irgendwo zwischen Buhne sechsundzwanzig und siebenundzwanzig passiert ist, also am Hundestrand.«

»Vielleicht hat er sich dort mit seiner Geliebten getroffen«, überlegte Elsbeth laut.

»Von der wir nicht wissen, ob es sie überhaupt gibt«, warf Karin ein.

Ursel erinnerte sich an Borowskis Visitenkarte und dass sie versprochen hatte, sich zu melden, wenn sie etwas herausfand. »Die gab es, da bin ich mir sicher«, erklärte sie, stand auf und sah aus dem Fenster in den Garten. Sie dachte an das, was vor fünfzig Jahren passiert war – und an Heiner. »Ist euch aufgefallen, wie die junge Polizistin reagiert hat, als sie Heiner gesehen hat? Ich hatte das Gefühl, sie kennt ihn. Aber sie hat es für sich behalten. Warum wohl?«

»Wenn du damit meinst, dass sie die Geliebte sein könnte, dann vergiss es, Ursel. Sie hat erst vor vier Wochen geheiratet«, sagte Elsbeth. »Einen meiner ehemaligen Schüler, das hat sie mir nach dem Verhör erzählt.«

»Ach so.« Ursel gähnte. Plötzlich überkam sie eine bleierne Müdigkeit. »Nichts für ungut, aber ich werde jetzt ein kleines Nickerchen machen.«

Elsbeth nickte. »Gute Idee, ich auch.«

»Dass ihr aber auch schlafen könnt, wann ihr wollt, zu jeder Tageszeit.« Karin seufzte. »Dann legt ihr euch mal hin. Ich werde in der Zwischenzeit das Internet durchforsten. Vielleicht war Heiner ja irgendwo in den sozialen Netzwerken unterwegs.«

»Gute Idee«, stimmte Ursel sofort zu. Sie persönlich konnte mit Facebook, Instagram, Twitter und Co. nicht viel anfangen, und Elsbeth schon gar nicht. Aber Karin hatte Gefallen daran gefunden. Sie konnte sich stundenlang im Internet aufhalten, wildfremden Menschen schreiben, lustige Videos anschauen und sich über jeden Kommentar freuen, den die Leute unter ihren Fotos hinterließen, die sie regelmäßig dort postete.

»Aber nicht, dass du auf die Idee kommst, das Foto dort hochzuladen«, sagte Elsbeth.

»Was denkst du denn von mir? Ich bin doch nicht blöd!«, giftete Karin.

»Ich mein ja nur«, erwiderte Elsbeth. »Es wäre ja nicht das erste Mal, dass du private Dinge dort veröffentlichst, oder sie kreuz und quer durch die Weltgeschichte schickst, meine liebe Karin. Denk nur mal an dieses schreckliche Foto von uns, das plötzlich in deiner Statusmeldung aufgetaucht ist. Manchmal vergisst du einfach, dass ...«

Ursel hörte ihren Freundinnen nicht mehr zu und verließ den Raum. Sie stritten und vertrugen sich kurz darauf wieder. Oder besser: Sie taten so, als wäre nichts gewesen. Manchmal benahmen sie sich wie ein altes Ehepaar. Wenn man es genau betrachtete, waren sie es auch, oder besser gesagt, sie waren es alle drei. Sie hatten beschlossen, zusammen alt zu werden, bis der Tod sie schied.

In ihrem Zimmer setzte sich Ursel aufs Bett und atmete tief durch, bevor sie sich rücklings auf die Matratze sinken ließ. Sie dachte daran, dass sie sechsundsiebzig Jahre alt war, gesund und noch am Leben. Und dass sie für jeden Tag, der so weiterging, dankbar sein wollte.

3.

Karin

Karin mochte das Dortmunder Tatort-Team am liebsten. Besonders der Ermittler hatte es ihr angetan. Faber war keiner, den man auf Anhieb sympathisch fand. Er war eigensinnig, ein sperriger Typ, der polarisierte. Aber sie hatte ein Faible für besondere Menschen. Menschen mit Ecken und Kanten, wie sie auch Elsbeth und Ursel hatten. Vor allem Ursel, auch wenn man das auf den ersten Blick nicht vermuten würde. Ihre Freundin legte enormen Wert auf ihr Äußeres. An diesem Abend erschien sie in einem schwarzen Nicki-Anzug zum gemeinsamen Fernsehen. Auf ihren ebenfalls schwarzen Hausschuhen prangte jeweils ein goldenes Krönchen, farblich passend zu den Ohrringen und der Halskette, die Ursel für diesen Anlass angelegt hatte. Karin hätte sich nicht gewundert, wenn Ursel sich dafür auch noch die Haare passend gefärbt hätte. Aber seit sie Probleme mit der Schulter hatte, mussten Elsbeth oder Karin ihr regelmäßig dabei helfen. Für Karin war das tiefe Rot, das Ursel jetzt bevorzugte, zwar etwas zu kräftig, aber es gefiel ihr immer noch besser als das Grau-Lila, das ihre Freundin im letzten Jahr getragen hatte.

Schwarze Haare hat Ursel noch nie gehabt, überlegte Karin gerade, als Ursel sagte: »Was ist denn jetzt, sehen wir uns den Tatort an oder schauen wir ausnahmsweise mal die Lindström, damit wir auf andere Gedanken kommen? Die kommt gleich im ZDF.«

»Keine schlechte Idee«, stimmte Elsbeth zu. »Ich bekomme den Anblick von Heiner einfach nicht aus dem Kopf. Wie er da so blass im Strandkorb saß …« Sie sah Karin an. »Und du?«

Karin hatte sich auf Faber gefreut, außerdem war der sonntägliche Tatort seit Jahrzehnten Tradition. Aber sie konnte verstehen, dass ihre Freundinnen nicht schon wieder eine Leiche sehen wollten. Selbst ihr saß der Schreck noch in den Knochen. Auch wenn sie durch ihre jahrelange Arbeit im Krankenhaus an den Anblick von Leichen gewöhnt und in dieser Hinsicht sehr abgebrüht war. Aber heute war es anders. Der Tote war Heiner. Und außerdem hatte sie überhaupt nicht damit gerechnet, dass er nicht mehr am Leben war. Als sie ihn von Weitem gesehen hatte, hatte sie ihm sogar noch fröhlich zugewinkt – und dann mit jedem Schritt, den sie näher kam, deutlicher gespürt, dass etwas nicht stimmte.

Vielleicht hatte Ursel recht, und ein bisschen Abwechslung tat ihnen gut. Den Tatort konnte sie sich immer noch in der Mediathek ansehen. »Ich überlasse euch die Entscheidung«, sagte sie.

»Dann bin ich für die Lindström«, sagte Elsbeth.

Ursel überlegte noch einen Moment, bevor sie sagte: »Der Tatort wäre mir aber lieber.«

»Das verstehe ich nicht.« Elsbeth schüttelte missbilligend den Kopf. »Die Lindström war doch deine Idee.«

»Ich habe es mir gerade anders überlegt.« Ursel sah Karin an. »Deine Stimme zählt.«

Jetzt schauten beide Karin an. Eine ihrer Freundinnen würde gleich einen Flunsch ziehen, sie konnte sich nur falsch entscheiden.

Die Tagesschau war gleich zu Ende, Karin musste sich etwas einfallen lassen. Also griff sie zur Fernsehzeitschrift und las die Beschreibung des Lindström-Films.

»Wir schauen uns den Tatort an«, entschied sie schließlich. »Bei Lindström verliebt sich die Schwester der Hauptfigur in einen Biologen namens Love. Der Name geht gar nicht.«

»Das ist ein Argument, das sehe ich ein!« Ursel regelte die Lautstärke noch etwas höher.

Karin wünschte sich, Ursel würde wenigstens beim abendlichen Fernsehprogramm ihr Hörgerät tragen. Aber das lehnte sie strikt ab. Elsbeth und Karin nahmen es hin. Alle drei waren sie eigensinnige alte Schachteln. Aber sie liebten und respektierten einander. Ihre Freundschaft war ihnen heilig, genauso wie die Sonntagabende, an denen sich das Wohnzimmer in ihr persönliches Wettbüro verwandelte. So auch an diesem Abend.

Karin schob einen Zwanzig-Euro-Schein in die Mitte

des Couchtisches. »Euer Einsatz, Ladys!« Sie hatte sich fest vorgenommen, diesmal richtig zu tippen. Die letzten fünf Runden hatte Elsbeth gewonnen, diese Glückssträhne musste endlich ein Ende haben. Sie lehnte sich tief in den Ohrensessel zurück. Auf das Bänkchen davor legte sie ihre Füße, die in grünen Antirutschsocken steckten. Dazu trug sie schwarze Leggings, ein gelbes Shirt und darüber ihre braune kuschelige Lieblingsstrickjacke.

Elsbeth hatte ihren obligatorischen grauen Sportanzug an. In dem guten Teil hatte sie noch nie geschwitzt, und gewalkt war sie damit höchstens bis zur Mülltonne vor dem Haus.

»Der Tatort also«, sagte Karin. »Finde ich gut.«

Nachdem sich Caren Miosga und Ingo Zamperoni verabschiedet hatten, legte auch Elsbeth auf der Chaiselongue die Beine hoch. »Unseren sonntäglichen Mord gib uns heute«, sagte sie mit Gebetsstimme.

»Den hatten wir doch schon vorhin, Elsbeth«, bemerkte Karin trocken.

»Meint ihr?«, fragte Ursel. »Warum nicht Totschlag?«

»Weil Mord spannender klingt, Ursel«, erklärte Elsbeth.

Und schon lief die Titelmelodie.

»Ich finde ja immer noch, dass der olle Abspann endlich mal erneuert und moderner gestaltet werden könnte«, sagte Ursel.

»Oh, bitte nicht schon wieder diese alte Leier, Ursel!«, sagte Elsbeth streng. »Wie oft hatten wir die Diskussion jetzt schon?«

»Ich mein ja nur.« Ursel seufzte. »Ist ja auch egal. Und nein, keine Sorge, ich erzähl euch jetzt nicht wieder, dass ich damals, in meiner Glanzzeit als Visagistin, mal Horst Tapperts Augenringe weggeschminkt habe, als er wegen eines Fernsehinterviews in Kiel war.« Ursel räkelte sich. »Das waren noch Zeiten.«

»Psst jetzt, es geht los«, sagte Karin und nahm sich ein halbes Ei mit Remoulade. Normalerweise war das wegen ihres etwas erhöhten Cholesterinspiegels tabu, aber am Sonntag erlaubte sie es sich. Dazu gab es Schinkenröllchen, kleine Frikadellen, einen Käseigel, ein paar Radieschen, Pumpernickelwürfel und natürlich den Krabbencocktail und den Räucherfisch. Sie liebte das nostalgische Sonntagsbuffet aus den sechziger Jahren. Es erinnerte sie an die Zeit, als sie alle noch jung und knackig waren. Auf Fanta mit Eierlikör verzichteten sie. Stattdessen tranken sie lieber einen der vielen guten Rotweine, die Ursel mitgebracht hatte, als sie vor sechs Jahren in die Villa einzog. Sie stammten von ihrem verstorbenen Mann, der mehr Zeit in seinem Weinkeller verbracht hatte als mit der lieben Ursel. Karins dritter Mann hingegen hatte täglich stundenlang vor dem PC gesessen, Börsenberichte studiert, falsch investiert – und geklaut. Er hinterließ ihr einen Berg von Schulden – und die Erkenntnis, dass aller guten Dinge doch nicht drei sind.

Der Tatort kam gerade richtig in Fahrt, Faber lief in seiner schnoddrigen Art zur Hochstform auf und machte einen von Karins möglichen Verdächtigen verbal fertig, als plötzlich das Telefon klingelte. Elsbeth und Ursel schauten zu Karin hinüber. Normalerweise riefen unter dieser Festnetznummer nur die Schönberger Seniorinnen an, die Karin ehrenamtlich betreute.

»Das kann warten«, sagte Karin. »Wenn es eine meiner alten Damen ist und es etwas Dringendes gibt, ruft sie auch auf dem Handy an.« Das lag auf dem Wohnzimmertisch und war auf lautlos gestellt, damit sie beim Fernsehen nicht gestört wurde. Für alle Fälle schaltete sie den Ton ein und konzentrierte sich wieder auf den Tatort.

Doch keine zehn Minuten später klingelte das Festnetztelefon erneut.

Wieder sahen Elsbeth und Ursel sie an.

»Wir sollten uns endlich ein neues Telefon zulegen«, brummte Karin. Der Apparat ging fast als antik durch. Er hatte noch eine Wählscheibe, der Hörer hing an der Schnur und der Anschluss war im Flur. Sie stand auf, um herauszufinden, wer da so hartnäckig war. »Karin Mertins.«

»Guten Abend Karin, hier ist Olaf«, ertönte eine Männerstimme.

Es dauerte einen Moment, bis sie begriff, wer am Apparat war. Es war Agathes Cousin, der zur besten Fernsehzeit am Sonntagabend anrief.

»Hallo Olaf«, sagte Karin. »Jetzt passt es gerade nicht. Wir sehen uns den Tatort an.«

»Ach so, ja. Da will ich euch natürlich nicht stören. Aber sag mal, kann ich vielleicht morgen vorbeikommen?«

Mit einem Ohr versuchte sie zu verstehen, was im Fernseher vor sich ging. Da schrie gerade jemand laut. Und sie konnte es nicht mitansehen. »In Ordnung, schönen Abend noch.« Sie legte auf und ging eilig zurück ins Wohnzimmer. »Hab ich was verpasst?«

Beide schüttelten den Kopf.

»Wer war denn dran?«, fragte Ursel.

»Olaf, er ruft morgen wieder an«, antwortete Karin.

»Wer?«, fragte Ursel.

»Olaf«, antwortete Elsbeth laut und deutlich. »Der Cousin von Agathe.«

»Was wollte er?«, fragte Ursel.

»Das weiß Karin nicht«, erklärte Elsbeth. »Er hat gesagt, er meldet sich morgen wieder.«

Das letzte Mal hatten sie Olaf vor vier Wochen bei der Beerdigung von Agathe gesehen. Zu ihrer Überraschung hatte er bitterlich geweint, obwohl er kaum Kontakt zu seiner Cousine gehabt hatte. Karin warf einen Blick auf die Kommode, auf der Agathes Foto in einem hübschen silbernen Rahmen stand. Karin hatte es an dem Tag aufgenommen, als Agathe erfahren hatte, dass der Krebs zurückgekehrt war und sie nur noch wenige Monate zu leben hatte. Jede andere von ihnen hätte wahrscheinlich fürchterlich mit ihrem Schicksal gehadert, nicht aber ihre Freundin, die Vierte im Bunde und die Großherzigste von allen. Das Foto zeigte sie im Garten auf der Bank am

Teich, den Blick auf das Wasser gerichtet, mit weichen Gesichtszügen und einem sanften Lächeln. Karin schickte einen liebevollen Gedanken nach oben, in der Hoffnung, dass es einen Himmel gab, dass der liebe Gott ihnen vergeben und keine von ihnen in der Hölle landen würde. Und dass sie sich eines Tages wiedersehen würden.

»Es ist so was von klar, wer der Täter ist«, sagte Elsbeth und riss Karin aus ihren Gedanken.

Da piepte auch schon der Wecker, den sie gestellt hatten, und zeigte an, dass eine halbe Stunde Spielzeit vergangen war.

Karin war sich absolut sicher, dass der Musiker der Täter sein musste und schrieb ihre Vermutung auf einen Zettel, den sie zusammengefaltet zu dem Geld auf den Tisch legte. Inzwischen hatten sich über zwanzigtausend Euro auf dem Tatort-Sparkonto angesammelt. Jede Woche konnten theoretisch bis zu sechzig Euro dazukommen, je nachdem, wie viele auf den richtigen Mörder getippt hatten. Manchmal lagen sie auch alle richtig. Dann steckten sie ihr Geld wieder ein und versuchten zu analysieren, was am Drehbuch nicht stimmte. Denn wenn sie alle richtiglagen, war der Fall zu einfach zu lösen, das war klar. Aber es war noch nie vorgekommen, dass keine von ihnen den Mörder entlarvt hatte, einer ihrer Tipps stimmte immer. So war mit der Zeit ein hübsches Sümmchen auf ihrem Konto zusammengekommen. Schon oft hatten sie darüber diskutiert, was sie damit anfangen sollten. Reisen, neue Möbel, Renovierungsarbeiten am Haus, über alles hatten sie schon gesprochen. Aber sie waren sich nie einig geworden. Wahrscheinlich hatten auch Elsbeth und Ursel wie Karin einfach Spaß daran, dass die Summe immer größer wurde.

Nachdem ihre Freundinnen ebenfalls ihre Tipps abgegeben hatten, verfolgten sie weiter die Machenschaften der potenziellen Bösewichte auf dem Bildschirm. Als das Ende der Folge immer näher rückte, wusste Karin, dass sie richtiglag. Sie sah ihre Freundinnen an. Elsbeths Miene hatte sich verfinstert, und Ursel zupfte nervös an ihren Locken. Hatten die beiden sich geirrt? Gespannt wartete Karin auf die Auflösung des Falls.

»Und? Was habt ihr getippt?«, fragte Elsbeth, als der Täter überführt war. Sie griff nach den Zetteln und öffnete sie. »Glückwunsch, Karin. Ursel und ich liegen daneben, wir haben auf seine Frau getippt.« Sie gab Karin zwanzig Euro. Den Rest steckte sie in Sangria, die Hippiesparsau, die sie von der gemeinsamen Ibiza-Reise zu Ursels fünfzigstem Geburtstag mitgebracht hatten.

Wenn Sangria, wie sie die Sau nannten, voll war, brachten sie sie gemeinsam zur Bank und freuten sich, wenn wieder ein paar hundert Euro auf das Konto wanderten. Vierzig Euro aus Sangrias Bauch hielten sie allerdings bei jedem Gang zur Bank zurück. Denn danach kehrten sie in die Barkasse ein, bestellten drei Eistörtchen, die Benny extra für sie zubereitete, und tranken einen Espresso dazu. Der Rest war Trinkgeld, so machten sie es immer, egal zu welcher Jahreszeit.

Zufrieden legte Karin den Schein neben ihren Teller. »Die meisten Morde geschehen doch aus Habgier«, sagte sie. »Wie im Tatort eben. Vielleicht war es gar keine Beziehungstat, die Heiner zum Verhängnis wurde.«

»Das kann ich mir nicht vorstellen«, erwiderte Elsbeth. »Heiner war ja kein reicher Mann. Obwohl ...« Sie kniff die Augen ein wenig zusammen, wie sie es immer tat, wenn sie angestrengt nachdachte. »Implantate sind nicht gerade billig. Aber du hast doch gesagt, Julia und er hätten sich getrennt, Ursel. Sie hatten ein Haus, wenn mich nicht alles täuscht, vielleicht hat sie ihn ausbezahlt.«

»Glaube ich nicht. Das Haus gehörte ihren Eltern, das hat Julia mit in die Ehe gebracht. Ich hoffe, sie war so clever, ihn nicht ins Grundbuch eintragen zu lassen.« Ursel griff nach ihrem Glas und schwenkte den tiefroten Bordeaux darin hin und her. »Der Wein ist wirklich gut.«

Elsbeth nickte. »Hast du dir überlegt, ein paar Flaschen zu verkaufen?«

Einige der Weine hatten einen beträchtlichen Wert, wie Karin zufällig im Internet herausgefunden hatte. Ursels Mann hatte ein kleines Vermögen im Keller gehortet, das sie nun nach und nach vernichteten.

»Wozu?« Ursel nippte an ihrem Glas. »Meine Kinder werden genug erben. Wir leben jetzt und sollten es genießen.«

»Du hast recht!« Auch Elsbeth griff zu ihrem Glas.

Beide sahen Karin an.

»Lass uns auf deinen Sieg anstoßen, Karin«, sagte Elsbeth. »Ich habe wirklich geglaubt, dass es die Frau war und der wütende Musiker nur eine falsche Fährte. Es war mir einfach zu offensichtlich.«

»Das sagst du, Elsbeth!« Das Bild eines braunhaarigen Mannes erschien vor Karins geistigem Auge. »Wir hatten mal einen Patienten mit einem Messer im Bauch. Er hatte Glück und überlebte. Der Täter wurde gefasst. Es war ein Nachbar, der aus irgendeinem Grund sehr wütend auf unseren Patienten war. Vielleicht war es bei Heiner auch so. Die meisten Tötungsdelikte durch Messer sind Affekthandlungen. Also, wenn ihr mich fragt, da war jemand ganz schön sauer auf unseren Heiner. Und ich vermute, es war ein Mann.« Sie räusperte sich. »Frauen töten überlegter. Sie nehmen Gift, manipulieren die Autoreifen oder heuern einen Auftragskiller an, der das mit einem gezielten Schuss sauber erledigt.«

»Was wiederum für den gehörnten Ehemann seiner Geliebten sprechen würde«, schloss Ursel. »Wir sollten uns mal umhören, vielleicht finden wir etwas heraus. Wenn Heiner eine Affäre hatte, weiß bestimmt jemand davon. Und dann macht es schnell die Runde. Das ist doch immer so.«

»Du hast recht«, sagte Karin. »Lass uns morgen einen kleinen Rundgang durch die Gemeinde machen. Im Internet habe ich nichts über Heiner gefunden. Wenn er irgendwo einen Account hatte, dann nicht unter seinem richtigen Namen. Ich habe auch versucht herauszufinden, wo er jetzt wohnt, aber ich habe keinen Eintrag gefunden. Vielleicht sollten wir Julia fragen.«

»Ich glaube, das ist keine gute Idee«, sagte Ursel. »Sie wird sicher schockiert sein. Schließlich waren die beiden eine ganze Weile verheiratet.« Sie überlegte kurz. »Etwas über zehn Jahre, das weiß ich noch so genau, weil du am Tag ihrer Hochzeit mit dem Zug nach Italien gefahren bist und beinahe zu spät zum Bahnhof gekommen wärst, Elsbeth. Der Autokorso hatte die Straße komplett lahmgelegt. Das war kurz nach deiner Pensionierung. Erinnerst du dich?«

»Natürlich. Aber warum der ganze Aufwand?«, fragte Elsbeth. »Wollt ihr etwa Detektiv spielen?«

»Ja«, antwortete Ursel. »Das sind wir unserem Postboten schuldig.«

»Das sehe ich auch so. Wir kennen hier Gott und die Welt, was spricht dagegen, den Ermittlern ein wenig unter die Arme zu greifen?« Karin sah es schon kommen, dass Elsbeth kneifen und lieber gemütlich zu Hause bleiben würde, deswegen versuchte sie, sie mit ihrem Ego zu ködern. »Du musst natürlich nicht mitmachen, Elsbeth, aber schade wäre es schon. Du bist schließlich das hellste Köpfchen von uns und behältst immer den Durchblick.«

Elsbeth überlegte einen Moment, dann drückte sie den Rücken durch und sagte mit fester Stimme: »Ich bin dabei! Aber wir sollten uns ganz genau überlegen, wie wir vorgehen.« Sie sah aus dem Fenster. »Schließlich läuft da draußen ein Killer herum.«

Bei dem Gedanken lief es Karin kalt den Rücken runter. »Und am Ende kennen wir ihn vielleicht sogar.«

4.

Elsbeth

Es war kurz vor halb elf. Elsbeth lag schon im Bett und blätterte in einem Kochbuch, als Karin die Nachricht schickte.

> Was haltet ihr von einem einheitlichen Klingelton für unsere Gruppe? Ich wäre für die Titelmelodie von Miss Marple.

Du meinst wohl eher den Nachrichtenton, schrieb Elsbeth, ärgerte sich über sich selbst, löschte den Text wieder und antwortete stattdessen: *Die Titelmelodie vom Tatort würde mir besser gefallen.*

Dabei fiel ihr das Foto von Heiner im Chatverlauf wieder ein, das Karin am Morgen geschickt hatte. Tote hatten auf ihrem Handy nichts zu suchen. Sie beschloss, es zu löschen, und öffnete das Bild, um einen letzten Blick auf Heiner zu werfen und sich für immer von ihm zu verabschieden. Dabei fiel ihr eine Kleinigkeit auf, die sie am Morgen übersehen hatte. Sie rückte ihre Lesebrille zurecht, vergrößerte das Foto und betrachtete den Griff des Messers genauer.

»Das gibt's doch nicht«, sagte sie laut zu sich selbst und ging in die Küche. Als gute Köchin besaß sie mehrere Messer mit unterschiedlichen Klingenlängen.

Kurz darauf atmete sie erleichtert auf. Ihr achtzehn Zentimeter langes Herder aus der Serie 1922 mit dem von Hand an die Klinge angepassten Pflaumenholzgriff steckte wie immer in der leinenen Messertasche. Unwillkürlich schüttelte sie den Kopf. Hatte sie wirklich damit gerechnet, dass Heiner mit einem ihrer Messer erstochen worden war? Und wenn ja, von wem? Von Karin, die den Postboten gefunden hatte? Unmöglich!

Während sie noch etwas ungläubig die Messertasche in der Hand hielt, kam Ursel in die Küche.

»Kannst du auch nicht schlafen?«, fragte sie und ging an ihr vorbei zum Kühlschrank. »Willst du ein Glas warme Milch mit Honig?«

Für einen Moment vergaß Elsbeth zu antworten und starrte auf Ursels auffälligen Pyjama im Leopardenmuster, den sie noch nie an ihr gesehen hatte. Ihre Freundin hatte wirklich einen ganz besonderen Geschmack. Sie riss sich von dem Anblick los, sagte: »Du weißt doch, dass ich keine warme Milch trinke«, und widmete sich wieder dem Leinenbeutel.

»Was ist los?«, fragte Ursel.

Irgendetwas hatte Elsbeth übersehen, da war sie sich sicher. Nur was? Sie zog das Herder heraus und reichte es

Ursel. »Mir ist gerade aufgefallen, dass Heiner mit genau so einem Messer umgebracht worden sein muss. Es sieht aus wie das auf dem Foto.«

Ursels Augen wurden groß. »Das haben Karin und ich dir zum Geburtstag geschenkt, weil du dein altes Messer weggegeben und es dann bereut hast.«

»Stimmt!« Wie hatte sie das vergessen können? Sie setzte sich auf einen der Stühle in der Küche. »Aber mein damaliges Messer wurde tatsächlich 1922 hergestellt.« Behutsam strich sie über die glänzende, bläulich schimmernde Klinge. »Das hier ist eine originalgetreue Neuauflage.«

»Was ist denn hier los? Habt ihr ein Geheimtreffen?« Karin kam in ihrem gelb geblümten Nachthemd, unter dem sie hellgraue Leggings trug, in die Küche. Ihre Füße steckten wie immer in dicken Wollsocken. Elsbeth liebte Männerpyjamas, heute hatte sie sich für den dunkelblaugrün gestreiften entschieden. Die drei gaben ein herrlich buntes Bild ab.

Karin runzelte die Stirn. »Du bist barfuß, Elsbeth. Nicht, dass du dir noch eine Blasenentzündung holst. Ich bring dir deine Pantoffeln.« Sie drehte sich um und schlurfte davon.

Elsbeth sah ihr lächelnd nach.

»Wo sie recht hat, hat sie recht«, sagte Ursel. »Das ist deine Schwachstelle. Vielleicht solltest du mal den Frauenarzt wechseln und zu meinem gehen. Mit den richtigen Hormonen kann man da einiges machen.« Sie grinste. »Und für die Libido sind die Pillen auch gut.«

Elsbeths Libido hatte ihr ihr Leben lang nur Ärger bereitet. Während sie daher recht froh war, dass sie von Jahr zu Jahr mehr nachgelassen hatte und nun ganz verschwunden war, machte Ursel keinen Hehl daraus, dass ihr Feuer noch brannte, wie sie ihren Freundinnen gegenüber immer wieder gerne erwähnte. Aber jetzt war wirklich nicht die Zeit für solche Gespräche. Also überging Elsbeth Ursels Bemerkung, nahm dankbar die Hausschuhe entgegen, die Karin ihr brachte, und wandte sich wieder den wichtigen Dingen zu. Mit zwei Fingern vergrößerte sie das Foto auf dem Display und legte das Handy neben das Messer. Dabei fiel ihr die winzig kleine, halbrunde Kerbe am Ende des Schafts auf. Das Herz rutschte Elsbeth in die Hose. Heiner war mit ihrem Messer erstochen worden! Als sie sich wieder etwas gefangen hatte, deutete sie darauf: »Es war tatsächlich mal meins. An die Macke kann ich mich noch ganz genau erinnern. Sie war schon drin, als ich es damals gekauft habe.«

»Das gibt's doch nicht!«, rief Karin. »Das Ding kam mir sofort so bekannt vor.« Sie griff sich das Messer und fuchtelte damit in der Luft herum. »Du hast dein altes dem Koch geschenkt, der dir so schöne Augen gemacht hat. Wie hieß er doch gleich?«

»Edoardo«, sagte Elsbeth und nahm Karin das Messer aus der Hand.

»Richtig, der schöne Edoardo.« Karin lächelte amüsiert. »Wie viele Jahre war er jünger, fünfzehn?«

»Vierzehn.« Ihre beiden Freundinnen würden nie verstehen, dass nicht Edoardo selbst, sondern seine Kochkünste sie in Verzückung versetzt hatten. Elsbeth war damals immerhin schon siebenundsechzig gewesen und außerdem klug genug, um zu wissen, dass er nur mit ihr flirtete, weil er arbeitslos war und sie bei potenziellen Arbeitgebern ein gutes Wort für ihn einlegen sollte. Immerhin war er so charmant gewesen, dass sie ihm sogar das Messer geschenkt hatte, als er die Zusage für eine Festanstellung als Koch in Kiel bekommen hatte. Dann war er aus ihrem Leben verschwunden, bis sie sich unerwartet wieder getroffen hatten. »Er hat ein paar Wochen für Benny gearbeitet, kurz nachdem er die Barkasse eröffnet hat. Das war vor eineinhalb Jahren.«

Ursel sah auf die Uhr. »Es ist Viertel vor elf. Bis halb zwölf wird Benny heute auf jeden Fall arbeiten, wenn ihn der Schreck nicht völlig außer Gefecht gesetzt hat. Vielleicht weiß er, was mit deinem Edoardo passiert ist.«

Karin sprang sofort auf. »Lasst uns gehen!«

Elsbeth sah aus dem Fenster. Es war stockdunkel, windig und bestimmt bitterkalt. »Aber vorher sollten wir uns noch etwas Warmes anziehen, oder?«

Ursel kicherte. »Obwohl es mich schon reizen würde, in meinem neuen Schlafanzug in der Barkasse aufzutauchen. Ich finde, er hat was.«

Karin schüttelte den Kopf. »Das bringst du nie und nimmer fertig. Dazu bist du viel zu eitel.«

»Und wenn doch?« Ursel zupfte an ihrem Oberteil. »Leo ist wieder voll in.«

»Dann solltest du aber einen BH anziehen, meine Liebe«, unkte Elsbeth.

»Meint ihr?« Ursel hob ungeniert ihre Brüste mit den Händen an. »Ich meine, für ihr stattliches Alter können sich meine Doppel-D-Damen immer noch sehen lassen.« Mit betontem Hüftschwung ging sie zur Tür. »Dann ziehe ich mich jetzt mal züchtig an.«

Karin folgte ihr lachend.

Elsbeth betrachtete noch einmal das Herder und dachte an Edoardo. Sein Risotto Milanese war ein Gedicht gewesen.

Sie hatten sich für den Weg oben auf dem Deich entschieden. Hier pfiff ihnen zwar der Wind eisig um die Ohren, aber der Blick auf die schwarze Ostsee mit ihren brechenden Wellen, die große, weiße Schaumflächen auf dem Wasser hinterließen, entschädigte sie mehr als großzügig dafür. Hier waren sie aufgewachsen, sie waren Kinder des Meeres, auch wenn sie inzwischen alte Frauen waren. Das dumpfe, rollende Geräusch des Wassers dröhnte in ihren Ohren. Ein Gespräch wäre sinnlos gewesen, sie hätten kein Wort verstanden. Aber im Moment war Elsbeth auch nicht nach Reden zumute. Die fröhliche Stimmung des Fernsehabends war der Trauer um Heiner gewichen und der Vorstellung, dass hier draußen irgendwo ein Mörder herumlief, der für seine grausame Tat ein Messer benutzte, das ihr gehört haben könnte. Sie hoffte, dass es sich nur um einen Zufall handelte. Schließlich war sie nicht die Einzige, die Wert auf gute Küchenutensilien legte.

Es war genau zehn Minuten nach elf, als sie oben auf dem Deich in Höhe der Barkasse anhielten und den Anblick auf sich wirken ließen. Der Anbau, in dem das Restaurant untergebracht war, hatte früher zum Hotel »Haus am Meer« gehört, aus dem nun die »Strandvilla Seelust« geworden war.

Von dem alten Backsteingebäude war nichts mehr zu sehen. Jetzt glänzte das weiß getünchte, dreigeschossige Haus im Stil der Bäderarchitektur mit einem großen Erker und einem blau-schwarzen Schieferdach. Mit seinen schönen, bodentiefen Fenstern und den französischen Balkonen in den oberen Stockwerken wirkte es stilvoll, fast elegant. Das drückte auch die goldene, geschwungene Schrift aus, in der der Name des Hotels auf einem weißen, beleuchteten Schild prangte.

»Hotel Strandvilla ›Seelust‹«, las Elsbeth vor. »Ich habe mich immer noch nicht daran gewöhnt, obwohl die Renovierung schon über vier Jahre her ist.«

Karin legte den Kopf leicht schief und betrachtete die Strandvilla eine Weile. »Es gefällt mir. Das Haus hat Atmosphäre, es hat gelebt. Das spürt man. Ich finde, der Besitzer hat es geschafft, den ursprünglichen Charme zu erhalten, auch wenn es heute ganz anders aussieht. Es erinnert mich jedes Mal an unser Haus, nicht nur, weil es ebenfalls eine Jugendstilvilla ist. Auch unser Haus hat viel erlebt, wir haben viel darin erlebt.«

»Und außerdem ist es schön, dass wir jetzt ein gutes Restaurant mehr am Schönberger Strand haben«, fügte Ursel hinzu.

»Barkasse« stand in goldenen Lettern auf dem dunkelgrauen Schild über der Eingangstür.

Als sie die Treppe zum Restauranteingang erreichten, musste Elsbeth schmunzeln. Fünf Stufen führten links auf ein Podest und rechts wieder hinunter. Als kleines Mädchen hatte sie immer einen Schlenker über diese Treppe gemacht, wenn sie daran vorbeigekommen war.

Karin hatte recht, das Haus hatte gelebt und besaß einen ganz eigenen Charme, dem die Renovierung gerecht geworden war. Trotzdem vermisste Elsbeth das alte Backsteinhaus, das Hotel »Haus am Meer«, in dem schon ihre Eltern rauschende Feste gefeiert hatten. Je älter sie wurde, desto mehr hing sie in der Vergangenheit fest, wurde ihr klar.

»Es sind keine Gäste mehr da«, riss Ursel sie aus ihren Gedanken. »Aber hinten brennt noch Licht.« Sie klopfte ein paarmal laut gegen die Fensterscheibe.

Sie hatten Glück, es dauerte nicht lange, da kam Benny mit hochrotem Kopf aus der Küche und öffnete ihnen die Tür. »Was macht ihr denn noch so spät hier?« Er wischte sich mit dem Handrücken über die Stirn. »Heute war verdammt viel los. Die letzten Gäste sind eben erst gegangen. Wir machen gerade die Küche sauber.«

»Sollen wir helfen?«, fragte Karin.

»Quatsch«, antwortete er, und Elsbeth atmete erleichtert auf. »In dem engen Raum stehen wir uns schon zu zweit im Weg. Sabrina und Wiebke sind noch da, die haben alles im Griff.«

»Wir stören auch nicht lange«, mischte sich nun Ursel ein.

»Es geht um Heiner«, erklärte Karin.

»Hab ich mir gedacht.« Benny deutete mit dem Kopf zur Theke. »Zwischen Tür und Angel oder lieber einen kleinen Absacker?«

Ursel drückte sich an ihm vorbei. »Da sage ich nicht nein.«

»Wenn wir so weitermachen, werden wir noch richtige Schnapsdrosseln«, warf Elsbeth ein.

»Sind wir doch schon.« Karin zog Elsbeth mit sich.

Wenig später stießen sie mit Benny an.

»Gute Reise, Heiner«, sagte er.

»Gute Reise«, stimmten sie ein, tranken den Korn und schwiegen einige Sekunden andächtig.

Benny räusperte sich. »Ich bekomme sein Bild nicht aus dem Kopf.«

Da hatten sie etwas gemeinsam. Elsbeth streichelte seinen Arm. »Mir geht es auch so.«

Er seufzte und blickte aus dem Fenster. »Normalerweise werden die Strandkörbe Mitte Oktober abtransportiert. Warum ist das dieses Jahr noch nicht passiert?«

»Ist mir gar nicht aufgefallen!« Ursel sah ihn überrascht an.

»Mir auch nicht«, erklärte Karin, und auch Elsbeth zuckte mit den Schultern.

»Aber du glaubst nicht, dass das etwas mit Heiners Tod zu tun hat?«, fragte Ursel.

Benny schüttelte den Kopf. »Ist mir vorhin einfach so durch den Kopf gegangen.«

»Und uns ist auch in den Sinn gekommen, dass Heiner mit einem Messer erstochen wurde, das vielleicht Elsbeth gehört hat«, plapperte Karin drauflos und zückte ihr Handy.

Elsbeth hielt Karin im letzten Moment zurück, indem sie ihre Hand auf ihre legte. Sie wollte Benny das Foto nicht antun. »Es handelt sich um ein Küchenmesser, das genauso aussieht wie das, das ich damals Edoardo geschenkt habe, der ein paar Wochen bei dir gearbeitet hat.«

Benny pfiff leise durch die Zähne. »Er ist irgendwann von einem Tag auf den anderen verschwunden.« Seine Stimme wurde etwas leiser, obwohl sie niemand hören konnte. »Ich hatte damals den Verdacht, dass er etwas mit der Mafia zu tun hatte. Er hat ständig Anrufe bekommen. Und dann standen eines Abends irgendwelche windigen Typen im Restaurant, mit denen er offensichtlich Geschäfte gemacht hat.«

Ursel warf Elsbeth einen vielsagenden Blick zu. Sie hatte seinerzeit einen ähnlichen Verdacht gehabt, aber Elsbeth hatte davon nichts wissen wollen.

»Mafia!« Karin nickte eifrig. »Das würde erklären, warum Heiner im Strandkorb saß.« Sie schlug mit der Faust auf die Theke, woraufhin Elsbeth zusammenzuckte. »Das sollte eine Warnung sein! Jemand sollte sehen, was passieren kann, wenn man sich nicht an den Kodex hält.«

»Da könnte was dran sein«, sagte Ursel. »Weißt du zufällig, ob Edoardo das Messer noch hatte, als er bei dir anfing, Benny?«

»Edoardo war katholisch«, erklärte Elsbeth. »Er würde keiner Menschenseele etwas zuleide tun.« In dem Moment, in dem sie das gesagt hatte, wusste sie schon, dass das Quatsch war.

Karin reagierte prompt mit einem Schnauben. »Pff! Die meisten Mafiosi halten sich für fromme Katholiken. Deshalb bitten sie Gott um Vergebung, bevor sie jemanden umbringen.«

»Wo sie recht hat, hat sie recht, Elsbeth«, stimmte Ursel zu.

»Ja, ja, schon gut.« Elsbeth sah Benny an. »Erinnerst du dich an Edoardos Messer?«

Er schüttelte den Kopf. »Er hat es auf jeden Fall nicht dagelassen, das wäre mir aufgefallen. Und bevor ihr fragt: Ich habe keine Ahnung, wo der Kerl abgeblieben ist. Wie gesagt, er ist eines Tages einfach verschwunden.«

»Wie hieß er denn mit Nachnamen?«, fragte Ursel. »Vielleicht finden wir heraus, wo er ist.«

»Baggio«, antwortete Benny. »An den Namen kann ich mich gut erinnern, weil ein berühmter ehemaliger Fußballspieler so heißt.«

Elsbeth runzelte die Stirn. »Mir hat er gesagt, er heißt Pirlo, Edoardo Pirlo.«

Benny grinste breit. »Das ist auch ein ehemaliger Fußballspieler.«

»Ja, ich weiß.« Elsbeth schüttelte den Kopf. »Er hat mir kackfrech erzählt, dass er zwar nicht mit ihm verwandt ist, ihn aber schon mal persönlich getroffen hat.« Sie schnalzte mit der Zunge. »So kann man sich täuschen. Ich habe ihm jedes Wort geglaubt.«

Ursel tätschelte Elsbeths Hand. »Ist doch nicht schlimm, Elsbeth. So ist das nun mal, wenn man die rosarote Brille aufhat.«

»Also, ich habe ihm auch geglaubt«, sagte Karin. »Ohne Brille. Ärgere dich nicht, Elsbeth. Davon mal ganz abgesehen, wissen wir nicht, wie sein richtiger Name ist. Vielleicht war der Baggio gelogen und der Pirlo echt.«

»Ich ärgere mich nicht«, stellte Elsbeth klar. »Edoardo war sehr überzeugend, ganz egal wie sein richtiger Name ist.«

Ursel legte eine Visitenkarte auf den Schreibtisch. »Die hat mir der Kommissar gegeben. Wir sollen uns melden, wenn wir etwas herausfinden. Was meint ihr, ist es zu spät für einen Anruf?«

»Es ist fast halb zwölf«, sagte Elsbeth.

Ursel steckte die Karte wieder ein. »Vielleicht rufe ich besser morgen an. Nicht, dass ich ihn aufwecke.«

Benny seufzte. »Tut mir leid, meine Damen, ich muss euch jetzt rauswerfen. Ich bin froh, wenn ich auch gleich im Bett bin. Aber haltet mich bitte auf dem Laufenden in Sachen italienischer Nationalmannschaft.«

»Machen wir«, sagte Ursel. »Gute Nacht, Benny, schlaf gut.«

»Ihr auch.« Er seufzte. »Ich hoffe, es gelingt uns.«

Mit gesenkten Köpfen gingen sie zu dritt nebeneinander über den Deich zurück. Der Wind blies ihnen jetzt von Norden entgegen. Elsbeth fand es immer wieder faszinierend, wie schnell sich an der See das Wetter änderte. Am Morgen war es fast windstill und das Meer ruhig gewesen. Jetzt war es stürmisch. Sie steckte ihre Hände in die Manteltaschen. Obwohl sie warm genug angezogen war, wurde ihr plötzlich kalt. Der Gedanke, dass es ihr Messer war, mit dem Heiner getötet wurde, machte ihr mehr zu schaffen, als ihr lieb war. Sie konnte sich nicht vorstellen und wollte nicht daran denken, dass Edoardo zum Mörder geworden war.

Auf der Höhe ihres Hauses hielten sie an, wie gerade vor der Strandvilla. In der Küche hatten sie die Schiffslampe brennen lassen. Sie verbreitete ein warmes, einladendes, gelbes Licht. Vor einem halben Jahr hatten sie die Fassade des Hauses frisch in strahlendem Weiß tünchen lassen. Das Reetdach war ausgebessert, die Fensterrahmen und die alte, schwere Haustür in einem hübschen Taubenblau gestrichen worden. Elsbeth hakte sich links bei Ursel und rechts bei Karin ein. Sie wusste, dass ihre Freundinnen die Villa genauso liebten wie sie.

Nacheinander waren sie eingezogen, erst sie, dann Ursel und zuletzt Karin. Der Gedanke, dass sie die Villa auch nacheinander wieder verlassen würden, tat ihr weh. Die liebe Agathe hatte nur den Anfang gemacht.

5.

Karin

Karin streckte sich, gähnte herzhaft und schaute auf die kleine Uhr, die auf ihrem Nachttisch stand. Es war eine, die ganz leise tickte. Sie hatte sich daran gewöhnt. Wenn die Batterien leer waren, vermisste sie sogar das Geräusch. Es gab ihr ein Gefühl von Beständigkeit.

Inzwischen war es kurz vor halb zehn. Sie konnte sich nicht erinnern, wann sie das letzte Mal so lange geschlafen hatte. Mit dem Alter wurde man zur Frühaufsteherin, das hatte sie auch bei ihren Freundinnen beobachtet.

Die letzte Nacht war lang gewesen. Normalerweise fiel sie spätestens um elf Uhr in einen tiefen Schlaf, aus dem sie gegen drei Uhr morgens erwachte. Dann wälzte sie sich eine Weile im Bett herum und ging zur Toilette. Wenn sie Glück hatte, schlief sie danach wieder ein. Ihren Freundinnen ging es ähnlich. Manchmal trafen sie sich mitten in der Nacht auf dem Weg ins Bad.

Aber heute war es anders. Karin räkelte sich noch ein paar Minuten im Bett und dachte an ihren gestrigen Besuch bei Benny, bevor sie aufstand und sich den fliederfarbenen Frotteebademantel anzog. Die Socken hatte sie über Nacht anbehalten. Gegen kalte Füße half normalerweise nur eine Wärmflasche. Aber gestern war sie zu träge gewesen, um noch einmal Wasser aufzusetzen.

Es war mucksmäuschenstill im Haus. Doch als sie durch den Flur zur Treppe ging, stieg ihr der Duft von frischem Gebäck in die Nase. Elsbeth schien in der Küche zu sein.

Karin hatte richtig getippt, wie sie kurz darauf feststellte.

»Guten Morgen, meine Liebe.« Elsbeth lächelte sie an. »Kater?«

»Katerchen«, antwortete Karin. Zum Glück hatte sie keine Kopfschmerzen. Sie fühlte sich nur etwas müde. »Was hast du Leckeres gebacken?«

»Ein paar schnelle Quarkbrötchen, ich hatte keine Lust, zum Bäcker zu gehen. Willst du für uns den Tisch decken? Dann können wir Ursel gleich wecken und zusammen frühstücken.«

»Die schläft auch noch?« Karin lächelte. Nachdem sie gestern von Benny zurückgekommen waren, hatten sie noch eine halbe Stunde zusammen im Wohnzimmer gesessen. Die gute Ursel war innerhalb von fünf Minuten auf dem Sofa eingenickt, wollte aber auf keinen Fall ins Bett gehen, weil sie Angst hatte, etwas zu verpassen. Das passierte ihr öfter. Vor allem, wenn sie sich zusammen einen Film ansahen. Wurde sie dann geweckt, behauptete sie hartnäckig, nicht geschlafen zu haben. Am nächsten Tag mussten Elsbeth und Karin der Freundin dann doch erzählen, was im Film passiert war. Sofern sie es zugab.

»Sie schnarcht selig«, erklärte Elsbeth.

Da klingelte es an der Tür.

Jetzt geht's los, dachte Karin. Das war bestimmt eine neugierige Nachbarin, die wissen wollte, was gestern am Strand los war. Sie tippte auf Gerda, die drei Häuser weiter wohnte. Früher hatte sie sie gemocht. Aber seit sie nur zwei Tage nach Agathes Tod gefragt hatte, ob sie in das frei gewordene Zimmer einziehen könne, mochte sie sie nicht mehr. Elsbeth, Karin und sie waren Freundinnen, die ihren Lebensabend miteinander verbrachten, aber doch kein Altersheim, schon gar nicht für taktlose alte Schachteln wie Gerda.

»Machst du auf?«, fragte Elsbeth. »Die nächste Ladung Brötchen muss raus. Ich habe noch welche zum Einfrieren im Ofen.«

»Das ist sicher Gerda«, erwiderte Karin. »Und die will bestimmt mit uns frühstücken.«

»Sie ist einsam«, sagte Elsbeth und sah Karin mit ihrem strengen Oberlehrerinnenblick an.

»Ich komme«, rief Karin und schlurfte durch den Flur. Dabei warf sie einen Blick in den Spiegel, der über der Kommode hing. Vor einem Jahr hatte sie beschlossen, ihre Haare nicht mehr zu färben. Sie hatte Ursel gebeten, sie so zu schneiden, wie Judy Dench sie in den James-Bond-Filmen trug. Karin liebte ihre schicke, aber pflegeleichte silberne Kurzhaarfrisur. Heute stand sie allerdings in alle Richtungen ab. Aber das war ihr egal, schließlich wollte sie keinen Schönheitswettbewerb mehr gewinnen oder irgendwelche Männer beeindrucken.

Also öffnete sie die Tür – und blickte in Olafs freundlich lächelndes Gesicht.

»Guten Morgen, Karin, wie schön, dich zu sehen«, sagte er.

Sie ahnte, dass sie ihn gestern am Telefon missverstanden hatte. »Hallo Olaf, was für eine Überraschung.«

»Ich hoffe, es geht dir gut.« Er lächelte noch etwas breiter.

»Bestens«, antwortete sie. »Kann ich dir irgendwie helfen?«

»Wäre es in Ordnung, wenn wir das drinnen besprechen? Darf ich reinkommen? Ich habe dir gestern Abend am Telefon ja gesagt, dass ich vorbeikommen würde. Aber du hast so schnell aufgelegt, dass wir keine Zeit hatten, eine Uhrzeit zu verabreden. Jetzt war ich zufällig in der Nähe und dachte, ich versuche mal mein Glück. Ich muss etwas Wichtiges mit euch besprechen.«

Verdammt! Da hatte sie sich tatsächlich verhört, wo Ursel doch die mit den schlechten Ohren war.

»Natürlich, komm rein.« Sie trat einen Schritt zur Seite, damit Olaf eintreten konnte, und schloss die Tür hinter ihm. »Mach es dir doch schon mal im Wohnzimmer bequem. Du kennst dich ja aus. Ich sage den anderen Bescheid.«

Schnell ging sie zu Elsbeth in die Küche. »Olaf ist da«, flüsterte Karin.

»Das habe ich schon gehört.« Elsbeth klopfte sich das Mehl von der Schürze. »Hast du nicht gesagt, er ruft wieder an?«

»Das hatte ich so verstanden. Aber jetzt sitzt er in der Stube und wartet auf uns. Er will etwas mit uns besprechen. Es klang irgendwie wichtig.«

Elsbeth nickte grimmig. »Na gut. Aber ich muss jetzt unbedingt was essen.«

Karin knuffte sie in die Seite. »Jetzt mach mal ein freundliches Gesicht, sonst denkt der liebe Olaf noch, du bist wegen ihm schlecht gelaunt.« Wenn Elsbeth hungrig war, konnte sie unausstehlich sein. »Vielleicht will er ja mit uns frühstücken.«

Schweigend belud Elsbeth ein Tablett mit frisch gebackenen Brötchen, einer Schüssel Frischkäse, Butter, Marmelade und einer Kanne Kaffee.

»Ich geh Ursel wecken«, sagte Karin. »Die will bestimmt dabei sein. Dann decke ich den Tisch.«

Doch da hatte Karin sich getäuscht. Als sie durch den Flur ging, hörte sie Gelächter. Ursel war also schon wach.

Olaf und sie hatten sich schon immer gut verstanden. Die beiden saßen im Wohnzimmer und kicherten wie zwei alte Schulfreunde.

Karin ging zurück in die Küche und nahm das Geschirr aus dem Schrank. Dabei wurde ihr etwas wehmütig zumute. In den letzten Wochen hatten sie nur noch drei Teller gebraucht, jetzt, wo sie den vierten für Olaf herausholte, wurde ihr wieder mal bewusst, wie sehr Agathe ihr fehlte.

»Dann hören wir uns mal an, was Olaf uns so Wichtiges mitzuteilen hat«, sagte Elsbeth.

Karin runzelte die Stirn. Es musste irgendwas mit Agathe zu tun haben, warum sollte ihr Cousin sie sonst besuchen?

»Guten Morgen, Elsbeth«, grüßte Olaf und strahlte sie an. Er hatte schon immer ein Auge auf sie geworfen, das wussten alle, aber Elsbeth wollte es bis heute nicht wahrhaben.

»Frühstück?«, fragte Elsbeth.

Karin lächelte in sich hinein. Elsbeth merkte selbst nicht, wie unfreundlich sie manchmal klang. Aber Olaf schien das auch nicht mitzubekommen. Oder er ging strategisch darüber hinweg. Er strahlte noch ein wenig mehr. »Da sage ich nicht nein. Ich habe schon von draußen gerochen, dass du wieder fleißig in der Küche bist.«

Elsbeth deutete mit dem Kopf auf das offen stehende Fenster. »Es zieht.«

Olaf sprang sofort auf. »Entschuldige, ich habe es aufgemacht, um eine frische Brise reinzulassen. Die Lage hier direkt am Wasser ist herrlich.«

Ursel grinste Karin an. Sie wünschten sich beide manchmal etwas von Elsbeths natürlicher Autorität. Nicht nur Schulkinder, auch Männer spurten bei ihr.

Wenig später saßen sie am gedeckten Tisch. Es tat Karin weh, dass Olaf sich wie selbstverständlich auf

Agathes Platz gesetzt hatte. Aber das war in Ordnung, schließlich war er ihr Cousin und der nächste noch lebende Verwandte ihrer verstorbenen Freundin.

»Also...«, begann er, nachdem er die zweite Hälfte seines Brötchens verdrückt hatte. »Ihr fragt euch sicher, warum ich hier bin. Es ist nämlich so ...« Er räusperte sich. »Am Freitag hat sich der Notar bei mir gemeldet, bei dem Agathes Testament hinterlegt ist.«

»Ach ja, endlich«, sagte Elsbeth. »Wir haben uns schon gefragt, wann wir etwas hören.«

»Ihr wisst also noch nichts? Nun, es ist so ...« Wieder räusperte er sich. »Agathe hat mir das Haus vermacht.«

Das saß. Plötzlich war es totenstill in der Stube. Elsbeth und Ursel blickten gleichermaßen entsetzt in Olafs Gesicht.

Karin ging es nicht anders. »Sag das noch mal«, durchbrach sie etwas zu laut die Stille. Sie waren alle davon ausgegangen, dass Agathe ihnen das Haus vererben würde. Agathe hatte mehrmals betont, dass sie sich keine Sorgen machen müssten, sie habe sich um alles gekümmert. Das Testament sei bereits beim Notar. Über Einzelheiten hatten sie nie gesprochen. Alle hatten das Thema gemieden, weil es dabei zwangsläufig auch darum ging, dass Agathe sie für immer verlassen würde. Daran hatte keine von ihnen denken wollen. Und jetzt das! »Sie hat mir das Haus vererbt.« Olaf räusperte sich. »Ich war auch überrascht.«

Bis eben hatte Karin noch großen Appetit gehabt. Jetzt war er ihr vergangen.

Elsbeth hatte sich zuerst wieder gefangen. »Das bedeutet für uns?«, fragte sie in ihrer pragmatischen Art.

»Dass es ab sofort mein Haus ist, ihr aber laut Testament ein lebenslanges Wohnrecht habt«, erklärte Olaf.

Elsbeth nickte. Die Erleichterung war ihr anzusehen. »Gut! Dann bleiben wir hier.«

Karin gefiel diese Nachricht gar nicht. Zumal Olaf nervös auf seinem Stuhl hin und her rutschte. Sie spürte, dass das noch nicht alles war. »Ändert sich dadurch etwas für uns?«, fragte sie. Die Nebenkosten für das Haus hatten sie sich bisher zu viert geteilt, jetzt waren sie nur noch zu dritt. Aber das hatten sie schon unter sich geregelt.

Olaf räusperte sich wieder. »Also, es ist so …«, eierte er wieder herum. Und dann ließ er die Katze aus dem Sack: »Agathe wollte, dass ihr Zimmer bewohnt bleibt. Es sollte noch jemand die Möglichkeit haben, hier seinen Lebensabend zu verbringen.«

Karin fiel die Kinnlade herunter. Eben hatte sie noch an ihre Möchtegern-Mitbewohnerin Gerda gedacht – und jetzt das.

»Im Testament steht, dass wir uns eine neue Mitbewohnerin suchen sollen?« Ursel lachte laut auf. »Unsere Agathe war schon immer für eine Überraschung gut.« Sie schüttelte den Kopf. Dann sah sie nach oben. »Was hast du dir nur dabei gedacht, Agathe?«

Olaf trank einen Schluck Kaffee – und räusperte sich schon wieder. Sie hatten alle ihre kleinen Macken, aber dieser Räuspertick ging Karin langsam auf die Nerven.

»Was?«, fragte Elsbeth mit hochgezogenen Augenbrauen. »Raus mit der Sprache, Olaf.«

Wieder ein Räuspern, Karin seufzte und sagte: »Dieses ständige Räuspern, bevor du etwas zu sagen hast, das musst du dir abgewöhnen, Olaf. Das ist echt anstrengend.«

Er nickte und schluckte das nächste Räuspern hinunter. »Eigentlich hat Agathe gar nicht gemeint, dass ihr euch eine neue Mitbewohnerin suchen sollt. Sie hat mir einen Brief hinterlassen, in dem sie mir quasi vorschlägt, selbst in das Zimmer zu ziehen.«

Karin konnte nicht anders, sie prustete los. »Die liebe Agathe hat ihren Humor bis zum Schluss nicht verloren.«

»Wäre das so abwegig?«, fragte Olaf sichtlich pikiert.

»Du bist ein Mann!«, stellte Ursel fest und brachte damit das Problem auf den Punkt.

»Wir kaufen dir das Haus ab«, schlug Elsbeth vor. »Wie viel willst du?«

Olaf straffte die Schultern. »Nein, das kommt nicht in Frage. Das Haus bleibt in der Familie. Ich denke, Agathe wollte es so, sonst hätte sie es nicht mir, sondern euch vermacht. Und ehrlich gesagt, finde ich das auch richtig so.«

Am Ende würden sie auf der Straße sitzen. »Na großartig, das sind ja tolle Aussichten«, brummte Karin.

»Keine Sorge, wenn ich vor euch sterbe, geht das Haus an meinen Sohn. Aber wie gesagt, ihr habt das Wohnrecht hier, bis auch die Letzte von euch nicht mehr unter den Lebenden weilt.«

Elsbeth tippte nervös mit dem Zeigefinger mehrmals auf die Tischplatte, bevor sie abrupt innehielt. Zwischen ihren Augenbrauen hatte sich eine steile Falte gebildet. »Ich fasse zusammen: Das Haus gehört dir. Du willst in Agathes Zimmer einziehen. Sonst hättest du uns längst gesagt, dass du das für eine ebenso absurde Idee hältst wie wir. Das heißt, wenn wir drei hier wohnen bleiben wollen, Olaf, müssen wir dich ertragen und hoffen, dass du nicht sehr alt wirst.«

Das war gemein. Aber auch ehrlich.

Olaf spielte seinen letzten Trumpf aus. »Ich bin einsam«, sagte er und sah dabei aus wie ein begossener Pudel. »Aber wenn ihr euch mich überhaupt nicht als Mitbewohner vorstellen könnt, dann verzichte ich natürlich. Agathe wollte sicher nicht, dass ihr wegen mir das Haus verlasst. Ich weiß, wie viel ihr ihr bedeutet habt. Und sie euch.«

Wieder tippte Elsbeth mit dem Finger auf den Tisch. »Müssen wir das jetzt gleich entscheiden?«, fragte sie schließlich.

»Nein.« Olaf stand auf. »Ich würde mir sowieso gerne den Garten ansehen, wenn es euch nichts ausmacht, und mir draußen ein Weilchen die Beine vertreten.«

»Typisch Mann«, blaffte Elsbeth, nachdem Olaf durch die Terrassentür verschwunden war. »Ich wollte, dass er uns ein paar Tage Bedenkzeit gibt, nicht nur eine halbe Stunde.«

»Er hält es sowieso keine zwei Wochen mit uns Hexen aus«, sagte Ursel. »Wir lassen ihn ein- und wieder ausziehen. Das erledigt sich ganz schnell von selbst, wartet mal ab.«

»Das habe ich bei meinen drei Männern auch gedacht«, warf Karin ein. »Und dann musste ich warten, bis sie einer nach dem anderen endlich das Zeitliche gesegnet haben. Und wie ich das fand, will ich jetzt lieber nicht sagen.« Sie stand auf, ging zum Fenster und schaute hinaus in den Garten. Dort stand Olaf unter dem Apfelbaum und blickte auf den Teich. Er zupfte an seiner dunkelblauen Weste, die er über seinem rot-blau-grün karierten Hemd trug. So war er schon immer herumgelaufen. Im Großen und Ganzen hatte er sich in den letzten Jahren nicht sehr verändert. Außer, dass sein Bauch etwas runder und sein Haar lichter geworden war.

Ihre Freundinnen gesellten sich zu ihr.

»Das auch noch!«, rief Ursel.

Mit angehaltenem Atem beobachteten sie, wie Olaf einen der Äste herunterzog und einen Apfel pflückte. Es war ein Roter Berlepsch, ein Winterapfel, der jetzt reif für die Ernte war.

»Hoffentlich isst er ihn nicht«, flüsterte Ursel mit Ekel in der Stimme.

Aber genau das tat Olaf. Er biss in den Apfel und schlenderte zum Teich.

»Ich brauche einen Schnaps.« Elsbeth ging zum Wohnzimmerschrank. Sie kam mit einem Tablett zurück, auf dem drei gefüllte Gläser standen.

»Das ist lange her«, bemerkte Ursel.

Karin nickte. »Über fünfzig Jahre.«

Sie stieß mit ihren Freundinnen an. Und obwohl sie sich nicht abgesprochen hatten, sagten sie unisono: »Im Teiche lag eine Leiche. Der Arsch war bemoost, Prost!«

Gerade als sie die Gläser auf der Fensterbank abstellten, drehte sich Olaf um und winkte ihnen zu.

Wenn der wüsste, worauf er sich da einlässt, dachte Karin.

»Eigentlich ist er ja ganz nett«, meinte Ursel. »Aber wie erklären wir ihm denn, dass er die Äpfel nicht essen darf?«

»Wir sagen ihm die Wahrheit«, schlug Elsbeth mit todernster Miene vor. »Wir sagen ihm, dass wir dort vor fünfzig Jahren eine Leiche begraben und in die frische Erde einen Apfelbaumsetzling gepflanzt haben.«

Ursel riss die Augen auf. »Ist das dein Ernst? Wir hatten uns doch geschworen, nie wieder darüber zu reden.«

»Natürlich meine ich das nicht so, das war ein Scherz, Ursel. Andererseits …« Elsbeth lächelte verschmitzt. »Die Wahrheit würde er uns sowieso nicht glauben.«

»Mord verjährt nicht«, warf Ursel ein. »Und Olaf war schließlich mal Kommissar, auch wenn er sich nur um die Sicherheit von Senioren gekümmert hat. Ich glaube, wir müssen uns etwas anderes einfallen lassen, meine Lieben.«

»Warum lassen wir ihn die Äpfel nicht einfach essen?«, fragte Karin.

»Asche zu Asche, Staub zu Staub, Karin. Weil dann etwas von IHM in Olaf steckt. Und den Gedanken finde ich abstoßend.«

»Das finde ich allerdings auch.« Elsbeth verdrehte die Augen und sah nach oben. »Ein Mann in unserer Villa. Ich hoffe, du hast dir das gut überlegt, Agathe.«

»Das heißt, wir akzeptieren ihren letzten Willen?«, fragte Ursel. »Wir könnten es auch erst mal anwaltlich prüfen lassen.«

Elsbeth schüttelte den Kopf. »Agathe mochte Olaf, sie hat immer sehr liebevoll über ihn gesprochen. Wenn es ihr letzter Wille war, sind wir es ihr schuldig.«

Olaf hatte inzwischen den Apfel aufgegessen. Er warf den Griebsch in den Lorbeerstrauch, zog ein weißes Stofftaschentuch aus der Westentasche und wischte sich damit über den Mund.

»Dann sind wir jetzt also wieder zu viert«, sagte Karin. Das Leben wurde auch im Alter nicht langweilig. Im Gegenteil. Sie hatte das Gefühl, dass es noch mal richtig in Fahrt kam. »Aber eins will ich mal klarstellen«, sagte sie. »Damals, das war kein Mord, ich würde es vielmehr als ein Versehen bezeichnen.«

6.

Ursel

Ursels Schulter schmerzte. Sie rollte ein paarmal mit dem Gelenk, bis sie Elsbeths Blick bemerkte. Elsbeth hatte es wirklich drauf. Keine der drei konnte so vernichtend sprechen, ohne etwas zu sagen.

»Entschuldigung«, sagte Ursel. Das Knacken des Gelenks hörte sie selbst nicht mehr, sie hatte sich daran gewöhnt. Außerdem war sie auf einem Ohr fast taub. Aber sie wusste, dass es nicht sehr appetitlich klang.

»Tut es sehr weh?«, fragte Karin. »Soll ich die Schulter einreiben?«

Ursel schüttelte den Kopf. »Lieb von dir, aber das geht gleich vorbei.« Die Schmerzen kamen nicht von der fortschreitenden Verkalkung. Es war der Apfel, den Olaf gerade gegessen hatte. Der Apfel und der Gedanke an den Abend, an dem die drei IHN im Teich gefunden hatten. Ursel konnte immer noch spüren, wie der Mistkerl sie wenige Minuten zuvor am Arm gezogen und wie sie sich mit einem Ruck befreit hatte. Der Sehnenriss war seit Jahrzehnten verheilt, aber immer, wenn es brenzlig wurde, zwickte die Schulter. »Und wie bringen wir Olaf nun bei, dass die Äpfel tabu sind?«, fragte sie.

»Wir sagen ihm, dass wir den Baum mit irgendeinem ätzenden Zeug behandelt haben, um das Ungeziefer zu vertreiben«, schlug Karin vor.

Elsbeth nickte. »Wir haben noch etwas von dem Mittel im Schuppen, mit dem wir die Blattläuse gekillt haben. Das könnten wir genommen haben.«

»Gute Idee!« Ursel sah wieder in den Garten. »Irgendwie tut mir Olaf leid. Wenn er wirklich einsam ist ...«

Neben ihr schnaufte Elsbeth. »Er hat ein großes Haus, er könnte eine Männer-WG gründen. Es lassen sich bestimmt auf Anhieb einige Kandidaten finden, wenn er eine Annonce aufgibt.«

»Na, das würde ja was geben«, unkte Karin.

»Wir kennen uns ein Leben lang, ich weiß nicht, ob ich mit anderen Personen unter einem Dach wohnen wollen würde, die ich vorher überhaupt nicht kannte. Das stelle ich mir schwierig vor.« Ursel sah ihre Freundinnen ernst an. »Was nicht heißt, dass es mit uns dreien einfach ist. Aber wir wissen, wer wir sind und was wir voneinander zu halten haben.«

»Wie wär's mit einem Probewohnen?«, schlug Karin vor. »Wir vereinbaren ... sagen wir ... vier Wochen. Und dann entscheiden wir alle zusammen. Vielleicht hast du recht, Ursel, und er geht freiwillig. Oder wir stellen fest, dass er doch ganz nett ist.« Sie grinste. »Hauptsache, keine von uns heiratet ihn.«

Elsbeth lachte laut los, und die anderen stimmten mit ein.

Da blickte Olaf zu ihnen auf und winkte. Elsbeth öffnete das Fenster. »Die Äpfel solltest du lieber nicht essen, wir haben den Baum gespritzt«, rief sie.

»Ach so.« Er schob die Hände in die Hosentaschen. »Habt ihr euch entschieden? Darf ich wieder rein?«

»Ja«, rief Ursel.

Dass er gleich am nächsten Tag mit dem Probewohnen beginnen wollte, warf Ursel dann noch einmal aus der Bahn. »Du hast es aber eilig«, sagte sie. Irgendwas stimmte da nicht. Er hatte doch ein Haus.

»Das finde ich auch.« Elsbeth sah ihn prüfend an. »Warum so Hals über Kopf?«

»Ich bin für klare Verhältnisse«, erklärte Olaf. »Dann kann ich mir schnell etwas anderes überlegen, wenn es mit uns nicht klappt.« Er nippte an seinem Kaffee. »Ich bevorzuge Hafermilch, habt ihr was dagegen, wenn ich welche mitbringe?«

»Warum sollten wir?«, antwortete Ursel. »Bist du laktoseintolerant?«

»Ja.« Er griff in seine Hemdtasche, zog eine kleine Schachtel heraus und schüttelte sie. »Zum Glück gibt es Tabletten, die helfen. Aber wenn es geht, meide ich Kuhmilch.«

»Gut, dass es keine Allergie ist«, sagte Karin.

Das konnte tödlich sein, wie Ursel aus eigener Erfahrung wusste. Sie fasste sich an die Schulter, die prompt noch ein bisschen mehr zwickte.

»Hast du schon mal Mandelmilch probiert, Olaf? Ich persönlich trinke sie sehr gerne. Aber es gibt auch ...«, plapperte Karin drauflos.

Ursel hörte nur noch am Rande zu. Ihre Gedanken schweiften fünfzig Jahre zurück, bis sie eine kühle Hand auf ihrer spürte.

»Brauchst du eine Schmerztablette?«, fragte Elsbeth leise.

»Nein«, antwortete Ursel. Es war ein gutes Gefühl zu wissen, dass sie nicht allein schuld war. Alle drei waren beteiligt gewesen, jede auf ihre Weise. Sie drückte den Rücken durch.

Elsbeth nickte leicht, dann klatschte sie in die Hände und sagte laut: »Dann würde ich vorschlagen, dass wir gleich zur Sache kommen. Agathes Schrank ist schon ausgeräumt, Olaf. Sie hat es so gewollt. Ein paar Tage nach der Beerdigung haben wir die Sachen als Kleiderspende in die Bahnhofsmission gebracht. Du brauchst nur noch zu packen und kannst einziehen.«

»Das passt zu ihr.« Olaf nahm eine Serviette und tupfte sich die Augen. Er schien tatsächlich traurig zu sein. »Auch wenn wir nie viel miteinander zu schaffen hatten, so haben wir uns doch gegenseitig sehr geschätzt. Dass sie mir das Haus vermacht hat, freut mich sehr. Und dabei geht es mir nicht um den Wert des Hauses, es ist vielmehr der Gedanke, dass ich es ihr wert war, ihr Erbe anzutreten.« Er sah in die Runde. »In allen Belangen. Ich werde sie würdevoll vertreten.«

Elsbeth schnalzte mit der Zunge. »Übertreib es nicht, Olaf«, sagte sie streng. »Sonst ...«

»Du kannst Agathe nicht ersetzen«, sagte Ursel schnell. Sie wusste, dass Elsbeths Worte zu einer Waffe werden konnten. »Das kann niemand, Olaf. Aber wir freuen uns, dass du uns ab morgen Gesellschaft leisten wirst, weil es Agathe so wollte.«

»So habe ich das nicht gemeint.« Er räusperte sich. »Natürlich weiß ich, dass ich euch die Freundin nicht ersetzen kann.«

»Wir haben überlegt, dass wir es erst einmal für vier Wochen gemeinsam versuchen, was hältst du davon, Olaf?«, fragte Ursel. Sie lächelte verschmitzt. »Es wird nicht leicht für dich, mit uns dreien, nur dass du Bescheid weißt.«

Er nickte. »Ich freue mich darauf!«

Elsbeth stand auf. »Ihr braucht mich hier ja nicht mehr. Ich mach die Küche sauber.«

Olaf sah ihr nach und nahm wieder die Haltung eines begossenen Pudels ein.

Karin tätschelte seine Hand. »Wenn du mit uns klarkommen willst, Olaf, musst du dir ein dickeres Fell zulegen.«

Ursel musterte Olaf nachdenklich. Im Grunde war er kein schlecht aussehender Mann. Er könnte mehr aus sich machen. »Sag mal, Olaf«, sagte sie, »wer schneidet dir eigentlich die Haare?«

Karin kicherte. »Mir schwant Schlimmes. Lass dich bloß nicht zu einer neuen Farbe überreden.«

»Das hab ich doch gar nicht vor«, erwiderte Ursel. »Ich mag Grau.« Sie musterte ihre Freundin kritisch: »Obwohl ich nach wie vor der Meinung bin, dass dir das Blond besser stand, Karin.«

Olaf fuhr sich durch die Haare. »Ich bin vierundsiebzig, da darf ein Mann zu seiner Naturhaarfarbe stehen.«

»Aber du könntest einen etwas schnittigeren Look vertragen. Und vielleicht solltest du dich endlich von diesen karierten Hemden trennen. Damit kannst du Elsbeth bestimmt nicht beeindrucken.« Der letzte Satz war Ursel so herausgerutscht, und im selben Moment ärgerte sie sich darüber. »Tut mir leid«, sagte sie.

»Das muss es nicht«, erwiderte Olaf. »Aber ich frage mich, warum du glaubst, dass ich Elsbeth beeindrucken will und nicht dich, Ursel?«

»Gut gekontert, Olaf«, sagte Karin. Ihre Augen funkelten. Sie hatte sichtlich Spaß. »Eins zu null für dich.«

»Na schön.« Ursel ließ sich auf das Spiel ein. »Ich mag keine Karos. Für mich bitte einen schlichten Wollpullover über einem Polohemd, Ton in Ton. Dazu gerne eine Cordhose. Und ich mag Männer, die Pfeife rauchen.«

Und Männer, die aussehen wie Borowski. Ursel erkannte seine Stimme sofort.

Er hatte nicht geklingelt. Sicher hatte Elsbeth ihn vom Küchenfenster aus kommen sehen und ihm die Tür geöffnet.

»Der Kommissar«, sagte Karin.

Im nächsten Moment betrat Kommissar Biermann das Zimmer, gefolgt von Elsbeth. Bei der ganzen Aufregung um Olaf war der arme Heiner in Vergessenheit geraten.

»Guten Morgen, meine Damen«, sagte der Kommissar und stutzte. »Olaf? Was machst du denn hier?«

Olaf stand auf, schüttelte Borowski überschwänglich die Hand, zog ihn an sich und klopfte ihm auf die Schulter. »Mensch, Enno, schön, dich zu sehen. Ich ziehe demnächst hier ein. Aber du? Was machst du denn hier?« Er grinste und sah zu Ursel, Elsbeth und Karin. »Haben die drei etwas ausgefressen?«

»Hast du es noch nicht gehört?«, fragte der Kommissar. »Die Sache mit dem Postboten.«

»Nein. Was ist passiert?«

»Das erfährst du gleich, sofern die Damen nichts dagegen haben, dass du bei der Befragung anwesend bist.«

»Da Olaf ja sozusagen bei uns wohnt, habe ich nichts dagegen einzuwenden«, sagte Karin.

»Ab morgen«, sagte Elsbeth und seufzte. »Olaf wohnt erst ab morgen bei uns, und dann auch erst mal nur für vier Wochen. Meinetwegen kann er zuhören, wir haben nichts zu verbergen.«

Das traf – zumindest was den Postboten anging – zu. »Olaf kann gern bleiben«, sagte Ursel.

»Aha, so ist das also.« Borowski rieb sich das unrasierte Kinn. »Dann unterhalten wir uns doch mal über Dinge, die gestern geschehen sind.« Ursel war froh, dass sie sich heute Morgen für eine dunkle Stoffhose und einen schwarzen Pullover entschieden hatte. Sie saß sozusagen in Trauerkleidung am Tisch, während Karin noch ihren fliederfarbenen Frotteemantel und darunter Nachthemd und Leggings trug.

Aber das störte ihre Freundin nicht im Geringsten. »Kaffee, Herr Kommissar?«, fragte Karin. »Und vielleicht ein Quarkbrötchen dazu? Elsbeth hat sie heute Morgen gebacken, sie sind ganz frisch.«

»Da sage ich nicht nein.« Borowski schnupperte. »Das riecht himmlisch.«

Elsbeth drehte sich um und ging. »Dann hole ich mal ein neues Gedeck«, murmelte sie vor sich hin.

»Neben Ursel ist noch ein Platz frei, Herr Kommissar«, sagte Karin.

Borowski roch gut, wie Ursel erschnupperte, als er sich neben sie setzte. Würzig, holzig, mit einer warmen Note. Er hatte das Eau de Toilette erst vor kurzem aufgelegt, sonst wäre es schon ein wenig verflogen. Das war kein Duft aus irgendeinem Drogeriemarkt, das war etwas Exquisites. Sicher hatte er ihn geschenkt bekommen, er wirkte auf sie nicht wie ein Mann, der sehr viel Wert auf teure Marken legte. »Wie können wir Ihnen denn helfen?«, fragte Ursel.

»Mir ist zu Ohren gekommen, dass die mutmaßliche Tatwaffe aus Ihrem Besitz ist«, antwortete der wohlriechende Kommissar.

»War«, stellte Ursel klar. »Elsbeth hat das Messer verschenkt.«

»An einen Koch namens Edoardo Pirlo.« Der Kommissar lächelte. Ursel gefiel der leicht spöttische Unterton, mit dem er weitersprach. »Oder vielleicht Baggio?«

»Pirlo«, sagte Elsbeth, die in diesem Moment wieder den Raum betrat. Sie stellte dem Kommissar einen Teller vor die Nase. Darauf legte sie das Messer, das Ursel und Karin ihr geschenkt hatten. »Vorsicht, es ist scharf.«

»Das ist eine Tatwaffe?«, fragte Olaf. »Dann hättest du das Messer besser nicht angerührt, Elsbeth.«

Er hatte nicht richtig zugehört. Oder nicht verstanden.

Elsbeth rollte mit den Augen und verschränkte die Arme vor der Brust. »Ach was, Olaf!«

»Das ist natürlich nicht das Messer, mit dem unser Postbote erstochen wurde«, erklärte Ursel. »Das steckt in seiner Brust.«

»Beziehungsweise müsste es in der Gerichtsmedizin liegen. Denn da liegt Heiner ja jetzt.« Karin zeigte auf das Messer. »Das hier haben wir Elsbeth geschenkt, nachdem sie ihr altes weggegeben hatte.«

»Das stimmt«, sagte Ursel.

»Hat Benny Ihnen davon erzählt?«, fragte Elsbeth und setzte sich an den Tisch. »Bedienen Sie sich bitte, Herr Biermann.«

Der Kommissar, der Ursel noch immer an Borowski erinnerte, griff nach einem Brötchen – und dem Messer.

Ursel hielt den Atem an. Es war zwar nicht die Tatwaffe, aber der Gedanke, dass genau so ein Messer in Heiner steckte, ließ sie schaudern. Sie würde das Ding nie wieder benutzen.

Aber er tat es. Seelenruhig schnitt er das Brötchen in zwei Hälften. »Es ist wirklich scharf«, stellte er fest. »Mein Schwager, ein begnadeter Hobbykoch, schwört auf diese Klinge. Er hat auch eine bemerkenswerte Sammlung. Mich interessiert ...« Er sah Elsbeth an. »Warum sind Sie sich denn so sicher, dass die Tatwaffe ausgerechnet Ihr altes Messer ist, Frau Kannenwischer?«

»Ich habe eine kleine Macke am Griff erkannt, fingernagelgroß, halbrund«, sagte Elsbeth.

Borowski griff in seine Aktentasche, zog den A4-Ausdruck eines Fotos heraus, betrachtete es und schob das Blatt zu Elsbeth hinüber.

»Die kleine Stelle ganz oben am Griff?«

»Ja«, antwortete Elsbeth, »eindeutig.«

Er sah sie skeptisch an. »Sie müssen aber verdammt nah an der Leiche gestanden haben, dass Ihnen das aufgefallen ist.«

Ach herrje! Er sollte doch nicht wissen, dass Karin ein Foto vom Toten gemacht hatte. »Sie müssen unbedingt Frischkäse und Marmelade auf das Brötchen geben. Die Birnenmarmelade ist köstlich.« Ursel stellte ihm das Glas neben den Teller.

»Elsbeth hat sie gemacht. Sie ist die Gourmetköchin in unserer Runde. Deshalb auch das teure Messer.« Karin setzte eine wichtige Miene auf. »Und natürlich ist Elsbeth nicht sehr nah an den Strandkorb herangegangen. Die Fußspuren waren von mir, wie ich ja schon zu Protokoll gegeben habe.«

»Würde mir jetzt bitte mal jemand erzählen, was eigentlich vorgefallen ist?«, mischte sich nun Olaf ins Geschehen ein.

»Verdammt!« Olaf räusperte sich und gleich darauf noch einmal. Aber das war in dieser Situation verständlich. Schließlich erfuhr man nicht jeden Tag, dass direkt vor der Haustür ein Tötungsdelikt stattgefunden hatte. Olaf war zwar auch Kommissar, aber soweit Ursel wusste, hatte er in der Prävention gearbeitet. Dort hatte er ältere Menschen beraten, wie sie sich vor Einbrechern und Trickbetrügern schützen konnten. In einem Mordfall – Elsbeth hatte recht, das klang spannender – hatte er bestimmt noch nicht ermittelt.

Aber da irrte sich Ursel, wie sie im nächsten Moment feststellte.

»Erinnert mich ein bisschen an den Fall damals in Laboe, Olaf«, sagte Borowski. »Weißt du noch?«

»Das ist jetzt gut zwanzig Jahre her. Damals warst du noch ein Greenhorn und schwer verliebt in die schöne, kluge Mitarbeiterin aus der Spusi.« Olaf grinste. »Sag mal, wie geht es Caro?«

»Frag sie doch selbst«, antwortete Borowski. »Sie freut sich bestimmt, wenn du uns mal wieder besuchst.«

»Mach ich, mach ich gern.« Olaf tippte mit Zeige- und Mittelfinger auf den Tisch und drehte sich dann zu Elsbeth um. »Gut, dass du das Messer erkannt hast, das ist eine wichtige Spur.«

»Womit wir wieder beim Thema wären, Frau Kannenwischer«, stellte Borowski fest. »Jetzt erklären Sie mir doch mal, wie Sie eine kleine Kerbe von etwa drei Millimeter Durchmesser am Griff eines Messers erkannt haben wollen, obwohl Sie etwa drei Meter von der Leiche entfernt standen.«

Elsbeth kam nicht in die Verlegenheit, die Frage zu beantworten. Das übernahm Karin für sie. »Sie hat es auf dem Foto gesehen, das ich von Heiner gemacht und ihr geschickt habe«, erklärte sie. »Aber fragen Sie mich bitte nicht, warum. Ich gehe auf die achtzig zu, da wird man manchmal ein bisschen komisch.«

Jetzt war es raus. Wie peinlich!

»Ach, das beruhigt mich.« Borowski griff seelenruhig zum Messer und schnitt ein zweites Brötchen auf. »Ich hatte nämlich den Verdacht, dass Ihre Freundin etwas mit dem Mord zu tun haben könnte.«

»Elsbeth?« Karin machte große Augen. »Die kann doch keiner Fliege was zu Leide tun.«

Das war so nicht ganz richtig, aber Karin war eine Expertin darin, die Wahrheit ein wenig zu dehnen. »Das Foto habe ich natürlich schon gelöscht«, erklärte sie. »Wollen Sie kontrollieren?« Sie hielt ihm das Handy hin.

Ursel war sich sicher, dass Karin das Foto längst gesichert hatte, irgendwo im World Wide Web, wo sich ihre Freundin im Gegensatz zu Elsbeth und Ursel wie zu Hause fühlte.

Borowski griff nach dem Frischkäse. Dabei sah er Olaf an und sagte: »Du ziehst morgen hier ein? Versprich mir, dass du auf die drei Damen aufpasst. Ich will nicht, dass sie noch mehr Unsinn anstellen.«

»Das werde ich«, sagte Olaf und setzte sich etwas aufrechter hin. »Natürlich passe ich auf meine Mitbewohnerinnen auf, ist doch selbstverständlich.«

»Übertreib es nicht, Olaf!« Elsbeth sah ihn streng an und wiederholte: »Übertreib es nicht!«

Borowski lachte laut. »Du traust dich was, Olaf!«, sagte er schließlich und wurde wieder ernst. »Und was das Foto angeht, das möchte ich auf keinem der Telefone entdecken, falls ich mir doch noch überlege, die Dinger zu kontrollieren.«

Ursel nahm sich vor, das direkt zu erledigen, sobald Borowski verschwunden war. »Wie ist denn der Ermittlungsstand, gibt es irgendwelche neuen Erkenntnisse?«

Anstatt Ursel zu antworten, sah Borowski zu Olaf. »Pass auf die drei auf!

7.

Karin

Es war so viel spannender als der sonntägliche Tatort. An ihrem Küchentisch saß ein waschechter Ermittler!

»Erinnern Sie sich an irgendein Ereignis, so unwichtig es Ihnen auch erscheinen mag, das Edoardo betraf, abgesehen davon, dass es sein Kindheitstraum war, Fußballspieler zu werden?«, fragte der Kommissar. »Jede Kleinigkeit könnte hilfreich sein. Auch äußerliche Merkmale.«

Karin wollte gerade ihr Handy zücken, da kam Elsbeth ihr zuvor.

»Er hatte zwei Tätowierungen«, sagte sie. »Eine kleine schwarze Rose mit Dornen auf dem rechten Daumen, die etwas mit einer unglücklichen Liebe zu einer Frau zu tun hat. Und etwas oberhalb der linken Leiste drei versetzte Wellen, die er sich hat stechen lassen, damit er seinen Heimatort nicht vergisst.«

Karin horchte überrascht auf. Elsbeth war nie sehr gesprächig, wenn es um ihr Liebesleben ging. Aber das klang, als hätte sie Edoardo vielleicht doch schon einmal nackt gesehen. Ursel dachte wohl ähnlich, schloss Karin aus deren ebenfalls überraschtem Gesichtsausdruck.

»Edoardo ist meines Erachtens in Neapel aufgewachsen. Er hat ein paarmal davon gesprochen, wie sehr er das kristallklare Wasser und die grünlich schimmernden Felsen in der Bucht von Rocce Verdi vermisst. Mit vierundzwanzig ist er nach Deutschland gekommen. Hier hat er in verschiedenen Städten und Restaurants als Koch gearbeitet. Frau und Kinder hat er nicht, wie er mir einmal erzählt hat.« Elsbeth schüttelte den Kopf. »Ach, was sage ich da. Eigentlich weiß ich gar nicht, ob das alles stimmt, was er mir aufgetischt hat. Das Einzige, was ich mit Sicherheit sagen kann, ist, dass er ein begnadeter Koch war. Und dass ich ihn das letzte Mal vor etwa eineinhalb Jahren gesehen habe, als er plötzlich wieder hier aufgetaucht ist und für ein paar Wochen in der Barkasse gearbeitet hat. Und dann ist er von einem Tag auf den anderen spurlos verschwunden. Aber das hat Benny sicher schon erzählt.«

»Hat er.« Der Kommissar lächelte Elsbeth zu. »Ich mag die italienische Küche auch sehr. Haben Sie zufällig ein Foto von dem begnadeten Koch?«

»Leider nicht«, antwortete Elsbeth.

»Vielleicht kann ich helfen.« Karin nahm ihr Handy und scrollte durch die Bildergalerie. Erst neulich hatte sie den Speicherplatz erweitert, weil sie sich so schlecht trennen konnte. Bilder zu löschen brachte sie einfach nicht übers Herz, es sei denn, sie waren unscharf. »Ach, hier sind sie ja. Die habe ich im Juli letzten Jahres gemacht, in unserer Küche.« Sie schob das Handy über den Tisch zum Kommissar. »Es war ein heißer Sommer.«

Elsbeth machte einen langen Hals und versuchte, einen Blick auf die Fotos zu erhaschen. Aber das war gar nicht nötig.

»Ist er das, ist das Edoardo?« Der Kommissar reichte Elsbeth das Handy.

Mit hochgezogenen Augenbrauen sah sie erst einmal zu Karin, bevor sie sagte: »Ja, das ist er, Edoardo, wie er leibt und lebt.«

Es war aber auch zu verlockend gewesen. Wann hat schon mal ein Mann Pizza bei ihnen gebacken, der nichts anderes trug als enge Shorts und eine lange Goldkette über seiner stattlichen Brustbehaarung? Karin hatte gleich mehrere Fotos von ihm gemacht, als sie ihn laut singend in der Küche angetroffen hatte. Er hatte nichts davon mitbekommen. »Ich habe auch eine Stimmprobe. Wollen Sie mal reinhören, Herr Kommissar?«, fragte sie. »Dann brauche ich mein Handy wieder.«

Kurz darauf lauschten alle am Tisch Edoardos inbrünstig hingeschmettertem »Tu soltanto tu«.

»Zeug zum Sänger hatte unser Gigolo nicht, das klingt reichlich schief«, stellte Ursel trocken fest. »Aber Feuer. ›Du, nur du ...‹, hat er für dich gesungen, Elsbeth?«

»Für den Pizzateig«, antwortete Karin. »Elsbeth war gar nicht da, sie war noch einkaufen und kam erst später dazu. Ich hätte ihn gerne dabei gefilmt, es war durchaus nett anzusehen, wie er teigknetend seine Hüften schwang. Aber er hat mich entdeckt und hat es mir verboten. Also habe ich seinen Gesang heimlich aufgenommen.«

»Von den Fotos wusste er auch nichts, nehme ich an«, sagte der Kommissar.

»Niente!« Karin lächelte triumphierend. »Als hätte ich geahnt, dass wir die Aufnahmen eines Tages brauchen könnten. Soll ich Ihnen alles auf einen Stick kopieren, Herr Kommissar?«

»Ich bitte darum.« Er drehte sich zu Olaf um. »An deiner Stelle würde ich aufpassen, dass sie dich nicht filmt, wie du unter der Dusche mit deinem Bariton den Erlkönig schmetterst.«

»Oh«, sagte Karin. »Irgendwann wird sich bestimmt eine Gelegenheit dazu ergeben. Vielleicht auch für ein paar nette Fotos?«

Der Kommissar lachte laut. »Ruf mich an, Olaf, wenn du Hilfe brauchst.« Er sah mit eindringlichem Blick von Karin zu Ursel und dann zu Elsbeth. »Auch wenn dir hier etwas spanisch vorkommt.«

Olaf schielte zu Elsbeth. »Oder besser gesagt italienisch.«

Elsbeths Augenbraue schnellte nach oben, aber sie kam nicht mehr dazu, auf Olafs Bemerkung zu antworten, denn plötzlich klingelte Karins Telefon, das nun mitten auf dem Tisch lag. Da es gleichzeitig vibrierte, machte es einen Höllenlärm auf der hölzernen Tischplatte.

Karin griff danach. »Die Nummer kenne ich«, sagte sie. »Das ist das Polizeirevier in Schönberg. Bestimmt geht es um Heiner. Da geh ich mal lieber ran.«

Es war Ingrid, die Nachbarin, die ein paar Häuser weiter Richtung Florida wohnte. »Karin, bist du das?«, rief sie. »Kannst du uns hier rausholen? Und bring ein paar Scheine mit, sonst müssen wir die Nacht hinter Gittern verbringen.«

Im Hintergrund ertönte Gelächter, dann eine schrille Frauenstimme. »Im Knast, die wollen uns einlochen!«

»Okay, jetzt mal langsam«, sagte Karin. »Ihr seid also auf der Polizeiwache, du, Margit, und ich nehme an, Helga ist auch dabei.«

»Richtig!«, bestätigte Ingrid. »Kannst du uns freikaufen?«

»Kommt drauf an. Was habt ihr denn verbrochen?«, fragte Karin.

»Der Fahrkartenkontrolleur behauptet, wir seien schwarzgefahren. Aber wir haben nur die falschen Tickets gekauft, Kurz- anstatt Langstrecke. Woher sollten wir denn wissen, wie lang man mit was fahren darf?«

Karin war sich sicher, dass insbesondere Ingrid, die häufiger Bus fuhr, das ganz genau gewusst hatte. Aber darum ging es jetzt nicht. Sie schüttelte den Kopf. »Deswegen landet man doch nicht bei der Polizei. Also?«

»Beleidigung«, antwortete Ingrid und wurde lauter. »So nennt man das heutzutage, wenn man die Wahrheit sagt. Der Herr Kontrolleur war sehr unfreundlich.«

»Darf ich?« Es war eine dunkle Männerstimme, die Karin nun hörte.

Kurz darauf sprach ein Polizist mit ihr. »Jensen hier, Polizei Schönberg. Wir wären Ihnen sehr dankbar, wenn Sie die drei Damen abholen würden.«

»Ich brauche etwa zwanzig Minuten. Wie viel Geld soll ich mitbringen?«

Er lachte laut. »Sie bekommen etwas von mir, wenn Sie uns von ihnen befreien. Dann überlege ich mir, ob ich die Sache mit dem Randalieren und den Beleidigungen auf sich beruhen lasse. Um die Verwarnung fürs Schwarzfahren werden die beiden nicht drum herumkommen.«

»Die beiden?«, fragte Karin.

»Eine von ihnen besitzt ein Seniorinnenticket.«

»Ich«, rief Margit. »Aber ich habe es vergessen, deswegen habe ich ja vorsichtshalber noch das Ticket gekauft. Im Grunde genommen habe ich doppelt bezahlt und werde trotzdem behandelt wie eine Verbrecherin.«

Der Polizist seufzte laut. »Die drei halten hier alle auf Trab, es wäre schön, wenn Sie möglichst bald kommen.«

»Ich mache mich sofort auf den Weg. Bis gleich.« Karin sah den Kommissar an. »Brauchen Sie mich hier noch?«

Er rieb sich belustigt das Kinn. Es war offensichtlich, dass er alles gehört hatte, so laut, wie Ingrid und der Polizist gesprochen hatten. »Freundinnen von Ihnen?«

»Nachbarinnen, um die ich mich kümmere, sechsundachtzig, neunundachtzig und zweiundneunzig Jahre alt«, antwortete sie.

»Dann fahren Sie mal. Und wenn Sie da sind, lassen Sie dort bitte gleich eine Sicherungskopie von den Fotos und der Aufnahme auf Ihrem Handy machen. Ich sage Bescheid, dass sich jemand darum kümmert.«

»Das mache ich, Herr Kommissar.« Sie stand auf.

Elsbeth schüttelte den Kopf. »Ich verstehe zwar nicht, warum die drei sich nicht einfach in ein Taxi setzen, aber wenn du meinst, dass du bei jeder ihrer Eskapaden sofort springen musst, Karin, dann vergiss nicht, Adenauer zu tanken. Sonst müsst ihr am Ende alle vier mit dem Bus zurückfahren.«

»Gott bewahre!« Karin blickte in die Runde. »Bis gleich, ihr beiden, bis morgen, Olaf. Und bis bald, Herr Kommissar.«

Er lächelte. »Ja, ich denke auch, dass wir uns wiedersehen.«

Der Wagen hatte schon weit über dreihunderttausend Kilometer auf dem Tacho, aber der Motor schnurrte brav wie ein Kätzchen. Sie hatten gemeinsam beschlossen, dass ein Auto für die Hausgemeinschaft ausreichen würde und sich für Elsbeths Auto entschieden. Es war alt, aber schick, ähnlich dem, in dem Adenauer damals chauffiert wurde, nur in Weinrot. Karin war es recht. Das Geld, das sie für ihren noch fast neuen Kleinwagen bekommen hatte, konnte sie gut gebrauchen. Es ging ihr nicht schlecht, schließlich bezog sie eine recht gute Rente. Aber Sparguthaben oder andere Anlagen, wie sie ihre Freundinnen hatten, besaß sie nicht.

Agathe war sowieso nicht gern gefahren und hatte damals schon lange kein Fahrzeug mehr. Ursel hatte ihres noch eine Weile behalten, um es ihrer Enkelin zu schenken, sobald sie den Führerschein gemacht hatte. Nun teilten sie sich also Elsbeths Auto. Karin hatte sich erst an das Automatikgetriebe gewöhnen müssen. Das eine oder andere Mal hatte sie die Bremse mit der Kupplung verwechselt und hatte hart gebremst, statt zu schalten. Aber es war immer gut gegangen, und jetzt war sie froh, dass sie sich auf den Verkehr konzentrieren konnte und das Auto das Schalten selbst übernahm.

Im Schritttempo fuhr sie die Promenade entlang. Das Wetter war genauso trüb wie in den letzten Tagen. Es war nicht viel los. Jörn, einer der Fischer aus den Buden oben am Deich, lief mit gesenktem Kopf den Bürgersteig entlang, im Mundwinkel die obligatorische Pfeife, die nie brannte. Karin hupte kurz, aber er schlurfte weiter, ohne aufzublicken.

»Brummelkopf«, murmelte Karin. Sie kannten sich von Kindesbeinen an. Im Alter war er noch störrischer geworden.

Auf dem Parkplatz der Strandvilla Seelust parkten mehrere Autos. Karin hielt spontan an und fotografierte sie. Bennys Wagen mit Kieler Kennzeichen kannte sie. Ein anderer war in Hamburg zugelassen, einer in Kiel, einer in Pinneberg, einer in Plön, zwei in Düsseldorf. Ob der Kommissar wohl daran gedacht hatte, die Urlauber zu kontrollieren? Zu dieser Jahreszeit waren es nicht viele. Aber immerhin lief hier ein Mörder frei herum, und ihr Gefühl und ihr Verstand sagten ihr, dass es nicht Edoardo war. Niemals wäre er so dumm gewesen, das Messer in Heiner zu vergessen. Er hätte es mitgenommen und verschwinden lassen, denn es war klar, dass die Spur sonst direkt zu ihm führen würde. Sie tippte auf den gehörnten Ehemann, wenn sie recht hatte und Heiner eine Geliebte hatte. Oder ging es bei dem Mord um etwas ganz anderes?

Die Tür der Barkasse öffnete sich, und ein Paar kam lachend heraus. Frühstücksgäste, wie Karin vermutete. Die blonde Frau war ihr schon einmal irgendwo begegnet. Sie war auffallend elegant gekleidet: ein schwarzes Kostüm, dazu hochhackige, giftgrüne Pumps, in denen Karin keinen Meter weit gekommen wäre. Der Mann dagegen trug eine schlabberige, dunkelgraue Jogginghose, darüber einen dicken, schwarzen Pullover aus grobem Strick – und an den Füßen Pantoffeln. Er war also Gast in der Strandvilla. Ob sie sich dort zu einem netten Rendezvous getroffen hatten? Sie schätzte beide auf Mitte vierzig, den Mann vielleicht ein, zwei Jahre älter. Karin fuhr ein Stück weiter, stoppte den Wagen am Straßenrand und beobachtete, wie der Mann sich mit einem Kuss von der Frau verabschiedete und sie in das Auto mit dem Plöner Kennzeichen stieg.

»Woher kenne ich die?«, fragte sich Karin laut. Sie wartete, bis die Frau an ihr vorbeigefahren war, und folgte ihr. Dabei griff sie in das Türfach und nahm eine ihrer CDs heraus, die immer in der Mitte des Fachs zwischen denen von Elsbeth und Ursel lagen. Elsbeth hörte gerne Klassik, Ursels Herz schlug für Schlager. Karin mochte es rockiger. Beim Autofahren hörte sie am liebsten die guten alten Rolling Stones. Kaum zu glauben, dass Mick Jagger schon über achtzig war, wie die Zeit verging.

»I got a brandnew car, and I, I like to drive real hard …«, sang sie laut mit, dachte an Olaf und daran, wie er sich in kurzen Shorts und mit nacktem Bauch in ihrer Küche machen würde. Und dass es ungewohnt sein würde, mit einem Mann zusammenzuleben, mit dem sie nicht verheiratet war. Sie hoffte, dass die Ungezwungenheit zwischen Elsbeth, Ursel und ihr durch Olaf nicht verloren gehen würde. Aber das Miteinander würde sich auf jeden Fall ändern. Die Frage war nur, wie.

Die Frau bog nach links auf die Landstraße ab, wahrscheinlich fuhr sie nach Plön.

Gut gelaunt setzte Karin den Blinker nach rechts. Sie musste in die andere Richtung. An der Tankstelle am Ortseingang von Schönberg fütterte sie Adenauer und stellte den Wagen wenig später auf dem Parkplatz der Polizeiwache ab.

8.

Karin

Sie war nicht zum ersten Mal hier. Einen Moment blieb Karin sitzen und betrachtete das rote Steingebäude, vor dem die riesige Linde stand. Unter ihr hatte sie sich mit ihrem letzten Mann heftig gestritten. Manfred hatte ihr hoch und heilig versprochen, mit dem Spielen aufzuhören. Aber schließlich war er doch wieder der Sucht erlegen. Und da Karin ihm rigoros die Konten gesperrt hatte, versuchte er auf andere Weise, an Geld zu kommen. Leider war Manfred so ungeschickt, dass er gleich beim ersten Mal beim Klauen erwischt worden war.

Statt die Kamera wie ein Anfänger unter die Jacke zu schieben, hätte er das Geschäft wie selbstverständlich mit dem Apparat in der Hand verlassen sollen. Dann hätte er immer noch behaupten können, es sei keine Absicht gewesen oder er habe das Ding bei Tageslicht testen wollen – was man ihm mit Mitte siebzig vielleicht sogar geglaubt hätte. So hätte sie es gemacht, hatte sie ihm gesagt, nachdem sie sich wieder versöhnt hatten.

Lächelnd stieg sie aus. Grundsätzlich war Manfred gar

kein schlechter Kerl gewesen. Sie hatte auch viel Spaß mit ihm gehabt, vor allem am Anfang, als er sie noch jeden Abend vor dem Schlafengehen im Bett verführt hatte. Sie hätte ihn nicht heiraten sollen. Mit den Jahren war er bequem geworden, so bequem, dass er sich sofort nach dem Zubettgehen auf die Seite drehte und in einen komatösen Schlaf fiel. Aber als Dieb war er von Anfang an ein Versager gewesen. Schon nach wenigen Wochen hatte er sich wieder erwischen lassen – und ihr die Schuld gegeben. Schließlich sei seine neue Methode ihre Idee gewesen. Von da an ging es bergab. Er griff immer öfter zum Alkohol und wurde mürrisch, wenn er nichts trank. Aber darüber wollte sie nicht nachdenken. Sie hatte sich schon so oft vorgenommen, nur an die guten Zeiten zu denken, was ihre Vergangenheit betraf, in jeder Hinsicht. Aber das menschliche Gehirn war ein Miststück, es bewahrte die schlechten Erlebnisse ewig auf, während es die schönen viel zu schnell vergaß. »Wenigstens geht es mir im Alter gut!«, sagte sie laut, hörte Stones »Gimme Shelter« zu Ende und schaltete die Musik aus. Wie hieß die Frau noch mal, die da im Hintergrund sang, fragte sie sich, als sie aus dem Auto stieg.

»Merry Clayton!«

Kopfschüttelnd ging sie auf die Polizeistation zu. Sie konnte sich die Hauptstädte Europas nicht merken und vergaß ständig, wer wichtige politische Ämter innehatte. Erst letzte Woche hatte sie im Internet nachgesehen, was der Unterschied zwischen der UNO und der UN ist und war überrascht zu lesen, dass es keinen gab. Aber sie konnte sich an einen Namen erinnern, der genaugenommen keinerlei Bedeutung für sie hatte. Wo hatte ihr Gehirn das nur wieder so spontan ausgegraben?

Ein korpulenter Polizist in Uniform kam ihr entgegen.

»Peter Jensen«, stellte er sich vor. »Frau Mertins?«

Er hatte ein freundliches Gesicht, das sie ein wenig an eine Dogge erinnerte. Dazu passte auch seine stattliche Größe von bestimmt einem Meter neunzig.

Karin sah zu ihm auf. »Das bin ich.«

»Dann kommen Sie mal mit. Die drei Damen warten im Besprechungszimmer.«

Mit ihnen am Tisch saß eine junge, dunkelhaarige Frau, die Karin sofort erkannte. Es war die Polizistin, die mit Elsbeths Schüler zum Strandkorb gekommen war. Ihren Namen hatte sie vergessen.

»Meine Damen, Ihr Vormund ist da«, sagte die nette Polizistin.

»Vormund?« Karin stemmte die Hände in die Hüften und sah die drei Frauen streng an. Plötzlich schoss ihr das Bild durch den Kopf, wie Elsbeth, Ursel und sie selbst in zehn, fünfzehn Jahren aussehen würden, und die Frage, ob sie dann auch so fröhlich gucken würden, wenn sie auf der Polizeiwache festsaßen. Sie musste lachen.

»Setz dich«, sagte Margit. »Kaffee und Kuchen kommen gleich, nicht wahr, Frau Schneider?«

Die Polizistin schaute ihren Kollegen an. »Vielleicht sollten wir die drei direkt über Nacht hierbehalten. Sie sind immerhin schwarzgefahren, haben den Schaffner und einen Polizeibeamten beleidigt, können sich nicht ausweisen und jetzt sieht es auch noch so aus, als hätten sie uns wegen der Vormundschaft angelogen. Was meinst du?«

Sie klang todernst und erinnerte Karin in diesem Moment an Elsbeth, die einen ähnlich trockenen Humor hatte.

»Wollt ihr das wirklich riskieren?«, fragte Karin. Sie selbst wusste, dass es auf der Wache keine Zelle gab, noch nicht mal zum Ausnüchtern. Wenn, dann hätten die drei nach Kiel zur Verwahrung gebracht werden müssen. Karin schmunzelte in sich hinein, weil ihr einfiel, dass bei ihr zu Hause der Kommissar vom K1 saß und er sicher Augen machen würde, wenn die drei bei ihm in Kiel landen würden. Sie sah auf die Uhr. »Ich muss in einer halben Stunde zurück sein, Elsbeth braucht den Wagen«, flunkerte sie. »Soll ich euch mitnehmen, oder ruft ihr euch ein Taxi?«

»Hätten wir das doch gleich am Anfang gemacht«, schimpfte Helga, die bis dahin auffallend still gewesen war. »Aber ihr wolltet ja unbedingt mit dem Bus fahren.«

»Wo wolltet ihr denn hin?«, fragte Karin.

»Zu Gustav«, antwortete Helga und zeigte auf einen Korb, der neben ihr stand. Darin lagen ein kleiner Spaten und zwei große, rote Grablichter.

Gustav war Helgas Mann, er war letztes Jahr an seinem neunzigsten Geburtstag abends ins Bett gegangen und am nächsten Morgen einfach nicht mehr aufgewacht. Er hatte alles richtig gemacht.

»Lasst uns gemeinsam zum Friedhof fahren«, entschied Karin.

»Braucht Elsbeth das Auto nicht?«, fragte Ingrid.

»Das war gelogen«, antwortete Karin.

»Dachte ich mir, lügen konntest du noch nie gut.« Helga tätschelte Karins Wange. »Schon als du klein warst, konnte ich dir an der Nasenspitze ansehen, wenn du geflunkert hast.«

Karin nahm Helgas Hand und drückte sie sanft. Sie hatten einige Jahre zusammen in einem Haus gewohnt. Nachdem Karins Vater nur zwei Jahre nach ihrer Geburt an Tuberkulose erkrankt und gestorben war, war ihre Mutter in finanzielle Not geraten und hatte das Haus verloren. Eine Zeit lang lebten sie im Keller der Strandvilla Seelust, bis Helgas Familie sie aufnahm. Helga wurde schnell ihre Bezugsperson. Sie war damals sechzehn Jahre alt und hatte sich wie eine große Schwester um sie gekümmert. Jetzt war Helga zweiundneunzig, und Karin freute sich, ihr etwas zurückgeben zu können. Zweimal in der Woche besuchte sie Helga, die nun mit ihrem Sohn und dessen Frau unter einem Dach lebte.

»Ich muss hier nur noch kurz was erledigen.« Karin zog das Handy aus der Tasche. »Sie möchten bitte eine Sicherungskopie von einigen Fotos und einer Stimmaufnahme machen, Frau Schmidt. Der Kommissar aus Kiel wollte sich deswegen hier auf der Wache melden.«

»Schneider«, sagte Ingrid. »Das ist die Polizeiobermeisterin Schneider.«

»Oh, entschuldigen Sie.« Karin wackelte mit ihrem Handy. »Wo muss ich damit hin?«

»Der Kollege hat uns schon Bescheid gegeben.« Sie stand auf. »Dann kommen Sie mal mit, ich bringe Sie zum Techniker.«

»Kaffee und Kuchen gibt es dann im Probsteier Café«, sagte Karin zu den drei Frauen. Die Stachelbeertorte dort war ein Gedicht. »Ich lade euch ein.«

Der Techniker hatte die Daten schnell kopiert.

»Die Pizza, die er nach der Gesangseinlage gebacken hat, hat ganz hervorragend geschmeckt«, scherzte Karin. Da sah sie, wie die Polizeiobermeisterin Schneider von ihrem Schreibtisch aus mit zusammengekniffenen Augen durch das Fenster nach draußen schaute. Karin folgte ihrem Blick. Unter der Linde stand ein uniformierter Polizist. Er gestikulierte wild mit den Armen. Als er ein wenig zur Seite trat, gab er die Sicht auf eine Frau mit sehr kurz geschnittenem, blondem Haar frei, die sich in diesem Moment umdrehte und Richtung Innenstadt verschwand. Der Polizist blieb einen Moment stehen, dann ging er in Richtung Polizeirevier. Kurz darauf kam er auch schon durch die Tür.

»Frau Schneider!«, brüllte er. »Auf ein Wort.«

Die Polizistin erhob sich sofort. Karin beobachtete, wie sie in das Büro ging, in dem der Brüllaffe verschwunden war. »Da ist aber jemand schlecht gelaunt«, sagte sie.

»Der Chef. Ist wohl mit dem falschen Fuß aufgestanden.« Der Techniker reichte ihr das Telefon.

Sie steckte es ein und verabschiedete sich.

»Bitte anschnallen.« Karin startete den Wagen, vergewisserte sich im Rückspiegel, dass Ingrid und Margit ihren Anweisungen folgten, und fuhr los.

»Was für eine Aufregung«, sagte Margit.

Ingrid nickte. »Die Polizisten waren sehr freundlich. Was meint ihr, sollen wir sie noch einmal besuchen und vielleicht das nächste Mal einen Kuchen mitbringen, als Dankeschön, dass sie uns so gelassen ertragen haben?«

»Eine gute Idee«, sagte Karin und fuhr los. Sekunden später war neben ihr ein Schnarchen zu hören.

»Helga ist eingeschlafen«, sagte Margit leise, und alle schwiegen einvernehmlich.

Karin steuerte Adenauer durch die vertrauten Straßen Schönbergs. Sie fuhr gemächlich, schließlich hatte sie wertvolle Fracht an Bord. Dass sie auf der Landstraße von mehreren Autos überholt wurde, störte sie nicht. Schließlich hieß es Mindestgeschwindigkeit und nicht Tempolimit.

Kurz vor Probsteierhagen schlug Helga plötzlich die Augen auf und fragte: »Wie geht es dir, Karin, wie kommst du damit klar, dass du den armen Heiner tot im Strandkorb gefunden hast?«

»Ermordet!«, warf Margit ein und beugte sich zwischen den beiden Sitzen etwas vor. »Ich wette, das war der gehörnte Ehemann seiner Geliebten.«

»Das glaube ich auch«, sagte Ingrid.

Ursel schien also mit ihrer Vermutung richtigzuliegen. »Seid ihr sicher, dass er eine Affäre hatte?«, fragte Karin. »Woher wisst ihr das?«

»Von Julias Mutter«, antwortete Ingrid. »Sie hat es Mona erzählt, die zweimal in der Woche im Haushalt hilft. Und die hat es Gerda erzählt, der sie auch einmal die Woche hilft. Gerda hat es dann mir erzählt. Die beiden haben sich deswegen getrennt, Julia und Heiner.«

»Ach.« Karin horchte überrascht auf. »Ich dachte, Julia hätte einen Neuen. Und dann hat sie Heiner verlassen. Er hat sehr darunter gelitten, das habe ich selbst mitbekommen.«

»Pff«, machte Ingrid. »Du weißt doch aus eigener Erfahrung, wie das ist, Karin, erst bauen sie Mist, und dann heulen sie, wenn es rauskommt und man die Konsequenzen zieht.«

»Erinnere mich nicht daran!«, sagte Karin. Ihr erster Mann war ein richtiger Casanova gewesen. Jedem Rock hatte er hinterhergeschaut. Zweimal hatte er sie betrogen, und beide Male hatte sie ihn verlassen. Sie hätte ihn schon beim ersten Mal nicht zurücknehmen sollen! »Mit wem hatte Heiner das Verhältnis?«, fragte sie.

»Mit einer sehr schönen Blondine. Groß, schlank, halblanges Haar«, sagte Helga neben ihr. »Ich habe sie einmal zusammen gesehen. Sie standen unten am Wasser und sahen sehr vertraut aus. Heiner hielt ihre Hand. Als er mich bemerkte, ließ er sie los. Aus der Entfernung kann ich noch sehr gut sehen, sie hielten definitiv Händchen. Die Frau hatte einen Hund dabei, einen Labrador. Frag Benny, er kennt sie. Die beiden treffen sich ab und zu, wenn sie spazieren gehen. Meistens so gegen sieben Uhr morgens und dann noch mal abends am Strand.«

»Was du alles weißt, Helga«, meldete sich Margit von hinten zu Wort.

»Ach, wenn du wüsstest!« Helga drehte sich zu den beiden um. »Bei uns am Strand passiert so einiges! Das wisst ihr doch.«

»Das stimmt allerdings«, sagte Ingrid. »Aber jetzt erzähl mal, Karin, wie war das, als du Heiner entdeckt hast?«

»Nicht schön, das könnt ihr euch sicher denken …«, antwortete Karin und erzählte kurz von ihrem morgendlichen Spaziergang und dass sie, wie auch Ursel und Elsbeth, vermutete, dass Heiner eine Geliebte gehabt hatte. Aber die Sache mit Edoardo behielt sie für sich.

»Das hätten wir der netten Polizistin auf dem Revier sagen sollen«, sagte Margit. »Sollen wir auf dem Rückweg noch mal vorbeischauen?«

»Dafür ist die Kriminalpolizei in Kiel zuständig«, antwortete Karin. »Da haben wir einen Ansprechpartner, ich übernehme das.« Sie legte Helga kurz die Hand auf den Arm. »Es kann sein, dass sich der Kommissar deswegen bei dir meldet. Wenn du willst, bin ich gerne dabei, falls er Fragen an dich hat.«

»Das ist lieb von dir, aber das schaffe ich auch allein«, sagte Helga. »Ich bin ja nur Zeugin und keine Verdächtige. Außerdem wollte ich schon immer mal in einem Krimi mitspielen. Ich hätte übrigens nie gedacht, dass der Musiker der Mörder beim Tatort am Sonntag war. Du, Karin?«

Der Tatort am Sonntag hatte auch bei Helga Tradition. »Ich habe richtig getippt«, sagte Karin nicht ohne Stolz.

Inzwischen waren sie in Probsteierhagen angekommen. »Hier ist Gustav aufgewachsen, hier hat er seine letzte Ruhestätte gefunden«, sagte Helga. »Er ist nach über siebzig Jahren, die er mit mir am Strand verbracht hat, nach Hause zurückgekehrt.«

»Der Friedhof ist viel schöner als der in Schönberg«, sagte Ingrid. »Aber denkt daran, wenn ich sterbe, will ich nicht begraben werden. Wenn ich vor euch sterbe, streut meine Asche bitte in die Ostsee.«

»Meine auch.« Margit stupste Karin von hinten an. »Und du, Karin, wo willst du hin, wenn es so weit ist?«

»Am liebsten in den Himmel – wenn man mich dort haben will«, antwortete sie, und alle lachten. »Meine Asche kommt auch ins Meer, zu Agathe. Da wollen Karin und Ursel auch hin.«

»Überleg dir das gut, Helga, ob du wirklich zu deinem

Gustav willst, wenn du tot bist«, bemerkte Ingrid trocken. »Im Meer feiern wir bestimmt jeden Tag.«

»Ich komme euch als Regentropfen besuchen«, sagte Helga. »Am Ende sind wir sowieso alle wieder eins.«

»Schön gesagt.« Karin lächelte. »Aber noch sind wir unter den Lebenden.« Sie parkte Adenauer auf einem freien Platz direkt neben dem Eingangstor. »Da wären wir.«

Im Schneckentempo gingen sie zu zweit hintereinander, Ingrid und Margit vorneweg, Karin und Helga folgten mit etwas Abstand. Der Himmel war immer noch in ein trübes Grau getaucht, und Wind fuhr durch die Bäume, als sie am Grab von Helgas verstorbenem Mann ankamen. Herbstbunte Astern schmückten es.

»Moin, Gustav«, sagte Helga.

Da brach plötzlich ein Sonnenstrahl durch die Wolkendecke und schien direkt auf das Grab.

»Schau, Gustav schickt uns ein Zeichen von oben«, flüsterte Margit gerührt.

Helga lächelte. »Ja, das muss es wohl sein. Er will uns zeigen, dass er in Frieden ruht.«

Ein wunderschöner Moment. Gänsehaut kroch über Karins Knöchel bis unter die Kopfhaut.

Helga zündete die Kerzen an. Zehn Minuten verharrten sie, erzählten von Gustavs lustigsten Streichen, dann gingen sie wieder.

Als sie schon fast am Ausgang waren, blieb Helga stehen und zeigte auf eine etwas weiter entfernte Gräberreihe links von ihnen. »Da drüben liegt Heiners Vater. Der ist vor zwei Monaten gestorben. Gut, dass er das mit seinem Sohn nicht mehr erlebt hat. Es ist nicht schön, wenn Eltern ihre Kinder zu Grabe tragen müssen.«

»Was? Heiners Vater ist auch gestorben?«, fragte Karin. Natürlich hatte sie Helga gut verstanden, aber sie konnte nicht glauben, was sie gerade gehört hatte. »Wahrscheinlich hat er deshalb das Geld für seine neuen Zähne gehabt«, überlegte sie laut.

»Wohl kaum«, antwortete Helga. »Johannes war arm wie eine Kirchenmaus. Das Haus, in dem er wohnte, gehörte ihm zwar, aber es war nicht sehr groß und ziemlich heruntergekommen. Er hatte nicht viel Rente. Soweit ich weiß, hat Heiner ihn unterstützt.«

»Vielleicht hat Heiner das Haus verkauft«, meinte Ingrid.

»Wo steht es denn, hier in Probsteierhagen?«, fragte Karin.

»In der Parallelstraße zu Gustavs Elternhaus«, antwortete Helga. »Am Ende der Sackgasse. Die Lage ist schön, gleich dahinter beginnen die Felder.«

Es juckte Karin in den Fingern, dort vorbeizufahren. Aber das würde sie ein andermal machen, ohne die drei. »Und die Mutter?«

»Die liegt neben Johannes. Sie war sehr krank und ist schon ein paar Jahre tot.« Sie gingen langsam weiter. »Aber für Heiners Bruder muss es schwer sein«, sagte

Helga dann. »Zwei Tote in der Familie, so kurz hintereinander.«

»Er hatte einen Bruder?«, fragte Karin. »Das ist ja ein Ding, das wusste ich auch nicht.«

»Soweit ich weiß, hat er sich hier nie blicken lassen. Heiner war es, der sich um seinen Vater gekümmert hat, insbesondere nachdem er bei ihm eingezogen ist.«

»Ach«, sagte Karin. »Wir haben uns schon gefragt, wo er nach der Trennung von Julia gewohnt hat.«

»Da, wo die meisten Männer in so einem Fall unterkommen, bei den Eltern«, erklärte Helga.

»Und der Bruder, wo lebt der?«, fragte Karin.

»Hamburg«, antwortete Helga.

Das Auto mit dem Hamburger Kennzeichen auf dem Barkassenparkplatz, schoss es Karin durch den Kopf. Konnte natürlich Zufall sein, wahrscheinlich war es das! Aber gut, dass sie die Fotos gemacht hatte. Ursel und Elsbeth würden große Ohren bekommen, wenn sie ihnen gleich erzählte, was sie alles herausgefunden hatte.

»Und jetzt Kaffee und Kuchen?«, fragte Margit da.

Daran hatte Karin in der ganzen Aufregung gar nicht mehr gedacht. Am liebsten wäre sie jetzt sofort nach Hause gefahren, um die Neuigkeiten mit ihren Freundinnen zu teilen. Aber sie hatte es angeboten und wollte keinen Rückzieher machen. »Ja!«, sagte sie.

Das Leben konnte von einem Tag auf den anderen aus den verschiedensten Gründen vorbei sein. Sie beschloss, jeden Tag zu genießen und möglichst viel Gutes zu tun für ihre Freundinnen und Nachbarinnen. Schließlich gehörten sie alle zusammen. Sie hatten schon als Kinder am Schönberger Strand gelebt. Und sie sollten füreinander da sein.

9.

Elsbeth

Das trübe Novemberwetter passte zu Elsbeths Stimmung. Sie saß in ihrem Sessel und konnte sich zu nichts aufraffen. Normalerweise genoss sie es, allein im Haus zu sein, sie wusste sich mit sich selbst zu beschäftigen. Aber heute konnte sie nicht einmal die interessante Biografie von Oprah Winfrey auf andere Gedanken bringen. Karin war immer noch mit ihrem Seniorinnenclub unterwegs. Sie hatte in die Nachrichtengruppe ein Foto von einem schön gedeckten Kaffeetisch geschickt und in einer separaten Nachricht angekündigt, dass sie Neuigkeiten im Fall Strandkorb 396 zu berichten habe. Ursel war zu einer Kosmetikbehandlung bei einer ehemaligen Kollegin nach Schönberg gefahren. Da Karin noch mit Adenauer unterwegs war, hatte Ursel Olaf gebeten, sie zu fahren. Er hatte sofort zugesagt und großzügig angeboten, dass sein Auto natürlich auch der Hausgemeinschaft zur Verfügung stehen würde, sobald er in der Villa wohnte. So würden also bald zwei alte Karren vor der Tür stehen, ihr Adenauer und Olafs Buckelporsche, den er Käferchen nannte. Elsbeth mochte keine Verniedlichungen. Und nach Olafs wichtigtuerischem Auftritt hielt sie noch weniger davon, dass er bei ihnen einzog.

Sie seufzte tief und erhob sich. Seit Agathe nicht mehr bei ihnen war, war sie jeden Tag einmal in ihr Zimmer gegangen und hatte das Fenster geöffnet, um frische Luft hereinzulassen. Wie sehr hatte Agathe das Rauschen des Meeres geliebt! Natürlich liebten sie es alle, aber Agathe hatte eine ganz besondere Beziehung zum Meer. Ihr Großvater und ihr Vater waren Seeleute gewesen. So auch der Mann, den sie von ganzem Herzen geliebt hatte und den das Meer in einer stürmischen Nacht zu sich geholt hatte.

Elsbeth stieg die knarrenden Stufen hinauf. Den Treppenlift hatten sie in der letzten Woche abbauen und in den Keller bringen lassen. Sie wollten bei seinem Anblick nicht daran erinnert werden, wie schwach Agathe am Ende gewesen war. Aber sie waren vernünftig genug, das Ding aufzubewahren, um es wieder montieren zu lassen, wenn eine von ihnen es brauchte.

Sie alle hatten schöne Zimmer, jedes etwa zwanzig Quadratmeter groß. Elsbeths und Ursels Zimmer gingen zum Meer hinaus, Karins zum Garten. Agathes war das schönste von allen, mit mehr als dreißig Quadratmetern, Schrägen und einer Gaube, die einen herrlichen Platz für den gemütlichen Sessel bot, in dem Agathe oft gesessen und auf das Wasser hinausgesehen hatte. Sie hatte nicht wieder geheiratet, nachdem sie schon mit Mitte dreißig

Witwe geworden war, und nie wieder einen Mann so sehr geliebt wie ihren Curd. Nun waren die beiden wieder vereint.

Im Zimmer blieb Elsbeth überrascht stehen. Das Fenster war gekippt, jemand hatte den Sessel herangerückt, und auf dem Tisch stand ein Bilderrahmen. Sie drehte ihn um und blickte auf ein Foto, das Agathe und Curd zeigte. Arm in Arm standen sie vor dem Haus. Elsbeth hatte Curd nicht gemocht. Aber Agathe war damals bis über beide Ohren in ihn verliebt gewesen. Es war das Verwegene an ihm, das ihrer Freundin so gut gefallen hatte. Die Narbe auf der linken Gesichtshälfte, die beiden goldenen Schneidezähne. »Wo die Liebe hinfällt«, sagte Elsbeth leise und stellte den Rahmen wieder so hin, wie sie ihn vorgefunden hatte, damit die beiden aufs Meer schauen konnten.

Einen Moment blieb sie still stehen, dann verließ sie das Zimmer wieder. Wenn Olaf am nächsten Tag einziehen würde, wollte sie freundlicher zu ihm sein. Es stand außer Frage, dass er das Foto mitgebracht und so nett platziert hatte. Eine Frau wäre ihr lieber gewesen, aber insgeheim gefiel es ihr, dass das Zimmer wieder bewohnt wurde. So sollten sie es auch mit den anderen beibehalten, wenn eine von ihnen ging. Denn sonst würde am Ende eine allein in dem großen Haus wohnen. Und der Gedanke stimmte sie traurig.

Da sie es im Moment ohne ihre Freundinnen im Haus nicht aushielt, entschied sie sich für einen Spaziergang.

Sie zog ihren Mantel an, schlüpfte in die Stiefel und schloss wenig später die Tür hinter sich. Auf der Straße blieb sie unschlüssig stehen. Der Weg nach Norden war der schönere, da konnte sie unendlich lang am Wasser entlanggehen. Zwangsläufig würde sie aber an Strandkorb 396 vorbeikommen, wobei sie sich sicher war, dass die Spusi den Bereich weiträumig abgesperrt hatte. Sie entschied sich für den Süden, ging den Deich hinauf, und obwohl sie sich felsenfest vorgenommen hatte, es nicht zu tun, schaute sie doch nach links. Ein paar hundert Meter weit entfernt flatterte weiß-rotes Absperrband im Wind.

Schnell wendete sie den Blick ab und lief den Deich entlang bis zur Seebrücke. Im Ersten Weltkrieg hatten deutsche Soldaten die Brücke zerstört, um dem Feind eine Landung zu verwehren. Ihr Großvater hatte oft von dem Ereignis gesprochen, an dem er beteiligt gewesen war. Er hätte sich über die neue Brücke gefreut, die vor gut zwanzig Jahren gebaut worden war.

Auf dem Vorplatz begrüßte Elsbeth den aus rostrotem Stahl gefertigten »Mann im Sturm« mit einem freundlichen »Moin«. Sie hatte sich sofort in die stilisierte, sehr einfache Darstellung des übergroßen Mannes mit dem nutzlosen Regenschirm verliebt, als sie ein paar Jahre nach dem Bau der Seebrücke dort installiert worden war. »Wenn du reden könntest!« Sie sprach oft mit ihm, natürlich immer nur, wenn sie allein unterwegs war. »Hast du den Mörder gesehen? Ist er bei dir vorbeigekommen?«

Hundebellen lenkte ihren Blick zum Meer. Eine Gestalt mit kurzem blondem Haar stand in unmittelbarer Nähe zur Brücke am Wasser. Elsbeth war sich nicht sicher, weil sie sie nur von hinten sah, vermutete aber, dass es sich um eine große, schlanke Frau handelte. Der Hund war ebenfalls sehr schlank, ein schönes Tier, dunkel mit langen Beinen, sehr muskulös. Er bellte ein paar Möwen an, die sich etwas weiter entfernt um einen Krebs stritten, und preschte davon. Doch die Gestalt reagierte nicht. Sie stand einfach da, die Hände tief in den Parka geschoben, und rührte sich auch nicht, als das Tier die Vögel aufgescheucht hatte und weiterlief.

Gerade als Elsbeth ihr etwas zurufen wollte, kam Leben in die Gestalt. Es war eine Frau, wie Elsbeth nun feststellte. »Bobby!«, rief sie mit heller Stimme und ging in die Hocke. Der Hund kam sofort zurück und ließ sich anleinen.

»Gut erzogen«, sagte Elsbeth leise und setzte ihren Weg in Richtung Brücke fort. Die Frau hatte das gleiche Ziel. Sie ging mit dem Hund vor Elsbeth her. Am Brückenkopf ließ die Frau den Hund Platz machen und setzte sich auf eine Bank. Den Blick jedoch nicht auf das Meer, sondern auf den Strand und in Richtung Brasilien gerichtet, wie Elsbeth auffiel.

»Moin«, sagte Elsbeth.

»Moin«, erwiderte die Frau. Tränen liefen ihr über das Gesicht. Und das lag sicher nicht an dem Wind, der heute nicht sehr stark wehte.

Elsbeth kämpfte mit sich. Sie wollte nicht aufdringlich wirken, sondern die Privatsphäre der Frau respektieren, aber auch nicht herzlos sein.

Plötzlich riss die Wolkendecke auf, und die Sonnenstrahlen spiegelten sich golden auf der Wasseroberfläche. Ein unbeschreiblich schöner Anblick. Elsbeth dachte an Agathe und was sie in dieser Situation getan hätte. Schließlich zog sie ein Taschentuch aus der Manteltasche und reichte es der Frau. »Was immer es ist, es wird mit der Zeit besser«, sagte sie. »Wollen Sie darüber reden?«

Die Frau nahm das Tuch und tupfte sich damit die Augen. »Vielen Dank, das ist sehr nett von Ihnen. Aber bitte seien Sie mir nicht böse, ich möchte lieber für mich sein und mich nicht unterhalten.«

»Es tut mir leid, wenn ich Ihnen zu nahegetreten bin. Dann lasse ich Sie jetzt allein.«

»Nein, Sie können natürlich bleiben, ich gehe.« Die Frau erhob sich und mit ihr der Hund.

»Alles Gute«, sagte Elsbeth und ärgerte sich über sich selbst. Wenn eine Fremde sie in so einer Situation angesprochen hätte, hätte sie auch so schnell wie möglich das Weite gesucht.

Sie sah der Frau nach, die mit langen Schritten über die Holzplanken ging, und fragte sich, ob es einen Zusammenhang zwischen ihr und dem grausamen Mord an Heiner gab. War sie vielleicht seine Geliebte? Hatte sie deswegen in die Richtung gesehen, in der der Strandkorb stand? Gab es sie überhaupt, die geheimnisvolle Unbekannte?

Elsbeth wusste, dass solche Gerüchte oft ohne Beweise aus Klatsch und Tratsch entstanden.

Auch sie selbst war schon zum Gegenstand von Spekulationen geworden. Sogar ihre besten Freundinnen hatten ihr und Edoardo eine Affäre angedichtet, obwohl es dafür keinen wirklichen Grund gab. Die Verbindung mit ihm war rein platonisch gewesen. Es war einfach zu viel geredet worden, und sie hatte beschlossen, darüber hinwegzusehen.

Während Elsbeth wieder auf das Meer blickte, dachte sie daran, wie schnell sich Gerüchte verbreiteten und wie sie das Leben der Menschen beeinflussen konnten. Sie hoffte, dass die Trauernde am Strand, wer immer sie auch sein mochte, die Unterstützung und den Trost finden würde, den sie brauchte, ohne von den neugierigen Blicken und Spekulationen der anderen gestört zu werden. Und sie wünschte sich, dass die Wahrheit über den Tod des Postboten bald ans Licht kommen würde, auch wenn das vielleicht bedeutete, dass ihr guter Freund Edoardo sich als Mörder entpuppen würde.

Eine halbe Stunde später war sie wieder zu Hause, trank Tee und las. Der Spaziergang an der frischen Luft hatte ihr gut getan. Sie verstand selbst nicht, warum es ihr so schwerfiel, sich freiwillig zu bewegen, zumal die Ostsee direkt vor der Haustür lag. Andere kamen von weit her, um hier zu spazieren. Das musste sich ändern. Sie nahm sich vor, ab sofort mitzugehen, wenn Ursel und Karin sie drängten, auch wenn es in der Hüfte oder in den Füßen zwickte. Sie füllte ihre Tasse nach, da traf eine Nachricht im Gruppenchat ein. Ursel hatte sie geschickt.

Heute Abend Scrabble?

Ja!, antwortete Elsbeth.

Ursel schickte ein Emoji mit Herzchenaugen in die Gruppe.

Mit Schnittchen? Ich bin gerade im Supermarkt. Fehlt noch etwas?

Da musste Elsbeth nicht lange überlegen, sie hatten alles, was sie brauchten. Aber sie wusste ja, wie gern Ursel einkaufen ging. Sie konnte sogar aus einem Besuch im Baumarkt ein Shoppingerlebnis machen.

Überrasch uns, schrieb Elsbeth.

Aber so was von gern. Ich freue mich!

Ich mich auch!

Elsbeth wusste nicht, welcher Teufel sie ritt, als sie hinter diese Nachricht eine ganze Reihe bunter Herzchen setzte. Vielleicht war sie froh, dass Karin und Ursel mit ihr in diesem Haus lebten und das auch so bleiben würde. Vielleicht machte ihr die Sache mit Heiner und Edoardo doch mehr zu schaffen, als ihr lieb war. So sentimental war sie sonst jedenfalls nicht.

Sie ging in den Keller, um das Brot aus der Tiefkühltruhe zu holen. Sie hatten immer einen Vorrat eingefroren, mit der richtigen Methode aufgetaut, schmeckte es wie frisch gebacken. Monatelang könnten sie so überleben, ohne einkaufen zu müssen. Nicht nur die Gefriertruhe, auch die Regale waren vollgepackt mit Lebensmitteln. Elsbeth nahm ein Glas Gewürzgurken und ein Glas Rote Beete heraus, als es plötzlich im Nebenraum, durch dessen Tür man in den Garten gelangte, schepperte. Normalerweise war sie nicht schreckhaft, aber heute zuckte sie zusammen und ließ die Rote Bete fallen. Mit einem lauten Knall zersprang das Glas auf dem Boden.

»Verdammt!«, fluchte sie und machte einen großen Schritt über Scherben und Gemüse, um zu sehen, was los war.

»Verdammt!«, entfuhr es ihr noch einmal. Die Tür stand offen. Jemand hatte vergessen, sie abzuschließen.

Wahrscheinlich Ursel, die in dieser Beziehung am nachlässigsten war. Elsbeth griff nach der Klinke, da sah sie aus dem Augenwinkel einen Schatten durch den Garten huschen, und ihr Herz rutschte ihr in die Hose. Doch statt die Tür zu schließen, trat sie einen Schritt nach draußen. »Hallo!«, rief sie.

In diesem Moment knallte wieder eine Tür, diesmal oben im Haus. Sekunden später ertönte Karins laute Stimme.

»Elsbeth?«

Erleichtert atmete Elsbeth auf. Sie ging zurück ins Haus, schloss die Tür hinter sich und rief durch den Flur nach oben: »Ich bin im Keller, mir ist gerade ein Glas Rote Bete runtergefallen«.

»Warte, ich helfe dir«, rief Karin. Wenig später kam sie die Treppe herunter. »Ich habe uns Kuchen zum Nachtisch mitgebracht, was für eine schöne Idee, mal wieder Scrabble zu spielen.« Sie stutzte. »Was ist los, Elsie, du siehst aus, als wäre dir ein Geist über die Leber gelaufen.«

»Ach, ich ärgere mich, weil mir das Glas heruntergefallen ist. Eine von euch hat die Tür offen gelassen, und als sie zugefallen ist, habe ich mich erschreckt.« Dass es die Laus und nicht der Geist ist, der über die Leber läuft, behielt Elsbeth für sich.

»Bestimmt Ursel.« Karin sah auf den Boden. »Ich hole Putzmittel und Arbeitshandschuhe, damit wir uns nicht an den Scherben schneiden.«

»Danke«, sagte Elsbeth, als alles aufgeräumt war.

»Doch nicht dafür.« Karin legte den Kopf schief und sah Elsbeth an. »Erzähl!«

»Ach, ich weiß nicht, irgendwie bin ich heute dünnhäutig, ich hatte das Gefühl, dass jemand im Garten ist.« Elsbeth sah zur Tür. »Aber wahrscheinlich habe ich mir das nur eingebildet.«

»Vielleicht das Reh.«

»Hier?«

Karin zückte ihr Handy. »Schau mal, das habe ich neulich im Garten von meinem Fenster aus fotografiert.«

»Tatsächlich.« Es war etwas unscharf, aber trotzdem gut zu erkennen. Es stand auf der anderen Seite des Teiches zwischen den Büschen.

»Wahrscheinlich von den Feldern hinter dem Deich«, sagte Karin. »Sollen wir noch einmal im Garten nachsehen?«

Elsbeth schüttelte den Kopf. »Das Brot muss in den Ofen, lass uns nach oben gehen und gemeinsam alles für heute Abend vorbereiten. Dabei kannst du berichten, was auf der Polizeiwache los war und was es Neues in der Strandkorbsache gibt.«

»Damit warten wir lieber, bis Ursel zurück ist«, sagte Karin. »Dann muss ich nicht alles zweimal erzählen.«

In Karins Augen sah Elsbeth das Funkeln, das sie schon bei Ursel bemerkt hatte. Die beiden gefielen sich in ihrer Rolle als Detektivinnen. Sie würde aufpassen müssen, dass sie es nicht übertrieben.

10.

Elsbeth

Elsbeth holte ein neues Glas Rote Bete. Sie mochte den leicht erdigen Geschmack und freute sich auf das Abendbrot. Seit dem Frühstück hatte sie nichts mehr gegessen. Sie hatte es schlicht vergessen in der ganzen Aufregung.

»Weißt du noch, was Ursel für einen Schreck bekam, als sie zum ersten Mal Bete aß?«, fragte Karin. »Sie kam von der Toilette und war totenbleich im Gesicht, weil sie dachte, es wäre Blut, das ihren Urin rötlich färbte. Wie alt war sie damals, vierzehn, fünfzehn?« Sie blieb auf der Treppe stehen, sodass Elsbeth fast in sie hineingestolpert wäre. »Ich glaube, das Wort totenbleich werde ich ab heute aus meinem Wortschatz streichen.«

»Sie war fünfzehn«, sagte Elsbeth. »Und ja, du hast recht, es ist kein schönes Adjektiv.«

»Du schon wieder!« Karin ging weiter. »Dass es ein Adjektiv ist, weiß ich auch.«

Elsbeth reagierte nicht darauf. Sie konnte nicht aus ihrer Haut, aber Karin ging es ähnlich. Sie fühlte sich sofort angegriffen, wenn sie das Gefühl hatte, korrigiert zu werden.

»Was für einen Kuchen hast du mitgebracht?«, fragte Elsbeth.

»Käse, Mohn, Kirschstreusel, ich konnte mich nicht entscheiden, also gibt es für jede von uns ein Drittel von allem.« Sie hielt wieder inne und drehte sich zu Elsbeth um. »Gut, dass wir alle noch unsere zweiten Zähne haben.«

Elsbeth musste lachen. »Das finde ich allerdings auch. Wie kommst du darauf?«

»Der Mohn. Helga liebt ihn, aber sie isst ihn nicht mehr, die Körner bleiben im Gebiss stecken.« Sie seufzte. »Da fällt mir ein, dass ich unbedingt zum Zahnarzt muss. Eine Plombe in meinem Backenzahn löst sich langsam, aber sicher auf. Und die Kronen muss ich auch kontrollieren lassen.«

»Warte nicht so lange damit«, sagte Elsbeth. Da erinnerte sie sich wieder an Heiner und seine Implantate. Sie war gespannt, was Karin gleich erzählen würde.

»Wann kommt Olaf morgen?«, fragte Karin, als sie in die Küche kamen.

»Um elf.«

»Endlich ein Mann im Haus, der auf uns aufpasst.« Karin verdrehte die Augen. »Als hätten wir das nötig.«

Am Morgen hatte sich Elsbeth noch darüber aufgeregt, aber nach dem Schatten im Garten fand sie den Gedanken plötzlich beruhigend. »Er hat ein Foto von Agathe und Curd auf den Tisch in Agathes Zimmer gestellt. Ich finde, das ist eine sehr nette Geste.«

»In ›seinem‹ Zimmer.« Karin seufzte.

»Möchtest lieber du dort einziehen?«, fragte Elsbeth. »Dann hättest du auch eins mit Meerblick.«

»Auf keinen Fall. Das ist sein Haus. Außerdem fühle ich mich in meinem Zimmer wohl. Haben er oder der Kommissar noch etwas Wichtiges gesagt, nachdem ich heute Morgen weg war, habe ich etwas verpasst?«

Elsbeth überlegte einen Moment. »Nein. Aber ich fand es sehr interessant, dass Olaf früher im K1 bei der Mordkommission gearbeitet hat. Ich bin eigentlich davon ausgegangen, dass er immer ein Sesselpupser war.«

»Geht mir auch so.« Karin zog eine Schnute. »Ich hoffe, dass Olaf sich diesbezüglich unter Kontrolle hat. Was meinst du, sollen wir ein paar Verhaltensregeln für ihn aufstellen?«

Elsbeth brauchte einen Moment, bis sie verstand, was Karin meinte, ging jedoch davon aus, dass Olaf sich zu benehmen wusste. Trotzdem gefiel ihr die Idee. Ein bisschen Spaß musste sein. »Ich würde zu gern sein Gesicht sehen, wenn wir ihm so eine Liste überreichen würden.«

»Gepupst wird vor der Tür, es wird im Sitzen gepinkelt, und Olaf sollte sich auf jeden Fall angemessen an den anfallenden Arbeiten im Haushalt beteiligen«, sagte Karin mit entschiedener Stimme. »Es reicht nicht, wenn er ab und zu den Müll rausbringt oder den Geschirrspüler ausräumt.«

»Warum lassen wir ihn nicht einfach Agathes Woche übernehmen?«, schlug Elsbeth vor.

Karin setzte sich auf die Eckbank. »Das wird wohl die beste Lösung sein.«

In der letzten Woche war Elsbeth für das Haus verantwortlich gewesen, das hieß, sie hatte für alle das Essen zubereitet, das Bad und die Gästetoilette geputzt, die Böden gewischt, im Garten die Blätter zusammengerecht. Eben alles, was zur täglichen Haus- und Gartenarbeit gehörte. In dieser Woche war Ursel dran, danach kam Karin. Natürlich halfen sie sich untereinander. Und niemals würde eine von ihnen auf die Idee kommen, sich vor irgendeiner Arbeit zu drücken. »Bis Olaf dran ist, hat er ein wenig Zeit, sich einzugewöhnen.«

»Meinst du, er bleibt für immer?«, fragte Karin.

»Wenn ich die Wahl hätte, allein in einem Haus in der Stadt zu leben oder mit drei so verdammt netten Frauen wie uns in einer Villa mit Meerblick, dann würde ich mich an seiner Stelle für uns entscheiden. Die Frage ist nur, wie wir damit zurechtkommen. Aber das werden wir ja sehen.« Elsbeth blickte aus dem Küchenfenster zur Straße, wo in diesem Moment ein Taxi hielt. Kurz darauf stieg Ursel aus. »Ach herrje!«

»Was?« Karin verdrehte den Hals. »Oh Gott! Gestern dachte ich noch, dass sie noch nie schwarze Haare hatte. Und heute setzt sie es prompt in die Tat um.«

Elsbeth schob sich eine Strähne hinters Ohr. Früher war ihr Haar dunkelblond gewesen. Schon vor Jahren hatte sie aufgehört, mit Strähnchen und Tönungen nachzuhelfen, die Ursel ihr immer wieder mit Namen wie Honig, Cognac oder Vanille aufgeschwatzt hatte. Sie stand zu ihrem Alter. Und sie mochte den unkomplizierten, kurzen Bob, den Ursel alle paar Wochen nachschnitt.

Kurz darauf schneite Ursel durch die Tür. »Na, wie gefällt es euch?« Sie drehte sich einmal im Kreis.

»Es macht dich, ehrlich gesagt, ein bisschen blass«, sagte Karin und warf Elsbeth einen verschwörerischen Blick zu.

Ursel kniff sich in die Wangen. »Wozu gibt es Rouge? Wie gefällt es dir, Elsbeth?«

»Gib mir ein bisschen Zeit, mich daran zu gewöhnen«, antwortete Elsbeth ausweichend und lächelte still in sich hinein. Ursel sah totenbleich aus, das Adjektiv war zu passend, um es nicht zu denken, auch wenn sie es ja eigentlich nicht mehr verwenden wollte.

Ursel stellte eine Pappschachtel auf den Tisch. »Überraschung!«

»Kuchen?«, fragte Karin. »Ich habe auch welchen mitgebracht.«

Ursel öffnete den Deckel. »Für unsere Miss-Marple-Treffen.«

»Donuts!« Drei mit weißer, drei mit dunkler Schokolade überzogen. Elsbeth mochte die fettigen Ringe nicht. Meistens schmeckten sie ranzig.

»Ich habe noch mehr.« Ursel kramte in ihrer Tasche und holte drei Thermobecher hervor. »Die Farbe ist gewöhnungsbedürftig, aber sie waren im Sonderangebot. Die sind für unterwegs, wenn wir im Auto sitzen und jemanden beschatten.«

»Lustige Idee«, sagte Karin. »Danke.«

Ursel nickte gut gelaunt. »Dann wollen wir mal.« Sie ging mit der Schachtel ins Wohnzimmer. »Ihr glaubt gar nicht, was ich herausgefunden habe!«

»Das Brot muss noch auftauen«, rief Elsbeth ihr hinterher.

»Das macht es von selbst«, sagte Karin, stellte den Wasserkocher an und rief: »Ich spüle die Tassen aus und mache Tee für das Miss-Marple-Treffen.«

Es würde eine Weile dauern, bis Elsbeth sich an Ursels Haarfarbe gewöhnt hatte. Mit dem rosafarbenen Edelstahlbecher, aus dem sie gerade nippte, würde ihr das nicht gelingen. Tee trank man aus Porzellan, alles andere veränderte den Geschmack. Sie biss in den Donut. Er war halbwegs genießbar.

»Fang du an, Karin«, sagte Ursel.

»Heiners Geliebte hat wahrscheinlich mittellange, blonde Haare und einen Hund. Benny kennt sie, vermutlich ohne zu wissen, wer sie ist. Helga hat die beiden schon mit den Hunden am Strand gesehen. Außerdem hat Heiner bei seinem Vater in Probsteierhagen gewohnt, der Vater ist jedoch vor zwei Monaten gestorben, und Heiner hatte einen Bruder«, sagte Karin und klang dabei erstaunlich nüchtern. Sie sah Ursel an. »Jetzt du.«

»Heiner hat seine Implantate bar bezahlt. Judith, die Friseurin, bei der ich heute war, ist mit einer Arzthelferin aus der Praxis befreundet, in der er sie sich hat machen lassen.« Auch Ursel beschränkte sich erstaunlicherweise auf das Wesentliche. »Was meint ihr, sollen wir Borowski informieren?«

»Meinst du damit den Kommissar vom K1 in Kiel?«, fragte Elsbeth.

»Ursel hat recht, er sieht ihm ähnlich«, sagte Karin.

In Gedanken rief Elsbeth sein Bild in sich wach, dann nickte sie. Kommissar Biermann war blond, nett, ein wenig füllig, sie hätte ihn optisch zwar nicht mit dem Kieler Tatort-Kommissar in Verbindung gebracht, wollte aber keine Spielverderberin sein. »Borowski also, na gut. Und ja, ich finde eigentlich schon, dass ihr es ihm sagen solltet.«

»Aber nur eigentlich«, sagte Karin. »Du bist dir also unsicher.«

»Lasst uns Oluf fragen«, schlug Ursel vor. »Er kennt Borowski von früher. Hättet ihr das übrigens gedacht? Ich bin immer davon ausgegangen, dass er nur Schreibtischtäter war.«

Karin lachte und steckte Elsbeth an.

»Was?«, fragte Ursel.

»Wir verpassen ihm eine Liste mit Verhaltensregeln«, erklärte Karin.

»Versteh ich nicht.« Ursel schüttelte den Kopf. »Was hat das mit dem Fall zu tun und ob wir weitergeben sollen, was wir rausfinden?«

»Nichts, es ist aber so ...«

Elsbeth hörte den beiden einen Moment zu, dann klatschte sie in die Hände. »Lasst uns bitte beim Thema bleiben.«

»Du hast recht.« Ursel stand auf. »Ich hole Block und Stift. Heute bin ich die Protokollführerin, lasst uns noch mal ganz von vorne anfangen und alles aufschreiben, was wir wissen, uns aufgefallen ist oder wir gehört haben.«

»Sehr gute Idee, Ursel!«, sagte Elsbeth. »Und dann wird gegessen.«

Elsbeth hatte schon die zweite Schnitte verputzt, als ihr wie aus heiterem Himmel »il pirata« einfiel. »Edoardo hatte einen Freund, der in Schönberg Fußball gespielt hat. Er hieß Otto. Edoardo hat ihn ab und zu angefeuert, wenn er ein Spiel hatte.«

»Wo, beim TSV oder beim FC 95?«, fragte Karin.

Elsbeth zuckte die Schultern. »Die Mannschaft hat im Palmbergstadion trainiert.«

»Also beim FC 95«, sagte Ursel und schrieb es auf. »Wie alt?«

»Ungefähr so alt wie Edoardo, also müsste er jetzt knapp über sechzig sein«, antwortete Elsbeth.

»Bei den Alten Herren, wenn er noch spielt. Weißt du, wo er wohnt?«, fragte Ursel.

»Nein, sonst hätte ich es dir schon gesagt. Aber ich glaube, er war bei der Schifffahrt. Ich habe mal gehört, wie Edoardo ihn damit aufgezogen hat, dass er jetzt als

Ausflugskapitän über die Ostsee schippert. Und nein, bevor du fragst, ich habe nicht gesehen, wie er aussieht, aber die beiden haben oft miteinander telefoniert. Edoardo nannte ihn ›il pirata‹.«

»Il pirata – der Pirat«, sagte Karin. »Ich denke ja immer noch, dass jemand ein Zeichen setzen wollte, indem er Heiner in den Strandkorb mit Blick auf die Ostsee platziert hat.« Sie tippte mit dem Zeigefinger auf die Tischplatte. »Schreib auf, Ursel: Mafia. Und warum ausgerechnet Strandkorb 396, warum nicht ein anderer? Erinnert ihr euch an die Schleifspuren? Warum hat der Mörder ihn nicht in einen weiter vorne gesetzt?«

»Gute Überlegung«, sagte Elsbeth. Sie beugte sich ein wenig vor, um einen Blick auf Ursels Notizen zu werfen. »Im Grunde verfolgen wir also zwei Spuren: die Geliebte oder Edoardo.«

»Ich tippe eher auf die Mafia, wobei Edoardo meines Erachtens ein kleiner Mafioso sein könnte. Vielleicht hat Heiner mit ihm Geschäfte gemacht«, sagte Ursel. »Die Zähne haben doch sicher ein paar Tausender gekostet. Woher soll er so viel Geld gehabt haben?«

»Vielleicht hatte der Vater Geld unter der Matratze.« Karin klopfte wieder auf die Tischplatte. »Schreib den Bruder auf, Ursel. Nur für alle Fälle. Oft finden Verbrechen im engsten Familienumfeld statt.«

Elsbeth schüttelte den Kopf. »Wegen ein paar tausend Euro wird man doch nicht zum Mörder. Außerdem kann Heiner das Geld auch gespart haben.« Unwillkürlich blickte sie zur Kommode, auf der die gut gefüllte Sangria thronte. »Wir sollten uns angewöhnen, die Türen im Haus zu schließen, wir bewahren immerhin einige Wertgegenstände und auch Bargeld hier auf. Das gilt auch für den Keller, Ursel. Die Tür stand offen, als ich vorhin unten war.«

»Ich war's nicht«, sagte Ursel. »Wenn ich in den Garten gehe, dann durch die Terrassentür. Das musst du gewesen sein, Karin. Oder du selbst, Elsbeth, du hast am Freitag die Blätter im Garten zusammengerecht.«

Karin schüttelte den Kopf, dann zuckte sie mit den Schultern. »Erinnern kann ich mich nicht. Aber das muss nichts heißen. Ich habe letztens ja auch vergessen, dass ich in die Wanne gehen wollte. Es ist mir erst wieder eingefallen, als das Wasser schon wieder kalt war. Ich werde alt.«

»Das bist du schon, meine Liebe«, sagte Ursel. »Aber ich denke, in dem Fall hat es eher was mit dem Obduktionsbericht zu tun, den deine Freundin dir geschickt hat. Und mit dem Lehrbuch der Rechtsmedizin, in das du an dem Tag deine Nase gesteckt hast. Darüber hast du schlicht die Zeit vergessen.«

Elsbeth schüttelte lächelnd den Kopf. Ihre Freundinnen waren schon speziell. Aber das war sie auch, und ebenfalls nicht mehr die Jüngste. Vielleicht hatte sie tatsächlich die Tür aufgelassen?

Da sagte Karin: »Stimmt, Elsie, wir sollten vorsichtiger sein, schließlich läuft da draußen ein Mörder frei herum.

Deshalb sollten wir nie allein auf Ermittlung gehen, sondern immer mindestens zu zweit. So machen sie es im Fernsehen auch immer.«

»Ihr wollt also weitermachen?«, fragte Elsbeth.

»Selbstverständlich!«, sagte Ursel und schrieb in großen Druckbuchstaben MOKO Strandkorb über ihre Notizen. »Wusstet ihr, dass eine richtige Mordkommission aus viel mehr Leuten besteht als aus den paar Ermittlern, die man immer im Fernsehen sieht? Und dass die für jeden Fall neu zusammengestellt werden?«

»Wir könnten Helga, Ingrid und Margit fragen, ob sie mitmachen.« Karin kicherte. »Ich stelle mir Helga gerade mit einer Pistole vor.« Plötzlich wurde sie ernst. »Erinnert ihr euch noch an die Pistole, die wir damals gefunden haben? Ich habe sie aufgehoben. Vielleicht können wir sie jetzt gebrauchen.«

»Das habe ich mir gedacht!«, rief Ursel. »Es kam mir gleich so komisch vor, als du behauptet hast, du hättest sie in die Ostsee geworfen. Du konntest noch nie gut lügen.«

Karin grinste. »Das hat Helga heute auch zu mir gesagt.«

Elsbeth schnalzte mit der Zunge. »Das war unverantwortlich, Karin. Wie konntest du so dumm sein? Sie hat IHM gehört. Wenn er sie registrieren lassen hat, könnte die Spur zu dir führen und damit zu uns allen, wenn sie bei dir gefunden wird. Und was meinst du damit, sie könnte uns nützlich sein? Du willst doch nicht etwa mit einer Waffe durch die Gegend laufen?«

»Keine Sorge, ich habe mich natürlich abgesichert und informiert. Es ist eine Kriegswaffe, die er wahrscheinlich selbst irgendwo gefunden hat. Und vor fünfzig Jahren gab es übrigens noch keine Registrierungspflicht. Das Waffengesetz gibt es erst seit 1972. Siegfried Schiller hat es auf den Weg gebracht. Sein Bestreben war es, möglichst allen Bürgern in allen Regionen zu verwehren, sich zu bewehren«, erklärte Karin, »bewehren in der Mitte auch mit e geschrieben. Davon mal abgesehen sind keine Patronen drin.«

Elsbeth schüttelte den Kopf. Sie konnte nicht verstehen, wie Karin so unüberlegt hatte handeln können. »Trotzdem ist es ein Risiko, du weißt nicht genau, woher er sie hat. Vielleicht hat er am Ende jemanden damit erschossen. Das würde ich ihm zutrauen. Und außerdem ...« Sie holte tief Luft. »Bei dem Gedanken, dass sich etwas von IHM in unserem Haus befindet, wird mir schlecht. Es reicht schon, dass er unter dem Apfelbaum liegt. Wir hätten niemals ... Ach, schon gut.« Sie seufzte.

»Ich kann die Pistole gerne in der Ostsee versenken, wenn du dich dann besser fühlst«, antwortete Karin mit einem spitzen Unterton in der Stimme. »Dass es dir nicht gefällt, ist eine Sache, aber du musst mich nicht beleidigen. Ich habe mir das gut überlegt.«

»Jetzt beruhigt euch mal, alle beide«, sagte Ursel und sah Karin an. »Wo hast du die Pistole denn versteckt?«

Karin zeigte nach oben. »In Agathes Zimmer. Sie hat sie unter ein loses Bohlenbrett gelegt.«

Elsbeth konnte es nicht glauben, das wurde ja immer besser! »Agathe wusste davon?«

Karin nickte. »Ich habe es ihr erzählt, als ich hier eingezogen bin. Da hat sie vorgeschlagen, sie in ihrem Zimmer zu deponieren – für alle Fälle. Sie dachte genauso wie ich. Man weiß ja nie, was im Leben noch alles passieren kann.«

»Aber morgen zieht Olaf da ein, Karin«, schimpfte Ursel. »Und wenn er sie findet?«

»Das wird er nicht«, sagte Karin. »Ich werde sie natürlich heute noch da rausholen.«

»Und zwar sofort.« Elsbeth stand auf. »Worauf wartet ihr?«

11.

Ursel

Ursel hatte das Zimmer nicht mehr betreten, seit sie die Schränke ausgeräumt hatten. Agathe war das Bindeglied zwischen ihnen gewesen, der Fels in der Brandung. In ihrer ruhigen, besonnenen Art hatte sie immer den Überblick behalten, und überhaupt war Agathe die Warmherzigste von allen gewesen, sie hatte etwas Fürsorgliches, Mütterliches an sich gehabt.

»Also, das ist nicht von mir!« Karin kniete auf dem Boden und hielt eine Pappschachtel hoch. »Neun Millimeter Parabellum, da sind Patronen drin.« Sie stellte sie neben sich und griff wieder in den Hohlraum zwischen den Dielen. »Ah, da bist du ja.«

»Pass auf, Karin, dass das Ding nicht plötzlich losgeht«, sagte Elsbeth.

»Das Ding ist eine Walther P.38, und sie ist nicht geladen«, erwiderte Karin. Ihre Stimme klang fast liebevoll, als sie die Pistole hervorholte. »Na, du altes Schätzchen.« Sie betrachtete sie einen Moment, drückte mit geübtem Griff einen kleinen Bügel nach unten und zog gleich darauf das Magazin aus der Pistole. »Heiliges Kanonenrohr! Was hat die liebe Agathe denn mit dir vorgehabt, Walther?«

»Wenn du nur so nett wärst, Karin, und mit uns reden würdest statt mit der Waffe«, sagte Elsbeth.

»Es sind doch Patronen drin. Und da ich sie nicht reingesteckt habe, muss es Agathe gewesen sein.« Karin griff wieder in das Geheimversteck. »Da ist noch etwas.« Wenig später hielt sie ein vergilbtes Heftchen in der Hand. »Eine Gebrauchsanweisung.«

»Ich weiß wirklich nicht, was ich davon halten soll«, sagte Elsbeth, während Karin das Brett wieder über die Öffnung schob.

»Agathe muss einen guten Grund dafür gehabt haben.« Ursel streckte die Hand aus. »Komm, Karin.«

Anstatt sich aufhelfen zu lassen, drückte Karin Ursel die Pistole in die Hand.

»Oh, ich dachte, die wäre schwerer.« Interessiert drehte Ursel die Waffe in der Hand und schaute schließlich in den Lauf. »Ob die noch funktioniert?«

Karin ließ die Patronen aus dem Magazin in ihren Schoß fallen. »Scheint so. Es sind nur sieben, so wie es aussieht, hat Agathe mal damit rumgeballert.«

»So ein Quatsch, Agathe doch nicht!«, sagte Elsbeth. »Bestimmt hat sie das Magazin nicht ganz gefüllt.«

Karin betrachtete die Pappschachtel. »Hier waren zwanzig drin, jetzt sind es noch zwölf. Plus die sieben in der Pistole macht neunzehn.«

»Dann fehlt also eine Patrone.« Wie aus heiterem Himmel fiel Ursel plötzlich Agathes Umgestaltung eines Beetes im Garten ein. »Wisst ihr noch, das Hafenfest vorletzten Sommer in Laboe? Da sind wir drei ohne Agathe gewesen, weil sie angeblich keine Lust hatte mitzukommen, obwohl sie sonst immer so gern dort hinging. Als wir zurückkamen, überraschte sie uns mit den neu gepflanzten Rosenbüschen neben dem Pavillon. Dabei hat sie Gartenarbeit doch eigentlich gar nicht gemocht.« Sie wusste, dass die folgende Bemerkung mehr als makaber war, aber sie konnte sich einfach nicht zurückhalten. »Wer weiß, wen sie darunter vergraben hat.«

»Stimmt! Agathe hat die ganze Erde umgebuddelt, allein!« Karin lachte kurz auf. »Eine witzige Idee, Ursel.«

»Eine abstruse«, sagte Elsbeth. »Agathe war die Gutmütigste von uns.«

Ursel lächelte bei dem Gedanken an ihre verstorbene Freundin. »Aber Agathe hatte es auch faustdick hinter den Ohren gehabt, wie ihr ja wisst.« Sie sah auf die Walther in ihrer Hand. »Obwohl ich natürlich nicht ernsthaft glaube, dass sie damit jemanden erschossen hat.«

»Ich auch nicht.« Karin ließ die Patronen in die Schachtel fallen. »Aber als ich sie ihr gab, hat sie mich gefragt, ob ich damit schon mal geschossen hätte. Sie wollte wissen, ob sie noch funktioniert.«

»Das wollte ich eben auch wissen, aber ich will trotzdem nicht damit schießen«, erwiderte Ursel. »Hast du es versucht, Karin?«

»Nein, habe ich nicht«, antwortete Karin. »Im Krankenhaus hatten wir mal einen Patienten, der sich aus Versehen in den Fuß geschossen hat. Ihr wisst doch, wie schusselig ich manchmal bin. Ich habe immer ohne Patronen geübt.«

»Was genau hast du denn geübt?«, fragte Elsbeth.

»Sichern, entsichern, zielen.« Karin klimperte mit den Patronen in der Hand. »Wie gesagt, die sind nicht von mir, Agathe muss sie besorgt haben.«

Ursel war hin- und hergerissen. Von Waffen hielt sie gar nichts. Und sie war sich sicher, dass Agathe es ebenso gesehen hatte. Aber warum hatte sie sie dann behalten? »Was machen wir jetzt damit? Ostsee, Garten oder doch aufheben?«

»Ostsee«, antwortete Karin.

Elsbeth nickte. »Aber nicht hier, am Ende wird sie wieder an Land gespült, und irgendwer stellt Blödsinn damit an.«

»Was haltet ihr von der Kieler Tiefe? In der nächsten Woche wird Lothars Asche dort ins Wasser geworfen«, schlug Ursel vor, und ein kleiner Stich durchfuhr sie bei dem Gedanken an die bevorstehende Seebestattung. Sie wurden immer weniger. Nach und nach verabschiedete sich einer nach dem anderen der alten Strandbewohner.

»Ja«, antwortete Elsbeth. »Das ist eine gute Idee, das machen wir.«

Ursel reichte Karin die Waffe. »Am besten bewahrst du sie so lange auf.«

»Aber getrennt von den Patronen«, sagte Elsbeth. »Und vielleicht solltet ihr eure Fingerabdrücke abwischen, man weiß ja nie.«

»Ich hole einen Lappen.« Ursel ging ins Bad, das auf der anderen Seite des Flurs lag.

Agathe hatte sich mit der extragroßen Badewanne und der geräumigen Regendusche ihre kleine, persönliche Wellness-Oase unter dem Dach geschaffen. Orangenduft stieg Ursel in die Nase. Auf der Kommode im Bad stand noch die cremefarbene Vase mit den Duftstäbchen. Es roch intensiv, Karin oder Elsbeth mussten erst vor kurzem das Öl darin erneuert haben. Agathe hatte ausdrücklich verlangt, dass all ihre persönlichen Sachen nach ihrem Tod verschenkt werden sollten. Sie hatten sich daran gehalten, aber trotzdem tauchten immer wieder Gegenstände auf, die an sie erinnerten. Ursel setzte sich auf den Badewannenrand und sah zum Windlicht-Karussell, das auf dem Regal über der Kommode stand. Sie hatte es Agathe vor einer gefühlten Ewigkeit zum Geburtstag geschenkt, es war bestimmt fünfzehn Jahre her, wenn nicht sogar länger, auf jeden Fall hatten sie alle zu dem Zeitpunkt noch gearbeitet.

Durch die Wärme der Kerze drehten sich die kleinen Möwen über dem Glaskörper, der mit silberfarbenem Blech in Form eines Schiffes ummantelt war. Sie stand auf, öffnete die obere Schublade und fand die Schachtel mit den Streichhölzern, die Agathe dort immer aufbewahrt hatte. Dabei wurde Ursel klar, dass Agathe niemals ein Feuerzeug benutzt und die Hölzer überall im Haus verteilt hatte, wo es eine Kommode mit Schublade gab. Sie zündete die Kerze an, die sich noch im Karussell befand. Dann schaltete sie das Deckenlicht aus, setzte sich wieder, beobachtete das Schattenspiel an der Wand und dachte an Agathe.

»Ursel?« Es war Elsbeth, die nach ihr rief. Kurz darauf kam sie ins Bad, gefolgt von Karin. Sie setzten sich nebeneinander zu Ursel auf die Badewanne.

Eine Weile sagte keine von ihnen etwas. Schließlich brach Karin das Schweigen. »Ich bin dafür, dass wir jetzt eine Runde Scrabble spielen, bevor wir in Sentimentalitäten schwelgen.«

»Gute Idee!«, stimmte Ursel sofort zu. Ein wenig Ablenkung würde ihr guttun, ihnen allen.

»Nimm das Karussell mit«, sagte Elsbeth. Sie sah sich um. »Die Badeteppiche und die Handtücher würde ich hierlassen. Olaf soll entscheiden, ob er sie behalten oder austauschen will.« Sie schüttelte den Kopf. »Es wird eine Weile dauern, bis ich mich daran gewöhnt habe, dass Olaf ab morgen über mir rumtrampelt.«

»Meint ihr, er badet gern?«, fragte Karin.

Ursel stand auf und sah auf ihre Freundin hinab. »Wie kommst du denn jetzt darauf?«

»Ich weiß nicht«, antwortete Karin. »Vielleicht, weil ich mir einen nackten Mann in der Badewanne hier nicht vorstellen kann.«

»Solange er nicht mitten in der Nacht auf die Idee kommt, ist mir das egal«, sagte Elsbeth. »Ihr wisst ja, was die alten Rohre für einen Lärm machen.« Sie stand ebenfalls auf, nahm das Gästehandtuch vom Haken und reichte es Karin. »Denk an die Fingerabdrücke. Oder soll ich das machen und die Pistole bei mir verwahren?«

»Die Walther bleibt bei mir.« Karin wickelte die Waffe in das Handtuch ein. »Ich wüsste zu gern, wo die fehlende Patrone ist.«

»Agathe scheint sie gut gedüngt zu haben, die Rosen gedeihen prächtig«, bemerkte Elsbeth trocken. »Einen Teil der Blätter habe ich im Sommer getrocknet und in den Kräutertee gemischt, der euch so gut schmeckt.«

»Wir kennen uns jetzt fast genau siebzig Jahre, Elsie«, sagte Karin. »Und manchmal weiß ich immer noch nicht, ob du lustig oder einfach nur böse sein willst.« Sie knuffte Elsbeth in die Seite. »Wie auch immer. Hauptsache, es sind keine Apfelblüten im Tee.«

»Der Baum ist tabu!«, entgegnete Elsbeth. »Und du weißt genau, wann ich etwas ernst meine und wann nicht, meine Liebe.«

Karin legte Elsbeth den Arm um die Taille. »Nein, ich weiß es nicht. Aber ich hab dich lieb, Elsie. Komm, lass uns scrabbeln.«

Ursel hatte einen feineren Sinn für Elsbeths Humor. Sie wusste, dass ihre Freundin tatsächlich Rosenblüten aus dem Garten verarbeitete und dass Tote guten Dünger abgeben. So fand Elsbeth auch den Gedanken amüsant, dass Agathe die Rosenbüsche aus einem bestimmten

Grund gepflanzt hatte, obwohl sie eben noch gesagt hatte, dass das nicht lustig sei. Manchmal brauchte sie eben etwas länger.

Elsbeth löste sich aus Karins Umarmung. »Ja, ja, ich dich auch.«

Karin hatte von ihnen das größte Bedürfnis nach Körperkontakt, sie berührte gerne und ständig andere Menschen. Elsbeth war das genaue Gegenteil. Wenn sie jemanden nicht kannte oder – was nicht selten vorkam – nicht mochte, nickte sie zur Begrüßung, statt die Hand zu geben. Eine Umarmung bekam man von ihr nur zum Geburtstag und auch dann nur, wenn man zu einem kleinen, sehr ausgewählten Kreis gehörte.

Lächelnd wartete Ursel, bis ihre Freundinnen das Bad verlassen hatten, bevor sie das Licht löschte und die Tür hinter sich schloss. Sie nahm sich vor, am nächsten Morgen den noch vorhandenen Krimskrams wie Teelichter, Duftöle und Zeitschriften aus Agathes Kommode zu räumen.

»Ich gehe noch mal kurz in mein Zimmer, ich komme gleich nach«, erklärte Elsbeth, als sie hintereinander die Treppe hinuntergingen.

»Ich auch, ich ziehe mir etwas Bequemes an«, sagte Karin.

Ursel nickte. »Mach ich auch. Bis gleich.«

Sie hatte schon die Türklinke in der Hand, als Karin fragte: »Habt ihr eigentlich auch ein Geheimversteck?«

»Mein Schrank hat einen doppelten Boden«, antwortete Ursel bereitwillig. »Aber da liegt nichts drin. Meinen Schmuck bewahre ich in den Socken auf.«

Elsbeth schnalzte mit der Zunge. »Da, wo jeder Einbrecher zuerst nachschaut. Zwischen der Wäsche, unter der Matratze, in Büchern. Und auch unter losen Dielen. Die Verstecke kennt doch jeder. Ich verstehe ehrlich gesagt nicht, wieso Agathe so gedankenlos war. Das passt gar nicht zu ihr. Und zu dir eigentlich auch nicht, Ursel. Wertsachen gehören in ein Schließfach auf der Bank, da sind sie am sichersten.«

»Dann muss ich jedes Mal nach Schönberg reinfahren, wenn ich ein bestimmtes Schmuckstück tragen will. Das ist mir zu umständlich. Und außerdem hänge ich nicht an den Klunkern. Wenn sie wegkommen, kommen sie weg. Sie haben keinen symbolischen Wert.« Sie drehte an ihrem Ring, der einst ihrer Großmutter gehört hatte. »Alles, was mir wichtig ist, trage ich bei mir.«

»Wenn du meinst«, sagte Elsbeth.

»Bei mir im Fußboden befindet sich auch ein Geheimversteck, wie bei Agathe.« Karin lächelte schelmisch. »Es ist leer. Ursprünglich wollte ich Jutta dort hineinsetzen, aber dann habe ich mich …« Karin sah zu Elsbeth. »Für den Wäscheschrank entschieden. Jutta sitzt neben meinen Schlüpfern. Ein potenzieller Dieb wird sich freuen, wenn er sie dort findet.«

Ursel lachte bei dem Gedanken, was der Einbrecher für Augen machen würde, wenn er auf der Suche nach Kostbarkeiten auf die faustgroße Vogelspinne stieß, die einmal Karins Haustier gewesen und nach dem Tod für die Ewigkeit präpariert worden war.

»Sie sitzt in der ersten Schublade im kleinen Extrafach auf der linken Seite. Nicht, dass ihr euch erschreckt, falls ihr euch mal an meiner Wäsche bedienen solltet«, sagte Karin keck und öffnete die Tür zu ihrem Zimmer. »Wir sehen uns in zehn Minuten. Spielen wir um Einsatz?«

»Selbstverständlich!«, sagte Elsbeth.

Ursel zog den karamellfarbenen Hausanzug an. Er bestand zu hundert Prozent aus zweifädigem Kaschmir. Darunter trug sie ein schlichtes, dunkelbraunes Seidenhemdchen. Sie hatte eine Schwäche für weiche Stoffe, die ihre Haut umschmeichelten. Schon deshalb würde sie Karins Baumwollunterwäsche, die schon bessere Tage gesehen hatte, nie anrühren.

Sie stellte sich vor den Spiegel, zog das Oberteil zurecht und betrachtete sich kritisch. Dafür, dass ihr seit diesem Sommer weniger Jahre zu achtzig fehlten als zu siebzig, hatte sie sich verdammt gut gehalten. Sie konnte sich noch immer sehen lassen mit ihren Maßen von hundertzehn zu siebenundachtzig Komma fünf zu hundertzehn.

Sie trat näher an den Spiegel und rümpfte die Nase. Nur das mit der neuen Haarfarbe hätte sie lieber lassen sollen, das wurde ihr jetzt klar, als sie sich im grellen Licht der LED-Lampe betrachtete. Welcher Teufel sie geritten hatte, wusste sie selbst nicht. Ihre Freundinnen hatten recht. Das Schwarz ließ sie blass aussehen – und mindestens drei, vier Jahre älter. Sie tupfte sich etwas Rouge auf die Wangen, aber fühlte sich danach nicht besser. Ein warmer Braunton wäre die klügere Wahl für ihr Haar gewesen. Sie ging zum Schränkchen, in dem sie ihren Friseurbedarf aufbewahrte, und freute sich, als sie feststellte, dass sie noch eine Packung des Mittels fand, mit dem sie die Farbe wieder rausziehen konnte. Es juckte sie in den Fingern, es sofort aufzutragen, aber das Zeug stank fürchterlich und brannte in den Augen. Das wollte sie Elsbeth und Karin nicht antun. Stattdessen band sie sich ein breites, cremefarbenes Haarband um die Stirn, schob es bis über den Haaransatz und nickte zufrieden. Die helle Farbe stand ihr.

Im Flur traf sie Elsbeth, die ein graues, enganliegendes Langarmshirt zu einer schlichten, schwarzen Schlupfhose trug. Um ihre langen, schlanken Beine hatte Ursel Elsbeth immer beneidet, ebenso um ihr klassisch geschnittenes Gesicht mit der geraden Nase, den hohen Wangenknochen und den fein geschwungenen Lippen. Elsbeth hatte von Natur aus etwas Edles, Elegantes, schon als junges Mädchen. Die Jungs hatten sich trotzdem mehr für Ursel oder auch Karin interessiert, nicht wegen ihres Aussehens, sondern wegen Elsbeths kühler Art. Aber hübscher war Elsbeth schon immer gewesen, wie Ursel auch heute noch fand, eine klassische Schönheit.

»Weißt du noch, wie dieser Fotograf dich damals in Kiel angesprochen hat, Elsie, als wir sechzehn und noch unschuldig waren?«, fragte Ursel.

»Mit sechzehn war ich noch unschuldig, du nicht, Ursel«, antwortete Elsbeth.

Typisch Elsbeth, sie ging nicht auf Ursels eigentliche Aussage ein. »Das kommt ganz darauf an, was du darunter verstehst«, entgegnete Ursel. »Aber darum geht es jetzt doch gar nicht. Du hättest ein Topmodel werden können, wenn du zum Shooting gegangen wärst.« Sie musterte Elsbeth von oben bis unten. »Das könntest du immer noch. Du hast Ähnlichkeit mit Evelyn Hall.«

Elsbeth runzelte die Stirn. »Sollte ich wissen, wer das ist?«

»Du kennst sie bestimmt. Oder zumindest hast du schon mal irgendwo ein Foto von ihr gesehen. Sie ist so alt wie du, ein Seniormodel und eine Ikone der deutschen Modewelt. Außerdem war sie mal Ballerina, wie du. Ihr habt einiges gemeinsam.«

»Ich hatte noch nicht mal ein Jahr Ballettunterricht«, sagte Elsbeth. »Und auch nur, weil meine Mutter mich gezwungen hat. Da kann man ja wohl kaum von einer Ballerina sprechen.«

»Aber im Nachhinein hat es dir gutgetan. Deine aufrechte Haltung hast du behalten«, sagte Ursel. »Du würdest dich auf dem Laufsteg sehr gut machen, das meine ich ernst!«

»Du dich aber auch, Ursel«, sagte Karin, die jetzt in ihrer schlabberigen Strickjacke und den obligatorischen Leggings aus dem Zimmer kam. »Wir haben doch neulich Abend in der Sendung, die du so magst, gesehen, dass Models jetzt auch klein und etwas fülliger sein dürfen. Und eben auch alt. Hauptsache, sie sind speziell und haben etwas Unverkennbares.«

»Wie wir!«, sagte Ursel. »Das wär's noch, auf unsere alten Tage erobern wir den Laufsteg!«

»Der jetzt aber bitte ins Wohnzimmer führt. Na los«, sagte Elsbeth. »Unten ist es gemütlicher.«

Mit geübtem Hüftschwung machte sich Ursel auf den Weg. Dass die Sohlen ihrer Hausschuhe dabei auf dem Boden schmatzende Geräusche machten, ignorierte sie. Ein Stück Leichtigkeit war zurückgekehrt. Und die Haarfarbe würde sie auch wieder in den Griff bekommen.

12.

Karin

»Was trinken wir?«, fragte Karin.

»Ich bin heute raus bei Alkohol. Ich mach mir Pfefferminztee mit Milch und Honig«, antwortete Ursel und ging in die Küche. »Kuchen und Donuts haben wir auch noch. Will noch jemand Tee?«

»Ich, aber mit Tannenhonig.« Elsbeth folgte ihr.

»Für mich ungesüßt«, rief Karin ihnen nach. »Ich bereite schon mal alles vor.« Sie holte das Spiel aus dem Schrank und legte das Brett auf den Tisch. Als ihre Freundinnen mit zwei Tabletts beladen ins Wohnzimmer kamen, schmunzelte Karin. Sie hatten auch Herzhaftes mitgebracht.

»Ich weiß auch nicht, was mit mir los ist«, sagte Ursel. »In letzter Zeit habe ich sehr oft Lust auf saure Gurken. Dann auf ein Stück Kuchen, auf ein Matjesbrötchen und danach auf Nougatschokolade.«

»Das muss an deinem sehr aktiven Liebesleben liegen«, erwiderte Karin. »Magnus hat deine Hormone wieder angekurbelt, obwohl du altersmäßig längst im Senium bist und das eigentlich so gut wie unmöglich ist. Abgesehen davon solltest du endlich aufhören, dir diese Hormoncremes auf die Haut zu schmieren.«

»Das mit Magnus ist vorbei«, erwiderte Ursel und schob sich eine Praline in den Mund.

»Oh, das tut mir leid«, sagte Karin. Sie mochte den zurückhaltenden Dänen, der ab und zu bei Ursel übernachtet hatte. »Warum denn? Ihr hattet doch so viel Spaß miteinander.« Das war nicht zu überhören gewesen, immerhin lag ihr Zimmer direkt neben Ursels.

»Das reicht ihm nicht, Magnus will mehr«, antwortete Ursel. »Er ist Single.«

Karin verstand den Zusammenhang nicht. »Du bist doch auch Single.«

»Bin ich nicht.« Ursels Mund verzog sich zu einem breiten Lächeln. »Ich bin verheiratet, mit euch.« Sie wurde ernst. »Er wollte, dass ich zu ihm nach Dänemark ziehe. Er ist vierundsiebzig, sitzt allein in seinem großen Haus und wünscht sich eine Frau, mit der er glücklich bis ans Ende seiner Tage leben kann. Das kommt für mich nicht in Frage, und ich will ihm auch nicht im Weg stehen. Er ist ein guter Mann, er hat ein spätes Glück verdient.«

»Schade, ich mochte ihn«, sagte Elsbeth. »Aber ich freue mich natürlich, dass du bei uns bleibst.« Sie lächelte Ursel an. »Früher hast du auch alles unkontrolliert in dich hineingestopft, wenn du Liebeskummer hattest.«

»Habe ich nicht, es geht mir gut«, sagte Ursel.

Karin streichelte Ursel über den Rücken. »Erdnusslocken und diese aus Karamell geflochtenen Schokoriegel, wie hießen die noch gleich?«

»Flips und Leckerschmecker. Das stimmt. Aber ihr täuscht euch, ich habe wirklich keinen Liebeskummer, im Gegenteil, es tut mir ein Stück weit leid, weil Magnus wirklich ein netter Kerl ist und überraschende Qualitäten hat. Aber ich bin auch erleichtert, das Letzte, was ich will, ist, mich noch einmal an einen Mann zu binden. Davon mal ganz abgesehen, würdet ihr mir fehlen. Und der Schönberger Strand auch. Ich bin hier aufgewachsen, habe hier gelebt und werde hier sterben.« Sie zeigte auf den Beutel mit den Spielsteinen. »Lasst uns bitte das Thema wechseln. Wer am nächsten am A ist, beginnt.«

Die Trennung von Magnus ging Ursel näher, als sie zugab, da war Karin sich sicher. Aber sie verstand Ursels Entscheidung. Sie würde ihre Heimat auch nicht verlassen wollen, schon gar nicht wegen eines Mannes.

Elsbeth griff in den Beutel: »T.«

Ursel zog ein K und Karin ein B.

»Dann fange ich also an«, sagte Karin und holte sieben weitere Steine heraus. Sofort fügten sich die Buchstaben zu kürzeren Wörtern zusammen. GAS, ENG, Seng, Sagen …, schrieb sie in Gedanken. Und dann sah sie es. LASAGNE, legte sie in die Mitte des Spielfeldes und hatte damit alle sieben Buchstaben auf einmal verbraucht. »Ha!«

»Gute Idee. Könnte ich auch mal wieder essen«, sagte Ursel und betrachtete ihre Spielsteine. »Spielen wir mit oder ohne Ortsnamen?«

»Mit«, antwortete Elsbeth.

»N, E, A, P, E, L, Neapel.« Ursel sah Elsbeth an. »Kochen konnte Edoardo! Hast du nicht vorhin erwähnt, dass er dir einige seiner Rezepte verraten hat? Was ist das Geheimnis seiner Lasagne?«

»Die Bolognese muss drei Stunden köcheln, bevor sie weiterverarbeitet werden kann. Aber an Edoardo möchte ich jetzt genau so wenig denken wie du an Magnus. Auch wenn wir nie eine Liebesbeziehung hatten, mochte ich ihn.« Elsbeth starrte auf ihre Buchstaben. GELD, legte sie schließlich.

»Ich glaube ja, dass Geld der Grund für Heiners Tod war«, sagte Karin. »Fragt mich nicht, warum. Aber ich habe so ein Gefühl. Jedenfalls kann ich mir nicht vorstellen, dass es etwas mit der Frau zu tun hat, mit der er die Affäre hatte.« Sie lächelte Elsbeth an. »Tut mir leid, Elsbeth, aber die Buchstaben schreien danach. Amore.«

»Das ist eine Fremdsprache«, sagte Elsbeth. »Und deshalb ungültig.«

»Lass das bloß liegen, Karin!«, mischte Ursel sich ein. »Städtenamen gehen schließlich auch, und wenn wir schon die Spielregeln dehnen, dann richtig! Außerdem habe ich da etwas Schönes!« Sie legte mit einem triumphierenden Lächeln im Gesicht OSTSEE an das E von AMORE.

Elsbeth betrachtete ihre Steine. Sie hätte auch ein längeres Wort legen können, aber plötzlich machte es ihr Spaß, Bezug auf die letzten beiden Tage zu nehmen. »Na dann!« Sie verlängerte die Ostsee um MORD. »Ostseemord.«

»Ach, komm schon, Elsie, ich wollte auch an Ursels Amore ran.« Karin blickte mit zusammengekniffenen Augen auf ihre Steine, auf das Spielbrett, wieder auf die Steine … »Kann mir jemand ein C leihen? Ich hätte da was richtig Gutes!«

»Wir haben gerade erst angefangen, Karin!«, schimpfte Elsbeth, schob ihr aber doch den passenden Stein zu. »Was bekomme ich dafür?«

Karin legte ein X auf die Tischplatte. »Bitte schön.«

»Wenn man mit euch Geschäfte macht«, schimpfte Elsbeth. Da stand Karin auf. »Bin gleich wieder da.«

Sie ging in ihr Zimmer, holte ein schwarzes Notizbuch, und als sie zurück war, legte sie das Wort CLUB an OSTSEEMORD. Dann schrieb sie in großen Druckbuchstaben »OSTSEE-MORDCLUB« vorne auf die weiße Beschriftungsfläche des Buches.

»Hier habe ich alle Notizen noch einmal sauber hineingeschrieben, das finde ich passender als deinen Block, Ursel.« Sie schlug die erste Seite auf und tippte mit dem Zeigefinger auf die Überschrift. »Unser erster Fall, Strandkorb 396.«

»Na, ich hoffe doch sehr, dass es bei dem einen bleibt«, sagte Elsbeth. »So viele Einwohner haben wir hier nicht.«

»Dreihunderteinundsechzig«, erwiderte Karin. »Etwa gleich viele Männer und Frauen, wobei interessanterweise in diesem Jahr bisher nur Männer gestorben sind: Gunnar, Fritz, Lothar und Heiner. Bei den ersten beiden war es das Herz, also eine natürliche Todesursache, bei Lothar war es ein Sturz auf der rutschigen Treppe und bei Heiner Fremdeinwirkung, wobei ich mir bei Lothar nicht so sicher bin, ob da nicht doch jemand nachgeholfen hat. Bärbel hatte es nicht leicht mit ihm.«

»Also weißt du, Karin.« Ursel schüttelte den Kopf. »Er war zum Todeszeitpunkt allein zu Hause, Bärbel war zu der Zeit in Schönberg und hat sich die Haare machen lassen. Das weiß ich, weil Judith zufällig auch ihre Friseurin ist. Sie hat es mir vorhin erzählt. Wie gut Bärbel gelaunt war, weil Lothar ihr das Geld für den Termin bei ihr zum Geburtstag geschenkt hat.«

»Er war ein Stinkstiefel, Ursel, und er ist auf der von Bärbel frisch gebohnerten Treppe ausgerutscht, von der sie die Stufenmatten entfernt hat«, sagte Karin. »Und jetzt kann Bärbel selbst entscheiden, wann und wie oft sie sich die Haare machen lässt. Kein Wunder, dass sie gut gelaunt war. Ich wette, sie hat das mit Absicht gemacht.«

»Der tote Heiner hat euch das Hirn vernebelt«, stellte Elsbeth fest. »So wie Frauen, die ein Kind erwarten und nur noch Schwangere sehen, seht ihr Kriminalfälle. Wie hätte Bärbel denn die Treppe bohnern sollen, wenn sie die Stufenmatten nicht entfernt hätte, Karin?«

»Die Frage ist nicht wie, sondern wann«, erwiderte Karin. »Soweit ich weiß, hat Lothar noch geschlafen, als Bärbel das Haus verlassen hat. Er hat also gar nicht gemerkt, dass die Treppe rutschig ist. Ihr könnt mir sagen, was ihr wollt, sie muss ihm ja nicht gleich den Tod gewünscht haben, ich hätte ihm an ihrer Stelle zumindest gerne eine ordentliche Rutschpartie auf dem Hintern gegönnt.«

»Jeder halbwegs vernünftige Mensch weiß, dass Holzstufen rutschig sind. Zumindest wird er gesehen haben, dass die Stufenmatten fehlen. Und außerdem weißt du nicht, ob Bärbel und er darüber gesprochen haben«, sagte Elsbeth mit strenger Stimme. »Mit solchen Vermutungen musst du vorsichtig sein. Es war bestimmt ein Unfall.«

»Und wenn es Absicht war? Dann ist Lothar aus Versehen gestorben, so wie …« Sie sah aus dem Fenster. Draußen war es dunkel, aber sie wusste genau, wo der Apfelbaum stand, warum er dort wuchs und warum sie nicht sicher sein konnten, dass Bärbel nicht doch etwas mit Lothars Tod zu tun hatte. Außerdem war es eine Tatsache, dass es viel mehr Mordfälle gab, als allgemein bekannt war. »Wenn in einem Tötungsdelikt ermittelt wird, liegt die Aufklärungsquote bei zweiundneunzig Prozent, was ja erst einmal nicht schlecht ist. Aber jeder zweite Mord bleibt unentdeckt. In dem Obduktionsbericht, den ich neulich gelesen habe, ging es um eine achtundsiebzigjährige Frau, bei der der Arzt eine natürliche Todesursache festgestellt hat. Hätten die Angehörigen keine Obduktion beantragt, hätten die Rechtsmediziner die mikroskopisch kleine Spur der Injektionsnadel nicht entdeckt. Die Frau war vermögend, hatte drei Jahre zuvor wieder geheiratet und ihr Vermögen bis auf den Pflichtteil für die beiden Söhne ihrem Mann vermacht. Er hatte sie auf dem Gewissen. Nur ein Viertel der Ärzte entkleidet Tote, wenn sie sie untersuchen, vor allem wenn es sich um ältere Menschen handelt. Und selbst wenn, werden kleine Einstiche oft übersehen.«

»Da hast du natürlich recht, Karin«, sagte Elsbeth. »Aber wenn du es so siehst, könnten Gunnar und Fritz auch eines nicht natürlichen Todes gestorben sein.«

»Wer weiß …«

»Fritz war dreiundneunzig«, sagte Ursel. »Und ich glaube, Elsbeth hat recht, Karin. Du solltest mit solchen Äußerungen vorsichtig sein. Ich glaube, du tust Bärbel damit Unrecht. Es ist sicher nicht leicht für sie im Moment. Die beiden haben ein Leben miteinander verbracht, und jetzt ist sie, wenn auch nicht absichtlich, daran schuld, dass seins beendet ist. Bestimmt ist sie todunglücklich deswegen.«

»Todunglücklich«, sagte Elsbeth, »wie treffend. Aber Schuld hat sie nicht. Lothar ist ganz allein die Treppe heruntergesegelt.«

»Ihr habt ja recht.« Karin seufzte. »Vielleicht sollte ich mir doch hin und wieder eine Lindström anschauen und zur Abwechslung mal einen Liebesroman mit Happy End lesen.«

Ursel tätschelte Karins Hand. »Du hast Heiner gefunden, da ist es verständlich, dass du ein bisschen durcheinander bist.« Sie deutete auf den Kuchen. »Iss ein Stück und danach eine Gurke, das hilft.«

»Schaffhausen«, sagte Elsbeth plötzlich laut und für Karin vollkommen aus dem Zusammenhang gerissen. »Es war eine andere Marke, aber Edoardos Uhr hatte sicher ihren Wert. Schaut mal ...«

Karin hatte keinen blassen Schimmer, was Elsbeth ihnen sagen wollte. Sie sah gespannt auf das Spielfeld, auf die Lasagne, die Amore, den Ostsee-Mordclub und das neue Wort, das Elsbeth nun legte, ROLEX.

»Edoardo trug eine Rolex? Das ist mir gar nicht aufgefallen«, sagte Ursel da.

»Keine Rolex. Hat eine von euch noch das Foto von Heiner?«, fragte Elsbeth. »Meins habe ich gelöscht.«

Elsbeths Stimme klang ruhig, aber auf ihren Wangen hatten sich kleine, rote Flecken gebildet. Irgendwas schien sie zu erregen.

»Ich habe es noch«, antwortete Karin.

Ursel nickte. »Ich auch.«

»Warum überrascht mich das nicht?«, sagte Elsbeth. »Ihr seid unmöglich!«

»Ich habe es mir vor dem Löschen per Mail geschickt.« Ursel griff in ihre Jackentasche und holte ihr Handy heraus. »Warte mal kurz.«

»Brauchst du es größer, Elsie? Ich habe einen A4-Ausdruck«, sagte Karin.

»Wann hast du das denn gemacht, Karin? Heute, auf dem Weg nach Schönberg?« Elsbeth schüttelte den Kopf. »Unfassbar!«

»Am Sonntag, bevor wir uns den Tatort angesehen haben, wozu haben wir denn einen Farbdrucker?« Es war ihr kleines Hobby. Die schönsten und interessantesten Bilder des Jahres druckte sie groß in Fotoqualität aus und bewahrte sie in schlichten, dunkelgrauen Kästen auf.

»Vielleicht reicht das ja«, sagte Ursel und gab Elsbeth das Handy.

»Ich hätte Heiner lieber lebend in Erinnerung behalten.« Elsbeth seufzte, zog das Foto größer und verschob es so, dass man das Handgelenk sehen konnte, das sie nun ausgiebig betrachtete.

»Was?«, fragte Karin. »Mach's doch nicht so spannend, Elsbeth.«

»Keine Ahnung, warum, aber irgendwie fiel mir eben ein, dass Heiner die gleiche Uhr getragen haben könnte wie Edoardo. Aber ich weiß nicht, wie ich darauf komme, weil man Heiners Uhr auf dem Foto gar nicht richtig erkennen kann. Leider verdeckt sein Hemdsärmel sie, man sieht nur ein Stück vom Armband und den Rand des Gehäuses.«

Ursel nahm Elsbeth das Handy aus der Hand und sah sich das Foto an. »Sieht nach Schlangenleder aus. Das könnte wirklich eine Luxusuhr sein, wenn sie echt ist. Schaffhausen, sagtest du eben, stimmt das?«

Elsbeth nickte. »Der Ort stand auf dem Ziffernblatt, er ist wohl Teil des Markennamens. Ich erinnere mich noch so genau daran, weil ich während meiner Reise kurz nach der Pensionierung die Wasserfälle in Schaffhausen besucht habe.«

Ursel pfiff leise zwischen ihren Zähnen. »Dann hat dein Edoardo allerdings ein teures Schätzchen an seinem Handgelenk getragen, das war bestimmt eine IWC. Und du meinst, Heiner hatte auch so eine um?«

Rumms! Karin schlug mit der Faust auf die Tischplatte. »Ich hab's!«

Elsbeth zuckte zusammen und sah Karin streng an. »Gewöhn dir das ab, Karin, du musst nicht immer irgendwo draufhauen, wenn du einen Geistesblitz hast.«

Elsbeths Kritik interessierte Karin nicht. »Der Krebs!«, rief sie. »Der ist aus Heiners Hemdsärmel gekrochen. Dabei hat sich der Stoff verschoben. Da hast du die Uhr gesehen. Das Foto habe ich gleich gemacht, nachdem ich Heiner gefunden hatte, deshalb ist sie noch nicht drauf.« Sie nickte wie zur Bestätigung. »So ist es gewesen. Heiner hat auf jeden Fall eine Uhr getragen, ich habe sie auch gesehen, aber nicht darauf geachtet. Normalerweise bemerkst du solche Dinge nicht, Elsie. Du hast es bestimmt unbewusst wahrgenommen, also hat es auf jeden Fall eine Bedeutung, sonst würdest du dich nicht daran erinnern.«

»Was, wenn es doch eine Beziehungstat war, nur anders, als wir bisher gedacht haben?«, fragte Ursel. »Schließlich wurde Heiner mit Edoardos Messer erstochen. Vielleicht war es auch Edoardos Uhr, die Heiner trug. Er könnte sie ihm gestohlen haben. Oder ...« Sie machte eine kleine, bedeutungsvolle Pause. »Es war ein Geschenk, weil die beiden sich viel bedeutet haben.«

13.

Elsbeth

»Edoardo und Heiner …?« Elsbeth schüttelte den Kopf, dann stutzte sie. Als sie Edoardo damals auf die Tätowierung mit der Rose angesprochen hatte, hatte er ihr von seiner großen Liebe erzählt, von der »amore della mia vita«. Aber einen Namen hatte er nicht genannt. Konnte sie sich so getäuscht haben? Nein, es hatte prickelnde Momente zwischen ihr und ihm gegeben, die sie sich nicht eingebildet hatte. Auch wenn es nie zu Zärtlichkeiten zwischen ihnen gekommen war, so hatte sie doch hin und wieder das Gefühl gehabt, dass er sich trotz des Altersunterschieds durchaus für sie als Frau interessierte. »Das glaube ich nicht.«

»Ich auch nicht. Aber wir sollten trotzdem nach der Uhr fragen«, sagte Karin. »Was haltet ihr davon, wenn wir morgen nach Kiel fahren? Oder sollen wir dem Kommissar sagen, er soll noch mal bei uns vorbeischauen? Wir haben doch einiges herausgefunden. Was haltet ihr davon?«

»Olaf kommt um elf«, sagte Elsbeth. »Wir fahren morgens zu Benny, fragen nach der Frau mit dem Hund. Und dann rufen wir Kommissar Biermann an. Vielleicht ist er sowieso in der Nähe und ermittelt hier. Dann können wir uns den Weg nach Kiel sparen.«

»So machen wir das.« Ursel griff nach der Kanne. »Wer will noch Tee?«

»Danke, ich nicht, mir reicht es«, sagte Karin. »Sonst muss ich heute Nacht ein paarmal raus, um zu pinkeln.« Sie sah auf ihre Steine. »Geht es eigentlich nur mir so, oder seht ihr auch nur Worte, die etwas mit dem Fall zu tun haben könnten?« Sie legte PIZZA auf das Spielbrett. »Tut mir leid, Elsbeth.«

»Könnte ich auch mal wieder essen«, sagte Ursel. »Du hast nicht zufällig sein Rezept, Elsbeth?«

»Ich kann dir gern die Nummer vom Pizzataxi raussuchen«, erwiderte Elsbeth.

Ursel sah auf die Uhr. »Kurz nach neun, sollen wir?«

Elsbeth bemühte sich, freundlich zu bleiben, sie waren ja alle etwas angespannt, aber dass ihre Freundinnen nun ständig auf ihrer Beziehung zu Edoardo herumritten, nervte sie langsam.

»Nein«, antwortete Elsbeth. Da klingelte das Festnetztelefon.

»Gehst du, Karin?«, fragte Ursel.

»Warum muss eigentlich immer ich?« Karin blieb sitzen. »Das ist bestimmt Olaf, der hat letztens auch so spät angerufen. Wenn wir Glück haben, hat er es sich anders überlegt, und er kommt morgen nicht.«

»Die Leitung rauscht. Und ich höre schlecht«, sagte Ursel.

Elsbeth stand auf. »Vielleicht ist es der Kommissar, ich habe ihm die Festnetznummer gegeben«, sagte sie in leisem Tonfall, als sie im Flur war. »Wie hieß er noch gleich?« Da Ursel hin und wieder ihre Schwerhörigkeit zu ihrem eigenen Vorteil nutzte, indem sie so tat, als hätte sie nichts verstanden, konnte Elsbeth schlecht einschätzen, wie es wirklich um Ursel stand, zumal Ursel vor drei Jahren das letzte Mal beim Ohrenarzt gewesen und der Kontrollbesuch längst überfällig war. Außerdem hörte Ursel immer noch erstaunlich gut, wenn es ihr in den Kram passte.

»Was sagt du?«, rief Ursel.

»Dass du dein Hörgerät tragen sollst«, antwortete Karin laut. »Und dass es auch der Kommissar sein könnte und sie seinen Namen vergessen hat.«

»Biermann«, rief Ursel, »Schöne Grüße von mir.«

Kurz darauf nahm Elsbeth das Gespräch an.

»Kannenwischer.«

»Guten Abend, Elsbeth, Olaf hier. Es tut mir leid, dass ich so spät störe, aber ich packe gerade und da dachte ich, dass ich vielleicht meinen Grill mitbringe. Ich würde euch nämlich morgen Abend gern zum Essen einladen, wenn euch das recht ist.«

»Wir haben einen.«

»Ach so, ja, das weiß ich.« Er räusperte sich. »Agathe hat mir mal erzählt, dass es deiner ist und dass du keinen da ranlässt. Was ich gut verstehen kann, das geht mir mit meinem auch so. Wir könnten natürlich auch essen gehen, dann würde ich in der Barkasse einen Tisch reservieren. Da richte ich mich ganz nach euch.«

»Du kannst meinen Grill benutzen.«

»Oh, gut. Muss ich sonst noch was wissen? Gibt es etwas, was ihr nicht mögt? Oder irgendwelche Allergien oder Unverträglichkeiten? Was ist mit Weizenmehl? Ich könnte auch meinen Pizzastein mitbringen.« Er räusperte sich wieder. »Oder ist euch die Lust auf Italienisch vergangen?«

Elsbeth rollte mit den Augen. »Olaf, komm einfach, bring mit, was du meinst. Überrasch uns!«

»Ja.« Sie konnte hören, wie er tief durchatmete. »Danke, Elsbeth.«

»Nicht dafür. Bis morgen, Olaf.«

Als sie zurück ins Wohnzimmer ging, hatte sie ihm die unpassende Bemerkung schon wieder verziehen. Sie lächelte. Es war eine große Sache für Olaf, dass er zu ihnen ziehen würde. Er war sicher aufgeregt.

»Unser neuer Mitbewohner lädt uns morgen Abend zum Essen ein. Er grillt für uns«, sagte sie zu Karin und Ursel, als sie sich wieder zu ihnen an den Tisch setzte.

»Darf er dein Hightech-Gerät benutzen, oder bringt er seinen eigenen Grill mit?«, fragte Karin.

»Wir haben doch noch den mit Holzkohle«, sagte Ursel. »Auch wenn ihr mir jetzt erzählt, wie ungesund das ist, das Aroma ist einfach besser, wenn ihr mich fragt.«

»Vom Aroma kann bei dir keine Rede mehr sein, Ursel,

denn meistens isst du alles viel zu durchgebraten und bestenfalls schon fast angebrannt«, erwiderte Elsbeth. »Und ja, das ist ungesund.«

»Die paar Röstaromen bringen mich in meinen letzten Jahren sicher nicht um, die können sich hinten anstellen«, sagte Ursel. »Ich freue mich jedenfalls auf ein Steak, ein Kotelett oder auch eine Bratwurst.« Sie seufzte. »Wenn ich so weiterfuttere, dann passen mir meine Hosen bald nicht mehr.«

Karin zog am Bund ihrer Leggings und ließ sie gegen ihren Bauch schnalzen. »Ein Gummizug hilft.« Sie sah zu Elsbeth. »Eine schöne Idee von Olaf, so ein Grillabend im November, das haben wir noch nie gemacht.«

»Das finde ich auch. Ich bin gespannt, was er uns auftischt. Agathe hat mir mal von seinen Grillkünsten vorgeschwärmt. Und sie hatte bekanntlich Geschmack, wenn es um gutes Essen ging.« Elsbeth wandte sich an Ursel. »Er bringt seinen Lavastein mit. Vielleicht kommst du doch noch zu deiner Pizza.«

»Womit wir wieder beim Thema wären«, stellte Karin fest und zeigte auf das Spielfeld. »Du hast gerade gelegt, Elsbeth, jetzt bin ich dran. Dann will ich den Bann brechen und ein Wort legen, das nichts mit Heiner zu tun hat und hoffentlich auch nichts mit uns, außer vielleicht in ferner Zukunft.« Sie legte ROLLATOR an das L von Elsbeths ROLEX.

Neben ihr kicherte Ursel. »Das wird gut, wir drei mit einem Rentner-Porsche als Models auf dem Laufsteg.«

Die Vorstellung war so absurd, dass Elsbeth in schallendes Gelächter ausbrach.

Kurz vor halb zwölf lag Elsbeth mit Übelkeit im Bett. Sie vertrug spätes Essen nicht, vor allem, wenn es süß oder sehr salzig war. Nach zwei Runden Scrabble, die beide Karin gewonnen hatte, hatten sie noch ein paar Runden Rommee gespielt, den Kuchen aufgegessen, die Gurken, und dann hatte Ursel noch eine riesige Platte Cracker mit Camembert aus der Küche geholt. Dazu gab es hauchdünn geschnittenen Katenschinken aus der Räucherei in Malente und dicke Scheibchen fettige Aalrauchmettwurst. Auf Letztere hätte sie verzichten sollen, normalerweise war sie vernünftiger. Aber das ganze Gerede über Essen hatte ihr Appetit gemacht. Es war ein schöner Abend gewesen, sie hatten viel Spaß gehabt.

»Seniormodels«, sagte sie leise zu sich selbst und dachte lächelnd an die Zeit zurück, als sie sechzehn waren und alle auf ihre Art sehr attraktive junge Frauen. Besonders Ursel mit ihrem wilden Lockenkopf und ihrer ungezwungenen Art hatte immer mehrere Verehrer zur selben Zeit. Aber auch Karin mit ihren großen, rehbraunen Augen, dem Schmollmund und den schönen geraden Zähnen konnte sich sehen lassen. Die Hübscheste war jedoch Agathe gewesen, die Brigitte Bardot vom Schönberger Strand, die sich mit siebzehn unsterblich in den unverschämt gutaussehenden Seemann Curd verliebt hatte, der tatsächlich ein wenig Ähnlichkeit mit seinem Namensvetter Curd Jürgens gehabt hatte. Was waren die beiden für ein hinreißend schönes Paar gewesen!

Und Elsbeth? Sie war groß und schlank gewesen, mit zu wenig Busen und einem kantigen Gesicht. Es hatte sie nicht gestört, dass die Jungs kein Interesse an ihr hatten. Das beruhte auf Gegenseitigkeit. Die meisten Burschen erschienen ihr albern, unreif, und das waren sie auch. Das änderte sich erst, als sie Joachim an der Uni in Kiel kennenlernte. Da war sie einundzwanzig. Er war acht Jahre älter, Dozent, und sie hatte sich nicht in sein Äußeres verliebt, sondern in seine schöne, tiefe Stimme und seinen Intellekt. Sie hörte ihm gern zu, und er hörte sich gern reden. Dass er keine Kinder zeugen konnte, störte Elsbeth nicht. Sie hatte in ihrem Beruf genug mit den Kindern anderer Mütter zu tun. Sie waren das perfekte Paar. Bis sie ihn in flagranti mit der anderen Frau erwischte – in seinem PKW! Sie war nicht jünger, wie Elsbeth erwartet hatte. Sie war vier Jahre älter als er, Mutter von zwei Töchtern und Großmutter einer Zehnjährigen, die in die Schule ging, in der Elsbeth unterrichtete. Elsbeth trennte sich, sie ließen sich scheiden, teilten das Vermögen und seitdem hatte sie ihn nie wieder gesehen. Nur der Anblick seiner angeheirateten Enkelin, die sie zum Glück nie hatte unterrichten müssen, erinnerte sie daran, dass sie einmal einen Mann gehabt hatte, der ihr das Blaue vom Himmel versprochen hatte. Sie war damals noch keine fünfzig gewesen, im besten Alter, wie ihre Freundinnen ihr immer wieder versichert hatten. Und sie sagte sich das auch und holte nach, was sie vermeintlich versäumt hatte. Doch letztlich stellte sie nach maximal sechs Monaten immer wieder fest, dass es ihr am besten ging, wenn sie allein blieb.

Joachim war mit siebenundsiebzig Jahren gestorben, so alt, wie Elsbeth nun war. Seine Frau hatte ihr eine Karte geschrieben, auf der sie seinen Tod mitgeteilt und Elsbeth die Daten zur Beisetzung in Kiel genannt hatte, damit sie sich von ihm verabschieden konnte. Doch das hatte Elsbeth bereits getan, indem sie nach der Trennung alle Bilder von ihm zerschnitten und gemeinsam mit Karin, Agathe und Ursel bei einem kleinen Lagerfeuer verbrannt hatte. Die Asche war in den Teich hinter dem Haus geweht. Und wenn sie ehrlich war, hatte sie ihm damals weitaus Schlimmeres gewünscht als eine Rutschpartie über eine frisch gebohnerte Treppe. Sie knipste das Licht aus, dachte an die Vergangenheit und dass man sich im Alter tatsächlich wieder an Momente zurückerinnerte, die fast ein ganz Leben lang zurücklagen.

Kurz nach Mitternacht sah sie zum letzten Mal auf die Uhr, dann schlief sie ein.

Um drei wurde sie wieder wach. Eine ihrer beiden Freundinnen war zur Toilette gegangen. Sie lauschte der Klospülung, dem Rauschen des Wassers aus dem Hahn, und den schlurfenden Schritten über den Flur, die sie eindeutig Karin zuordnete. Dann hörte sie leise Stimmen und Lachen, wieder Schritte, die Klospülung, den Wasserhahn. Ursel hatte also auch ihre Blase entleert.

Ein paar Minuten blieb Elsbeth noch im Bett liegen, dann stand sie auf, legte sich eine Wolldecke über die Schultern und ging zum Fenster. Normalerweise trug sie Hausschuhe, aber in ihr Zimmer hatte sie zwei Teppiche gelegt, bei denen sie nicht an der Qualität gespart hatte. Sie mochte das Gefühl, barfuß über den hochwertigen, weichen Flor zu laufen.

Die Nacht war ungewöhnlich dunkel. Der Mond hatte sich hinter den Wolken versteckt, nur vereinzelt standen ein paar Sterne am Himmel. Sie öffnete das Fenster, und sofort erfüllte der Klang der Wellen den Raum. Im letzten Jahr hatte sie immer mal wieder kürzere Reisen an die Nordseeküste unternommen und sich auch einige Inseln angeschaut, Sylt, Amrum und Föhr, die ihr alle gut gefielen. Aber trotzdem freute sie sich jedes Mal, wenn sie wieder zu Hause war. Die Ostsee hörte sich ruhiger an und weniger fordernd.

Nur etwa achtzig Meter entfernt rollte das Wasser auf den Schönberger Strand zu. Es wurde von Buhnen gebrochen, die in regelmäßigen Abständen im rechten Winkel vom Strand aus grauen Steinbrocken errichtet wurden. Elsbeth war eine gute Schwimmerin, sie ging nicht gern spazieren, aber wenn das Wetter es zuließ, schwamm sie täglich ein paar Züge im Meer. Von den Buhnen hielt sie sich stets fern. Schon als Kindern hatte man ihnen eingebläut, wie gefährlich das Wasser dort war. Es konnten Strudel entstehen, die einen Schwimmer in die Tiefe ziehen, auch wenn kaum Wellengang herrscht. Das Meer gab, und das Meer nahm. Sie wickelte die Decke etwas enger um sich, atmete tief ein und wieder aus.

Ein Leben ohne die Ostsee konnte sie sich nur schwer vorstellen, sie würde ihr fehlen. Insofern verstand Elsbeth, dass Ursel nicht nach Dänemark zu Magnus ziehen wollte. Etwas überrascht war sie allerdings schon. Insgeheim war sie davon ausgegangen, dass Ursel sich irgendwann für ihn entscheiden würde. Die beiden passten gut zusammen. Und Ursel hatte gern einen Mann an ihrer Seite.

Ein Radfahrer zog Elsbeths Aufmerksamkeit auf sich. Er kam aus Richtung Brasilien die Straße entlanggefahren. Elsbeth kniff die Augen zusammen und versuchte zu erkennen, wer es war, als er auf Höhe des Hauses vorbeifuhr. Es war dunkel, der Fahrer war recht schnell unterwegs. Aber sie erkannte eine schwarze Pudelmütze, eine dunkelblaue Wachsjacke und grüne Stiefel, die der Mann trug. Es war einer der Fischer. Sie fuhren am Abend hinaus, um zu fischen, dann, wenn es dunkel genug war, dass die Fische die Netze nicht sehen konnten. Im Morgengrauen kamen sie zurück. Sie blickte dem nächtlichen Radfahrer nach, bis der Lichtkegel erlosch. Gerade als sie das Fenster wieder schloss, sah sie plötzlich wieder ein Licht aufleuchten. So wie es aussah, ging der Fischer den Deich nach oben, etwa auf der Höhe der Ruderboote, mit denen sie manchmal hinausfuhren, um zu angeln. Vielleicht war er nicht zurückgekehrt, sondern wollte nun erst hinausfahren. Sie wartete auf den Schein der Laterne, der über das Wasser tanzte. Aber die Ostsee blieb dunkel.

14.

Elsbeth

Elsbeth schloss das Fenster, zog ihre Hausschuhe an und ging ins Bad. Auf dem Weg hörte sie ein lautes Schnarchen. Ihr Zimmer war weit genug entfernt, bei geschlossener Tür bekam sie Karins nächtliche Konzerte nicht mit. Auch Ursel, deren Zimmer direkt neben dem von Karin lag, bekam davon nichts mit. Es hatte seine Vorteile, wenn das Gehör nachließ.

Im Bad warf sie einen kritischen Blick in den Spiegel. Manchmal konnte sie selbst kaum glauben, dass sie sechsundsiebzig war. Geistig fühlte sie sich immer noch topfit. Jeden Morgen, bevor sie aufstand, löste sie ein paar Sudoku und andere Logikrätsel. Sie las viel, interessierte sich für Politik und schaute sich gerne Wissenschaftssendungen an, wenn sie Ursel und Karin überreden konnte, mal keinen Fernsehfilm zu sehen. Eine halbe Stunde am Tag machte sie Gymnastik. Spazierengehen mochte sie nicht, aber sie wusste, wie wichtig ein Mindestmaß an Muskelmasse gerade im Alter war. Deshalb hatte sie sich einen Pilates-Ring und Bänder gekauft, mit denen sie gezielt trainieren konnte. Ihre Hüfte zwickte, der Hallux machte auch nicht gerade Spaß, aber das waren die kleinen Tücken des Alters, damit kam sie gut zurecht. Alles in allem war sie sehr zufrieden mit sich. Es kam ihr fast so vor, als wäre das Alter irgendwo in den letzten Jahrzehnten stehengeblieben. Auch optisch konnte sie nicht klagen. Sie hatte noch eine schöne Haut und, obwohl sie sehr schlank war, kaum Falten. Sie war nicht eitel, aber es freute sie, dass Fremde sie oft für viel jünger hielten. »Für immer siebzig bleiben, das wäre es«, sagte sie leise zu sich selbst. Noch einmal fünfzig sein, das wollte sie nicht. Das Leben war damals zu aufreibend gewesen, es hatte zu viele Höhen und Tiefen gegeben. Mit sechzig hatte sie aufgehört zu arbeiten, und es hatte eine Weile gedauert, bis sie die neu gewonnene Zeit genießen konnte. Sie nickte sich im Spiegel zu. Ja, ab siebzig machte das Leben wieder Spaß, ohne anstrengend zu sein. Wenn da nur nicht die vielen Abschiede für immer wären, die das Hier und Jetzt überschatteten.

Da ihr Magen immer noch etwas rumorte, ging sie in die Küche. Den ganzen Abend hatte sie auf Alkohol verzichtet, aber jetzt brauchte sie einen selbstgemachten Magenbitter. Den hatte sie vor zwei Jahren aus grünen Walnüssen, verschiedenen Kräutern und Gewürzen angesetzt. Er half, schmeckte gut und war eigentlich Medizin.

Als sie das Knarren der Dielen hörte, erschrak sie zunächst nicht. Sie rechnete mit Karin oder Ursel. Aber sie hatte sich geirrt, wie sie feststellte, als sie sich umdrehte und Edoardo erblickte, der zur Tür hereinkam.

»Verdammt!«, entfuhr es ihr, und fast wäre ihr die Flasche aus der Hand gefallen.

Edoardo legte den Zeigefinger auf die Lippen, dann kam er näher, machte ein »Psst!« und sagte leise: »Buonasera, mia bella Elisabetta.«

Seine Stimme hatte nicht den tiefen Klang wie die Joachims, aber Elsbeth hatte immer den weichen Singsang geliebt, mit dem Edoardo ihren Namen aussprach. Es klang zärtlich.

Erstaunlicherweise hatte sie keine Angst, wie sie feststellte. Im Gegenteil, sie freute sich, ihn zu sehen. Sein Haar war immer noch voll, aber seine Schläfen waren grauer geworden. Seine buschigen Augenbrauen waren immer noch sehr dunkel, fast schwarz. Sein Gesicht war gebräunt. Er trug einen königsblauen Wollpullover, eine dunkelgraue Bundfaltenhose und schwarze Lederschuhe. Er sah gut aus.

»Stai bene, Edoardo!«, sagte sie.

»Du auch. Elisabetta, du siehst wunderschön aus, wie immer.« Er ließ seinen Blick ungeniert über ihren Körper schweifen, den er allerdings nur erahnen konnte, da sie einen Pyjama trug, den sie der Gemütlichkeit halber eine Nummer zu groß gekauft hatte. »Sei una bella donna.«

Er war schon immer ein Charmeur gewesen. Sie schenkte sich einen Likör ein. »Möchtest du auch?«

»No grazie, mio fiore.«

»Blume?«, fragte sie. Sie wusste nicht, wie viele Namen er ihr schon gegeben hatte. Dieser war neu.

»Du siehst aus wie eine Blume, die gerade zu ihrer vollen Schönheit aufgeblüht ist.«

»Soso.« Sie leerte das Glas auf ex, sah ihn an und wartete.

»Elisabetta, ich bin hier, um mir dein Auto auszuleihen.« Er hielt den Autoschlüssel hoch und schnalzte mit der Zunge. »Habe ich euch nicht gesagt, dass ihr ihn nicht in der Kommode im Flur aufbewahren sollt? Da sucht jeder Einbrecher zuerst. Und das Versteck für den Haustürschlüssel im Garten unter der Treppe solltet ihr auch schnell ändern.« Er zog einen zweiten Schlüssel aus der Hosentasche und legte ihn auf den Küchentisch.

»Du bist also als Einbrecher hier«, sagte Elsbeth.

»Entschuldige, ich wollte dich nicht erschrecken. Aber als ich dich in die Küche gehen sah, konnte ich nicht anders. Ich wollte sehen, ob es dir gut geht.«

»Das tut es. Aber du steckst in Schwierigkeiten, sonst würdest du nicht mitten in der Nacht hier herumschleichen und dir mein Auto … ausleihen …«

»Ich bin in eine unschöne Sache verwickelt«, antwortete er. »Mit der ich überhaupt nichts zu tun habe, wirklich nicht. Deshalb darfst du niemandem erzählen, dass ich hier war. Bitte halte dich daran, Elisabetta, auch um dich und deine Freundinnen zu schützen.«

Sie hatte keine Ahnung, warum, aber sie glaubte ihm, jedes Wort.

»Es ist besser so, glaub mir!« Er kam näher und blieb kurz vor ihr stehen, sodass sie sein Rasierwasser riechen konnte. Es roch frisch, nach Zitrone und Gewürzen. »Warum haben wir uns eigentlich noch nie geküsst?« Er strich mit dem Zeigefinger über ihre Wange. »Elisabetta. Sag es mir.«

Ihr Herz schlug ein paar Takte schneller. Sie wusste, dass er ein verdammt guter Schauspieler war, dass er es wahrscheinlich nicht so meinte. Er liebte das Flirten, und er war ein Profi. Aber der heißblütige Blick, mit dem er sie ansah, gefiel ihr.

Gerade als Elsbeth zu einer Antwort ansetzte, knarrten die Holzdielen.

»Hände hoch! Die Waffe ist geladen«, sagte Karin. Sie stand im Nachthemd in der Tür und hielt mit ausgestreckten Armen die Pistole in der Hand – auf Edoardo gerichtet, der mit dem Rücken zu ihr stand. »Ich kann verdammt gut zielen.«

Edoardo drehte sich in aller Ruhe um. »Buonasera, Karin. Dann habt ihr die Waffe also aufgehoben, sehr gut. Ich hatte Agathe damals dazu geraten.« Ein Lächeln huschte über sein Gesicht. »Aber wenn die Pistole tatsächlich geladen ist, solltest du vielleicht nicht auf mich zielen. Du möchtest doch nicht, dass ein Unglück passiert.«

»Agathe hat mit dir darüber gesprochen?«, fragte Karin erstaunt und ließ die Waffe sinken.

Jetzt kam auch Ursel in die Küche. »Ach, du bist es, Edoardo. Buonasera.« Sie trug den Leoanzug, um ihr

Haar hatte sie einen Handtuchturban gewickelt. In der Hand hielt sie ein Pfefferspray. »Vielleicht solltest du besser gehen, ich habe die 110 angerufen«, sagte sie in ruhigem Tonfall.

»Maledittto!«, sagte Edoardo. »Wann genau?«

»Vor zwei Minuten, ich wusste ja nicht, dass du es bist.«

Er nickte. »Gut, das reicht.« Zärtlich strich er mit dem Zeigefinger über Elsbeths Lippen. »Wir holen das nach, Elisabetta.«

Sie sah ihm nach, wie er ins Wohnzimmer ging und mit Sangria wieder herauskam, und erst jetzt fiel ihr auf, dass er dünne Lederhandschuhe trug. Sicherlich nicht wegen der Kälte, schoss es ihr durch den Kopf. »Das nehme ich mit, das kriegt ihr zurück. Und das Auto auch. Passt auf euch auf. Und haltet euch vom Campingplatz fern. Arrivederci, signore.«

Kurz darauf fiel die Haustür ins Schloss.

Elsbeth ging ans Fenster, Karin und Ursel stellten sich neben sie. Sie sahen zu, wie Edoardo mit Adenauer in Richtung Brasilien verschwand.

»Clever von ihm, diese Richtung einzuschlagen. Die Polizei kommt von der anderen Seite«, sagte Ursel.

»Was hast du ihnen erzählt?«, fragte Elsbeth.

»Dass ein Einbrecher im Haus ist«, antwortete Ursel. »Karin stand plötzlich in meinem Zimmer und hat gesagt, dass sie ihr Handy in der Küche hat liegen lassen und ich die 110 rufen soll. Dann ist sie mit der Pistole abgedampft. Sollen wir der Polizei sagen, dass es Edoardo war?«

»Er hat mich darum gebeten, niemandem davon zu erzählen«, antwortete Elsbeth. »Zu unserem eigenen Schutz.«

»Gut, dass ich die Walther aufgehoben habe.« Karin bog den kleinen Bügel nach unten und zog das Magazin aus der Pistole. »Die Patronen hole ich lieber wieder raus.«

»Erzähl mir bitte nicht, dass sie geladen ist, Karin!«, sagte Elsbeth.

»Natürlich ist sie das«, erwiderte Karin. »Sonst macht eine Waffe ja keinen Sinn.«

Ursel ließ sich auf einen Stuhl sinken. »Und jetzt?«, fragte sie.

Auch Elsbeth setzte sich. »Ich habe keine Ahnung, ich muss das alles erst mal sacken lassen.«

»Viel Zeit hast du dafür nicht.« Ursel sah auf die Küchenuhr. »Ich schätze mal, etwa zehn Minuten.«

»Gebt mir einen Moment.« Sie schloss die Augen, um sich zu sammeln, und stellte fest, dass sie keine andere Wahl hatten. »Wir müssen die Wahrheit sagen. Denn wenn sich am Ende rausstellt, dass Edoardo doch etwas mit Heiners Tod zu tun hat, werden wir es bereuen, wenn wir es nicht tun.«

»Seh ich auch so«, stimmte Ursel sofort zu. »Eine gute und die einzig vernünftige Entscheidung. Gibt es denn irgendwas, was wir wissen müssen? Was hat er zu dir gesagt?«

»Warte kurz, bis du erzählst, Elsie. Ich will das auch hören.« Karin ging in Richtung Tür. »Ich bringe die Walther in mein Zimmer, bevor die Polizei kommt.« Im Flur blieb sie noch einmal stehen. »Dass Agathe mit ihm über die Waffe gesprochen hat, spricht absolut für ihn, denke ich.«

Ursel machte große Augen. »Agathe? Wie? Wann?«

»Das wissen wir nicht, aber Edoardo hat gerade zu mir gesagt ...«, begann Karin zu erklären, doch Elsbeth unterbrach sie. »Du gibst ein hübsches Bild ab in deinem geblümten Nachthemd mit der Walther P.38 in der Hand. Beeil dich, bring sie weg und komm schnell wieder.«

»Was für eine Aufregung«, sagte Ursel und strahlte über das ganze Gesicht. »Er sah gut aus, dein Edoardo, wie eine italienische Version von Jogi Löw, der trägt auch gern hochwertige Wollpullis zu Anzughosen.«

Der ehemalige Bundestrainer erschien vor Elsbeths innerem Auge. Nein, Edoardo hatte nichts mit ihm gemein. »Auf welche Ideen du immer kommst!«, sagte sie. »Ähnlich sehen sie sich nicht, abgesehen von der Kleidung.«

Ursel rieb sich die Nase. »Du hast recht, aber an irgendwen erinnert er mich.« Sie hob den Zeigefinger. »Jetzt weiß ich es. Er hat auch was von dem neuen Trainer der italienischen Nationalmannschaft: Luciano Spaletti. Allerdings hat Edoardo noch seine Haare auf dem Kopf. Aber er hat eine ebenso charismatische Ausstrahlung.« Sie grinste. »Das passt auch besser zu Edoardos Nachnamen Pirlo und Baggio, wobei mich interessieren würde, ob Edoardo sein echter Vorname ist. Ich habe auch schon mal recherchiert, ob es berühmte Fußballer gibt, die so heißen, da habe ich zum Beispiel Edoardo Reja gefunden, der hat mal für Palermo gespielt. Allerdings ist der mit seinen achtundsiebzig Jahren wesentlich älter als Baggio und Pirlo. Die sind sechsundfünfzig und vierundvierzig. So wie es aussieht, sucht sich Edoardo jüngere Namensvettern.«

»Sei mir nicht böse, Ursel, aber ich kann dir da gerade nicht folgen.« Elsbeth sah auf die Uhr. »Gleich kommt die Polizei. Wo bleibt denn Karin?«

»Hier!«, sagte Karin und setzte sich zu ihnen. »Ich war so frei, dir deine Strickjacke aus deinem Zimmer mitzubringen, Elsie.«

»Danke, Karin.« Elsbeth zog die Jacke an und betrachtete ihre beiden Freundinnen. Es war halb vier, mitten in der Nacht, und sie warteten gemeinsam auf die Polizei. Sie im Pyjama, Karin in Nachthemd und Bademantel und Ursel im Leo mit Handtuchturban. »Schick sehen wir aus«, sagte sie und deutete auf Ursels Kopf. »Hast du dir vorhin die Haare gewaschen, als du im Bad warst?«

»Verdammt!« Ursel sprang auf. »Ich wasch schnell das Zeug aus, ich bin gleich wieder da.«

»Entfärber«, sagte Karin zu Elsbeth. »Wenn sie Pech hat, trägt sie morgen Glatze.«

»Mal den Teufel bloß nicht an die Wand, Karin«, rief Ursel.

Ursel kam zurück, als sie das Blaulicht vor der Tür bemerkten. »Es ist nicht braun, es ist grau geworden, aschgrau«, schimpfte sie und fuhr sich durch das nasse Haar. »Außerdem hat es sehr gelitten. Morgen schneide ich alles ab!«

»Machst du eh nicht«, sagte Karin und sah zum Fenster. »Wer lässt die Polizei rein?«

Elsbeth stand auf. »Ich mach das.«

»Was ich noch sagen wollte.« Ursel tippte auf ihr Handgelenk. »Ist es euch auch aufgefallen? Edoardo trug eine Uhr, eine mit goldenem Gehäuse und braunem Lederarmband. Das Ziffernblatt habe ich nicht gesehen, aber ich nehme an, es war die IWC, die du an Heiner vermutet hast, Elsbeth. Dann hatte Heiner sie also doch nicht von ihm, wenn es überhaupt eine war.«

Darauf hatte Elsbeth nicht geachtet. Sie war viel zu beschäftigt mit den Emotionen gewesen, die sie bei Edoardos Anblick überrumpelt hatten. Äußerlich war sie kühl geblieben, aber sie war ehrlich genug zu sich selbst, sich einzugestehen, dass das Wiedersehen sie doch sehr aufgewühlt hatte. Besonders die Frage, die er ihr gestellt hatte und die immer noch in ihr nachhallte. »Warum haben wir uns eigentlich nie geküsst, Elisabetta?«

Sie öffnete die Tür. Eine Polizistin und ein Polizist stiegen aus dem Wagen und kamen auf sie zu.

»Guten Abend, Frau Kannenwischer«, sagte die Polizistin. »So sieht man sich wieder.«

»Maren!« Elsbeth schüttelte lächelnd den Kopf. Erst Nottel, jetzt die nächste ihrer ehemaligen Schützlinge. »Wie viele von eurer Wache habe ich denn noch unterrichtet?«

»Nur Nottel und mich«, sagte Maren und zeigte auf ihren Kollegen. »Das ist Ludger Knutsen, er ist nicht in Schönberg zur Schule gegangen.«

»Moin!« Er war wesentlich älter als Maren, Elsbeth schätzte ihn auf Mitte fünfzig. »Sie haben einen Einbruch gemeldet?«

»Ja«, sagte Elsbeth. »Aber der Einbrecher ist schon auf und davon, mit meinem Auto.«

15.

Ursel

Den Polizisten hatte sie es schon gestern Abend erzählt, aber für Borowski wiederholte sie es natürlich gern.

»Es war so, Herr Kommissar. Um genau zwei Uhr sechsundfünfzig bin ich aufgewacht. Auf dem Weg zur Toilette traf ich Karin, die gerade von dort zurückkam. Wir haben uns kurz unterhalten, dann bin ich in mein Zimmer gegangen. Kurze Zeit später hörte ich, dass Karin auch zurück war. Sie hat das Fenster geöffnet. Es klemmt manchmal, und wenn sie daran rüttelt, höre ich das. Da ich hellwach war, die Ereignisse der letzten Tage gingen mir durch den Kopf, wie Sie sich sicher vorstellen können, habe ich noch ein wenig in einem Buch gelesen. Dass Elsbeth in der Zwischenzeit auch im Bad war und dann in die Küche gegangen ist, habe ich nicht mitbekommen, ich war vertieft in den neuen Gruber, der mich von den ersten Seiten an gefesselt hat. Und plötzlich steht Karin in meinem Zimmer und sagt, ich soll die 110 anrufen, weil jemand bei uns eingebrochen ist. Dummerweise hat sie ihr Telefon unten im Wohnzimmer liegen lassen, sonst hätte sie das selbst gemacht. Dann ist sie weg, bevor ich antworten kann. Also habe ich die 110 gewählt und bin dann rüber zu Elsbeth, um ihr zu sagen, was los ist. Sie war aber nicht in ihrem Zimmer. Deswegen habe ich das Pfefferspray geholt, das ich mal geschenkt bekommen habe, und da ich in der Küche Licht gesehen habe, bin ich nach unten gegangen. Mein Allerwertester ging mir dabei ordentlich auf Grundeis, aber nach der Strandkorbsache mit Heiner habe ich mir natürlich Sorgen um meine Freundinnen gemacht. Ich bin also runter in die Küche, und da sehe ich zuerst Karin, und dann Elsbeth. Und neben Elsbeth steht Edoardo, wie ich erleichtert festgestellt habe.«

»Sie waren erleichtert, obwohl Sie wussten, dass Ihre Freundin Elsbeth ihm das Messer geschenkt hat, mit dem der Postbote getötet wurde?«, hakte Borowski nach. »Das müssen Sie mir bitte genauer erklären.«

»Das tut mir leid, das kann ich nicht«, erwiderte Ursel. »Ich kann Ihnen nur sagen, was ich in dem Moment empfunden habe, und das war nun mal Erleichterung. Warum das so war, weiß ich nicht, es wird wohl damit zusammenhängen, dass ich mir nicht vorstellen kann, dass Edoardo einer von uns etwas antun würde. Und ich glaube übrigens auch nicht, dass er Heiner erstochen hat. Erstens, weil ich nicht wüsste, warum er das hätte tun sollen. Und zweitens, weil er nicht so blöd gewesen wäre, das Messer stecken zu lassen.«

»Und dann hat eine von Ihnen dem nächtlichen Besucher den Autoschlüssel gegeben, damit er verschwinden kann«, fragte die Kommissarin, die Borowski im Schlepptau hatte. Diesmal hatte er sich also Verstärkung mitgebracht. Sie war eine von der Sorte wie die Blonde aus dem Dortmunder Tatort, die vor zwei Jahren den plötzlichen Serientod gestorben war. Etwas herb, sehr selbstbewusst. Wie hieß die Fernsehermittlerin noch gleich?

»Frau Flemming?«, hakte die Kommissarin nach. »Der Autoschlüssel?«

Ursel zeigte auf ihr rechtes Ohr. »Es tut mir leid, manchmal kommen nur Gesprächsfetzen bei mir an.« Sie zuckte mit den Schultern. »Die Frage kann ich Ihnen leider nicht beantworten, denn als ich in die Küche kam, hatte Edoardo den Schlüssel schon in der Hand. Ich vermute, dass er ihn selbst genommen hat, er wusste ja, wo wir ihn aufbewahren.«

»Sie kamen also in die Küche, haben den Mann dort stehen sehen, waren erleichtert ... Und dann?«, fragte sie. »Ist Ihnen irgendwas aufgefallen?«

»Er sah gut aus, wie eine Mischung aus Jogi Löw und Luciano Spaletti«, antwortete Ursel. »Sie wissen schon, der alte deutsche und der neue italienische Nationaltrainer.«

Die Kommissarin verzog keine Miene, doch Borowski hatte Ursel damit ein Schmunzeln entlockt.

»Letzteres würde natürlich besser zu Pirlo und Baggio passen, Kommissar Biermann, meinen Sie nicht auch?«

Er kratzte sich über den Dreitagebart. »Durchaus. Nur schade, dass Sie ihn nicht überzeugen konnten, noch etwas bei Ihnen zu bleiben. Er war leider bereits weg, als die Kollegen aus Schönberg da waren.«

Ursel wusste genau, worauf Borowski hinauswollte. »Das ist wohl meine Schuld«, sagte sie. »Als ich gesehen habe, dass es Edoardo war, war ich, wie bereits erwähnt, sehr erleichtert. Da habe ich wohl etwas gedankenlos erzählt, dass ich die 110 gerufen habe.« Sie hatte mit Elsbeth und Karin vereinbart, dass sie alle die Wahrheit sagen würden, damit sie sich nicht gegenseitig widersprächen und ins Straucheln kämen. »Auf jeden Fall ist er mit dem Auto in Richtung Brasilien verschwunden.«

Die Kommissarin blickte sie durchdringend an. »Hat Herr Ferrari noch etwas gesagt, bevor er das Haus verlassen hat?«

Ursel sah sie ungläubig an, dann lachte sie laut auf. »Jetzt sagen Sie mir bitte nicht, dass das Edoardos Nachname ist.« Sie sah Borowski an. »Der ist doch erfunden, oder?«

Da hatte sich die Kommissarin wohl verplappert, denn Borowski warf ihr einen tadelnden Blick zu, bevor er antwortete: »Nein, unseren Ermittlungen zufolge ist das sein Nachname. Das ist jedenfalls der letzte Stand. Wir sind uns aber nicht ganz sicher. Wir dachten, Sie könnten uns vielleicht weiterhelfen. Fällt Ihnen sonst noch etwas ein?«

»Da gäbe es schon einiges zu berichten, Herr Kommissar, was Ihnen in dem Fall weiterhelfen könnte, aber nichts ...«, sie schmunzelte, »was Herrn Ferrari betrifft.«

Ursel sah auf die Uhr. Es war Viertel nach zehn. »Elsbeth und Karin müssten jeden Moment zurück sein, die beiden könnten auch noch das eine oder andere beisteuern.«

Ihre Freundinnen waren zu Benny gegangen, um ihn nach der Frau mit dem Hund zu fragen. Den Morgenspaziergang um sieben hatten sie leider verpasst, weil sie alle zu lange geschlafen hatten. Ursel, die sich erst um ihre kaputten Haare kümmern wollte, hatte die beiden schweren Herzens allein losziehen lassen – und sie telefonisch zurückgerufen, als Borowski mit Bönisch aufgetaucht war. Bönisch! Unwillkürlich schüttelte Ursel den Kopf. Plötzlich fiel ihr der Name wieder ein, Martina Bönisch, so hieß die Tatortermittlerin.

»Übrigens, die neue Frisur steht Ihnen gut«, sagte Borowski, was Ursel ein wenig aus dem Konzept brachte. Sie fuhr sich durch die Haare. Nach der rigorosen Bearbeitung der misslungenen Tönung mit der Schere fühlte sie sich wie ein geschorener Pudel – aschgrau.

»Hatte ich schon erwähnt, dass ich gerade Blondiermittel im Haar hatte, als Karin in mein Zimmer stürmte?« Sie fuhr sich mit den Fingern durch die kurzen Locken und seufzte. Dabei erinnerte sie sich an ihren Besuch im Schönberger Salon. »Heiner hat seine Implantate übrigens bar bezahlt. Das weiß ich von meiner Friseurin, die wiederum mit der Zahnarzthelferin befreundet ist. Und was die Geliebte betrifft ... da kann Karin gleich mehr erzählen. Jedenfalls scheint es die Frau zu geben, wie man sich unter den Schönbergern erzählt.«

Kaum hatte sie den Satz beendet, hörte sie die Haustür aufgehen, Schritte, Stimmen, und kurz darauf traten Elsbeth und Karin in die Stube. Beide hatten vom Wind gerötete Wangen.

»Guten Morgen«, sagte Karin fröhlich und rieb ihre Hände aneinander. »Es ist verdammt kalt draußen.« Sie sah Ursel an. »Wow, du siehst toll aus!«

»Guten Morgen«, sagte nun Elsbeth und nickte mit ernstem Gesicht in die Runde. Sie gab Bönisch die Hand. »Ich heiße Elsbeth Kannenwischer.«

»Wiegand, Doreen.« Die Kommissarin nickte wie Elsbeth, und Ursel dachte, sie könnten Mutter und Tochter sein. Beide ließen es an Herzlichkeit fehlen, und sie sahen sich sogar etwas ähnlich. Das etwas kantige Kinn und vor allem der wache, klare Blick, die schlanke Statur …

Nun stellte sich Karin lächelnd vor. »Sie sind heute zu zweit, wie schön«, sagte sie. »Ich bin die Dritte im Bunde, Karin Mertins.« Sie sah Borowski an. »So schnell sieht man sich wieder.«

»Ich mache Tee«, sagte Elsbeth nach einem kurzen Blick auf den Tisch. »Noch Kaffee für Sie, Frau Wiegand, Herr Biermann?«

Beide schüttelten synchron den Kopf, und Elsbeth verschwand in der Küche.

»Sie waren spazieren, Frau Mertins?«, fragte Bönisch.

»Ja.« Karin seufzte. »Es ist kalt, aber wunderschön draußen. Die Luft ist sehr klar. Und nach der Aufregung gestern Abend war ein Spaziergang genau das Richtige.«

Ursel lächelte zufrieden in sich hinein. Als sie Karin angerufen hatte, um ihr mitzuteilen, dass sie Besuch vom K1 bekommen hatten, hatte sie Karin gefragt, ob sie ihren Spaziergang beenden und zurückkommen könnten. Sie hatte aus dem Bauch heraus gehandelt und vorerst nicht erzählt, dass sie zu Benny gegangen waren. Borowski wäre sicher nicht begeistert, wenn er erfahren würde, dass sie auf eigene Faust ermittelten.

»Ja«, sagte Borowski. »Hier scheint ja ganz schön was los zu sein. Erzählen Sie mal, Frau Mertins …«

»Ich hol mir doch einen Kaffee«, sagte Ursel. »Sicher, dass Sie beide keinen wollen?«

Sie wartete, bis die beiden verneinten, und ging dann in die Küche, wo Elsbeth gerade Wasser in die Kanne goss.

»Kräutertee mit Rosenblättern«, sagte Elsbeth.

»Ich brauche Kaffee«, antwortete Ursel extra laut. Dann fragte sie leise: »Und?«

Elsbeth schaute aus der Tür ins Wohnzimmer und flüsterte dann. »Darüber reden wir gleich.«

»Ach, komm schon, Elsie! Was hat Benny gesagt?«

»Nichts, er war nicht da«, antwortete Elsbeth. »Aber wir haben ihn unten am Strand gesehen, zusammen mit Fred. Und mit einer Frau. Sie hatte keine mittellangen Haare, sondern kurze, blonde. Sie hatte auch ihren Hund dabei.«

»Und?«, fragte Ursel. »Wer ist das? Lass dir doch nicht alles aus der Nase ziehen.«

»Das wissen wir nicht. Da hast du angerufen, und wir sind zurückgekommen. Aber Karin ist sich sicher, dass sie die Frau irgendwoher kennt. Und ich habe sie auch schon mal gesehen, gestern auf der Seebrücke.« Sie deutete zur Tür. »Lass uns rübergehen. Was ist mit deinem Kaffee?«

»Einer am Tag reicht mir.«

»Dann nimm eine Flasche Wasser und zwei Gläser für den Kommissar und die Kommissarin mit. Und vielleicht noch zwei Tassen.«

Sie gingen zusammen zurück, stellten die Getränke auf den Tisch und setzten sich. »Ich trinke doch lieber Tee«, sagte Ursel. »Sie sollten ihn probieren, er ist hausgemacht, mit Kräutern und Blüten aus dem Garten. Elsbeth macht ihn selbst.«

»Dann trinke ich doch einen mit«, sagte Bönisch.

Elsbeth schenkte ihr ein, und danach füllte sie Borowskis Glas mit Wasser. »Trinken ist wichtig.«

Er sah Elsbeth kurz an, dann lächelte er. »Das hat meine Oma früher auch immer gesagt.«

Neben Ursel grinste Karin breit. Und auch Ursel konnte sich das Lächeln nicht verkneifen. Borowski war gut zwanzig Jahre jünger, Elsbeth könnte seine Mutter sein, aber doch nicht seine Oma.

Elsbeth ließ sich nichts anmerken. »Sie scheint eine kluge Frau gewesen zu sein«, sagte sie. »Aber jetzt lassen Sie uns über Edoardo sprechen. Deswegen sind Sie doch hier, oder?«

»Ferrari«, sagte Ursel. »Er heißt Ferrari mit Nachnamen.«

»So ein Quatsch!«, erwiderte Elsbeth. Sie sah zu Borowski, und als er nickte, fing sie schallend laut an zu lachen und kriegte sich gar nicht mehr ein. Sie wischte sich eine Träne aus dem Auge und sagte: »Edoardo hatte zwei Hobbies. Das waren Fußball und Autos. Wir haben uns damals auf einer Oldtimerausstellung kennengelernt. Er hat mich beraten, als ich Adenauer gekauft habe, einen alten Mercedes, den in der Klasse auch unser erster Bundeskanzler gefahren hat.« Sie schmunzelte in sich hinein. »Er selbst träumte von einem Ferrari 250 GTO, in Knallrot versteht sich.«

»Dann hat er Ihren Wagen aufgrund des Wertes gestohlen?«, fragte Bönisch.

Elsbeth musterte sie mit diesem Blick, mit dem sie das Gegenüber von oben nach unten ansah, der einem sofort vermittelte, dass man Blödsinn geredet hatte. »Adenauer hat durchaus noch seinen Wert von schätzungsweise achtzigtausend Euro, aber Edoardo hat den Wagen nicht gestohlen, er hat ihn sich sozusagen ausgeliehen. Ich bin mir sicher, dass ich ihn bald zurückbekommen werde.«

Borowski schüttelte den Kopf. »Was hat dieser Mann nur an sich, dass ihn alle hier anwesenden Frauen in Schutz nehmen?«

»Er war es nicht«, antwortete Karin. »Wir vermuten eine Beziehungstat, vielleicht kommt der Täter auch aus dem familiären Umfeld. Wussten Sie, dass Heiner einen

Bruder hatte? Und dass sein Vater erst vor kurzem gestorben ist? Es ist so ...« Sie atmete tief durch. »Nachdem ich meine drei Freundinnen vom Polizeipräsidium in Schönberg abgeholt habe, sind wir gemeinsam nach Probsteierhagen gefahren, wo wir ...«

Karin ließ nichts aus, sie erzählte auch von Helgas Vermutung und der vermeintlichen Geliebten, die sie mit Heiner am Strand gesehen hatte. »Ich habe Helga schon darüber informiert, dass Sie sie wahrscheinlich besuchen kommen, um sie zu befragen«, sagte sie schließlich.

»Sehen Sie, Herr Borowski, ich habe Ihnen doch gesagt, dass Karin einiges zum Fall beitragen kann«, fügte Ursel hinzu.

An Bönischs Grinsen merkte sie, dass sie es schon wieder getan hatte. »Herr Biermann, meinte ich natürlich.«

Bönisch lachte. »Siehst du, Enno, nicht nur mir ist die Ähnlichkeit aufgefallen.«

Zum ersten Mal war Ursel die Kommissarin sympathisch. Mit wem Ursel sie verglich, behielt sie allerdings für sich. Schließlich war Bönisch gerade dann auf tragische Weise ums Leben gekommen, als sie und ihr Kollege Faber endlich erkannt hatten, dass sie füreinander bestimmt waren.

Der Rest der Befragung war schnell erledigt. Biermann – Ursel nahm sich vor, ihn nicht mehr zu verwechseln –, Biermann und Wiegand verabschiedeten sich an der Tür, stiegen in ihren Kombi und fuhren in Richtung Brasilien davon.

Ursel, Elsbeth und Karin schauten ihnen nach.

»Fahren die zum Campingplatz?«, fragte Karin.

»Ach ja, wir sollten uns ja davon fernhalten, hat Edoardo gesagt. Das habe ich ganz vergessen, den beiden zu erzählen. Gut, dass du daran gedacht hast, Karin.«

»Habe ich nicht«, erwiderte Karin. »Ich frage nur, weil sie in diese Richtung fahren. Hast du, Elsbeth?«

Elsbeth runzelte die Stirn. »Ich war keine Minute mit den beiden allein, das hättet ihr doch gehört.«

»Dann haben wir es wohl alle drei vergessen«, sagte Ursel lächelnd. »Was sagt uns das?«

»Dass wir auf jeden Fall mal vorbeischauen sollten«, antwortete Karin.

In diesem Moment ertönte ein lautes Hupen aus der anderen Richtung, dreimal kurz hintereinander.

Alle drehten sich gleichzeitig um.

»Verdammt«, sagte Elsbeth. »Da kommt Olaf mit seinem Buckelporsche, ich habe gar nicht mehr an unseren neuen Mitbewohner gedacht.«

Er hielt direkt vor der Tür. »Ein Empfangskomitee, wie schön«, sagte er fröhlich. Er trug eine dunkelbraune Cordhose, ein beigefarbenes Poloshirt und darüber einen mittelbraunen Pullover mit V-Ausschnitt. Ton in Ton.

Karin stupste Ursel unauffällig in die Seite. »Hast du auch eine Pfeife dabei, Olaf?«, fragte sie gut gelaunt.

Olaf grinste. »Ich habe vor vierzig Jahren mit dem Rauchen aufgehört.« Tatsächlich zauberte er eine Pfeife aus seiner Pullovertasche. »Aber wenn es euch gefällt.«

»Auf jeden Fall«, sagte Ursel. »Gut siehst du aus, Olaf. Jetzt fehlt nur noch die angemessene Frisur.«

Er schüttelte ihnen nacheinander die Hände. Ursel war die Letzte. Ihre Hand hielt er etwas länger als die ihrer Freundinnen. »Du siehst aber auch gut aus, Ursel«, sagte er. »Das Grau gefällt mir viel besser als das Rot, und die Länge steht dir.«

»Danke, mein Lieber. Dann lass uns mal deine Sachen ins Haus tragen.«

Sie ging mit Olaf zum Auto, drehte sich zu ihren beiden Freundinnen um und sagte: »Kommt, packt mit an.«

Elsbeth schaute ziemlich perplex drein. Olaf sah aber auch wirklich gut aus an diesem Morgen, an dem er der neue Mitbewohner ihrer Wohngemeinschaft wurde.

16.

Ursel

Ursel saß in eine warme Decke gehüllt auf ihrem Stuhl im Garten und beobachtete das Spektakel mit einem breiten Grinsen. Olaf war wirklich ein Profi. Noch nie hatte sie jemanden so geschickt mit der Grillzange hantieren sehen, nicht einmal Elsbeth.

»Der hat ja richtig Feuer«, flüsterte sie Karin zu, als eine kleine Flamme am Grill emporzüngelte. »Wer hätte das gedacht?«

Karin wickelte ihre Strickjacke etwas enger um sich und legte die Hände auf die Wärmflasche auf ihrem Schoß. »Gefällt er dir?«

Ursel dachte einen Moment nach. »Ich mag ihn. Und ich finde ihn recht attraktiv. Aber erstens ist er mir zu brav und zweitens …« Sie nickte zu Elsbeth, die mit verschränkten Armen neben Olaf stand und auf den Rost blickte. »Er steht auf Elsie.«

»Und sie auf gute Köche«, erwiderte Karin. »Das könnte klappen.« Sie sah die beiden mit zusammengekniffenen Augen an und schüttelte dann den Kopf.

»Nein, das kann ich mir beim besten Willen nicht vorstellen.«

»Olaf ist tabu!«, sagte Ursel. »Ich habe keine Lust, ihn mit Liebeskummer bei uns im Wohnzimmer sitzen zu haben. Es sei denn, jemand außerhalb unserer Wohngemeinschaft hat ihm das Herz gebrochen. Dann können wir ihn meinetwegen trösten.« Sie schnaubte. »Warum dauert das so lange?«

Karin lachte. »Ich bin schon fast satt von der Vorspeise. Die gefüllten Champignons und die marinierten Garnelen waren jedenfalls sehr lecker.« Sie blickte wieder zum Grill. »Mal sehen, ob er mit seiner Pizza Edoardo Konkurrenz machen kann.«

Ursel lehnte sich in ihrem Stuhl zurück. »Lassen wir uns überraschen.« Sie seufzte. »Was für eine Aufregung. Erst Borowski und Bönisch, also Biermann und Wiegand meine ich, dann steht plötzlich Olaf vor der Tür und zieht tatsächlich in Agathes Zimmer ein.« Sie rieb sich die Arme. »Ich bin immer noch nicht richtig wach, obwohl ich heute Nachmittag ganze drei Stunden geschlafen habe.«

Karin gähnte. »Ich auch nicht. Hoffentlich wird die Nacht heute ruhiger.« Sie lächelte. »Mit unserem Beschützer im Haus.«

»Vielleicht hätten wir ihm nichts von Edoardo erzählen sollen«, überlegte Ursel laut, schüttelte aber im nächsten Moment den Kopf. »Olaf hätte es sowieso herausgefunden, und außerdem brauchen wir sein Auto, bis wir unseres zurückbekommen.«

»Wusstest du, dass Adenauer so wertvoll ist? Achtzigtausend!«

»Mit dem Alter steigt der Wert.« Ursel griff nach ihrem Glas. »Es ist wie bei einem guten Wein. Und wie bei uns Frauen.«

»Das stimmt.« Karin prostete ihr zu. »Wie viel Geld vernichten wir hier?«

»Das ist ein Sassicaia von 2017.« Ursel ließ die Flüssigkeit auf der Zunge ziehen, bevor sie schluckte. »Ein unglaublich seidiges Mundgefühl, Brombeere, reife Pflaume, etwas Pfeffer.« Sie lächelte. »Einhundert Euro.«

»Ein teurer Tropfen.« Karin nahm einen großen Schluck.

»Pro Glas«, sagte Ursel und freute sich über Karins entsetzten Gesichtsausdruck.

»Verdammt«, schimpfte ihre Freundin, »was habe ich nur mit meinen Männern falsch gemacht?«

»Spielt das noch eine Rolle?« Ursel blickte zum Haus, über die Terrasse, in den Garten. »Uns geht es gut. Jetzt. In diesem Augenblick!« Sie atmete tief durch. »Wir haben den ganzen Mist hinter uns. Die letzten Jahre genießen wir!«

»Pizza!«, rief Olaf da mit fröhlicher Stimme. »Pizza con patate e pere!« Er platzierte seinen Hauptgang auf einem großen Holzbrett, das er in die Mitte des Tisches stellte. Ursel konnte es kaum erwarten, davon zu kosten. »Pizza vom Grill, wer hätte das gedacht?«

»Die Kartoffelscheiben und die Birnen habe ich vorher in Olivenöl, Rosmarin, etwas Zitrone und ordentlich

Knoblauch mariniert«, erklärte Olaf. »Ich hoffe, es schmeckt euch.« Er zeigte auf sein kulinarisches Werk. »Die eine Hälfte ist mit Bacon, die andere ohne.«

»Nächste Woche hast du Hausdienst, Olaf«, sagte Ursel. »Dann darfst du uns gern mit weiteren Köstlichkeiten überraschen.« Sie biss in das Pizzastück. »Sehr gut! Ungewöhnlich, aber sehr gut. Ich mag die Birnen darauf.«

»Was bedeutet Hausdienst?« Olaf steckte sich ein Geschirrtuch in den Ausschnitt seines Pullovers und nahm sich von der Pizza.

Er aß mit Lätzchen! Ursel verkniff sich das Lachen. Bis eben hatte sie ihn noch attraktiv gefunden, aber das ging gar nicht.

Auch Karin lächelte. »Ich weiß schon, was ich dir zu Weihnachten schenke, Olaf«, sagte sie.

»Ich auch«, stimmte Ursel ihr zu und sah sich schon mit Karin in einem Babyladen ein schickes Schlabberlätzchen aussuchen.

»Heiligabend ist in fünf Wochen.« Olaf nickte erfreut. »Ihr geht also davon aus, dass ich die Probezeit bestehe.«

»Du bist hier jederzeit willkommen, Olaf«, sagte Elsbeth ernst. »Es ist dein Haus. Und was den Dienst angeht: Wir haben uns überlegt, dass du einfach Agathes Woche übernimmst. Wir wechseln uns ab, immer montags. Das beinhaltet ...«

Olaf hörte interessiert zu. »Da bin ich natürlich dabei«, sagte er schließlich. »Und das Kochen kann ich auch ab und zu übernehmen. Apropos, habt ihr noch Lust auf einen Nachtisch?«

»Zuerst stoßen wir gemeinsam an«, sagte Ursel.

»Sehr gern, Ursel.« Olaf schwenkte sein Glas, dann steckte er die Nase hinein und atmete tief und kurz ein. »Ein würziges, aber auch fruchtiges Aroma«, sagte er und sah Ursel mit funkelnden Augen an.

»Ich bin gespannt, wie er dir schmeckt.« Für einen Moment erinnerte Olaf Ursel ein wenig an ihren Mann Gerald, der auch sehr charmant hatte lächeln können – wenn er wollte.

»Auf unseren neuen Mitbewohner«, sagte Elsbeth und hielt ihr Glas in die Mitte des Tisches.

»Und auf Agathe«, fügte Olaf hinzu, und sie ließen ihre Gläser aneinanderklirren.

Ursel schloss beim Trinken kurz die Augen und sah Agathe vor sich. Sie hätte ihren Spaß gehabt, wenn sie heute hier gewesen wäre.

»Sehr gut!«, sagte Olaf. »Gute Wahl, Ursel.«

Sie stand auf. »Ich hole noch eine Flasche.« Sie waren zu viert und aßen gut, da sollte für jeden ein zweites Gläschen drin sein.

»Genießt ihn, er ist sehr teuer«, hörte sie Karin sagen, als Ursel zum Haus und in den Vorratsraum ging. Dort hatten sie eine Wand voll mit Weinregalen gestellt. Sie fand einen weiteren Sassicaia, diesmal aus dem Jahr 2018. Geralds Todesjahr, sie schüttelte den Kopf. Bei jeder Flasche Wein, die sie tranken, spukte Gerald zumindest für einen kleinen Moment in ihrem Kopf herum. Sie hatten auch gute Jahre gehabt. Vor allem hatte er ihr zwei wundervolle Kinder geschenkt. Aber es gelang ihr selten, an die schönen Tage zu denken. Zumeist hatte sie Gerald als den Stinkstiefel in Erinnerung, zu dem er sich in den letzten Jahren vor seinem Tod gemausert hatte. Ein ewig unzufriedener alter Nörgler. Ob sie die Flaschen doch verkaufen sollte?

»Schade wäre es schon!«, sagte sie laut zu sich selbst. Da hörte sie ihre Freundinnen und Olaf draußen lachen und sah aus dem Fenster. »Was ist das denn?« Sie blickte genauer hin. Irgendwas bewegte sich auf der anderen Seite des Teiches. Es war dunkel, der Mond spendete etwas Licht, aber nicht genügend, um Genaueres erkennen zu können. Das Reh, das Karin hin und wieder von ihrem Fenster aus beobachtete? Nein, dazu war es zu hoch. Eine Gestalt?

Augenblicklich kroch Gänsehaut über ihren ganzen Körper. Trotzdem zwang sie sich, Ruhe zu bewahren.

Als wäre alles in bester Ordnung, ging sie nach draußen. »Der Wein!«, sagte sie, stellte ihn auf den Tisch und flüsterte: »Jetzt bloß nicht alle gleichzeitig in die Richtung gucken, aber am Lorbeerbusch auf der anderen Teichseite, da steht, glaube ich, jemand.«

Karin streckte sich und drehte sich dabei etwas zur Seite. »Da ist niemand.«

»Ich sehe auch keinen«, sagte Olaf, der direkten Blick zum Teich hatte.

Ursel kniff die Augen zusammen und sah noch einmal genauer hin, aber die Gestalt war verschwunden. »Ich hätte schwören können, dass da jemand steht.«

»Das ist mir gestern auch so gegangen«, sagte Elsbeth. »Karin hat mir ein Foto gezeigt. Es ist ein Reh, das uns hin und wieder einen Besuch abstattet.«

Ursel hielt lieber den Mund. Elsbeths Tonfall klang bewusst streng. Sie duldete keine Widerrede, und Ursel glaubte auch zu wissen, warum. Sicher ging Elsbeth davon aus, dass es Edoardo war. Schließlich war er gestern auch im Garten gewesen, hatte den Hausschlüssel geholt und ihnen einen nächtlichen Besuch abgestattet. Aber da waren sie zu dritt gewesen. Jetzt war Olaf bei ihnen. Daran hatte Ursel in dem Schreckmoment nicht gedacht, sie war zu aufgeregt gewesen.

Prompt stand Olaf auf. »Ich geh mal nachsehen.«

»Ach was.« Karin wischte mit der Hand durch die Luft. »Bleib sitzen, Olaf. Elsbeth hat recht, es ist ein Reh. Das steht immer da und frisst.«

Auch Elsbeth erhob sich. »Was ist mit dem versprochenen Nachtisch, Olaf?« Sie hakte sich bei ihm unter. »Darf ich dir noch einmal über die Schulter schauen?«

»Und er steht doch auf Elsie«, sagte Ursel leise, als Elsbeth und Olaf wieder am Grill standen.

»Das glaube ich auch.« Karin schaute über den Teich. »Du warst noch in Schönberg, da hat Elsie auch das Reh im Garten gesehen. Und dann ist in der Nacht plötzlich Edoardo aufgetaucht.«

»Ich hoffe, dass ihm das heute nicht wieder einfällt«, sagte Ursel. »Jetzt, wo Olaf hier ist.«

»Edoardo hat den Haustürschlüssel auf dem Küchentisch liegen lassen. Zumindest hatte er nicht vor, uns noch einmal zu besuchen, sonst hätte er ihn mitgenommen. Er kann sich doch denken, dass wir ihn jetzt bestimmt nicht mehr im Garten verstecken.«

»Bist du sicher? Vielleicht hat Elsie ihn wieder unter die Treppe gelegt, damit Edoardo ihn findet. Das würde ich ihr zutrauen.« Ursel hatte Elsie angesehen, wie sehr sie den italienischen Gigolo mochte. Die Augen ihrer Freundin hatten Bände gesprochen. Von wegen nur die Kochkünste.

»Der Schlüssel liegt in der Kommode, ich habe vorhin nachgesehen.« Karin nippte an ihrem Wein. »So aus dem Bauch heraus, was meinst du, Ursel, in was ist Edoardo verwickelt? Warum musste Heiner sterben?«

»Geld«, antwortete Ursel.

»Das glaube ich auch. Apropos, ich hoffe, Edoardo bringt uns unser Hippieschweinchen zurück. Ich würde Sangria vermissen. Es geht aber auch ums Prinzip. Freunde bestiehlt man nicht.«

»Und das Auto?«, fragte Ursel.

»Das ist was anderes, das hat er sich geliehen.«

»Ich meine, er hat doch auch gesagt, dass wir Sangria zurückbekommen«, überlegte Ursel laut. »Oder? Es ging alles so schnell.«

Karin nickte. »Stimmt, das hat er gesagt, jetzt weiß ich es auch wieder.«

»In Sangria war auf jeden Fall schon etwas drin, wir hatten sie eine Weile gefüttert ...« Ursel dachte nach. »Wann waren wir das letzte Mal auf der Bank? Das war bestimmt vor Agathes Tod.«

»Du hast recht, wir waren Ende August in Schönberg«, sagte Karin. »Dann müsste das Geld von etwa zehn Wochen in Sangria gesteckt haben, vielleicht dreihundertfünfzig Euro.« Sie korrigierte sich. »Das kann nicht sein, denn wir zahlen immer zwanzig pro Nase, also ungefähr dreihundertsechzig, manchmal hatten wir auch zu zweit recht.« Sie blickte zum Grill. »Agathe hat Olaf das Haus vererbt. Aber was ist mit ihrem Vermögen? Soweit ich weiß, hatte Agathe ein ordentliches Guthaben auf ihrem Sparkonto. Und außerdem gehörte ihr ein Viertel unseres Tatortgeldes.«

»Da sagst du was.« Ursel schüttelte den Kopf. »Ich verstehe nicht, warum wir noch kein Testament haben. Agathe war doch immer so vorausschauend. Und sie hat uns mal gesagt, dass sie sich um alles gekümmert hat. Weißt du noch? Das war ein paar Wochen nach der zweiten Diagnose. Da hat sie gesagt, wir sollen uns keine Sorgen machen, sie hat sich um alles gekümmert. Da hat sie uns auch gebeten, ihre Kleidung zur Bahnhofsmission zu bringen und nicht an ihren persönlichen Sachen festzuhalten.«

»Genau!«

»Lass uns Olaf fragen«, sagte Ursel. Sie schaute noch einmal über den Teich. Eine Wolke schob sich über den

Mond und ließ ihn kurz darauf wieder frei. Hatte dort am Ufer wirklich jemand gestanden? Oder war es nur das Spiel von Licht und Schatten, das Ursel getäuscht hatte?

»Weißt du, was ich mich auch frage? Warum Agathe Edoardo von der Pistole erzählt hat«, sagte Karin da. »Und übrigens hat Edoardo verdammt ruhig reagiert, als ich mit der Walther auf ihn gezielt habe. Er hat nicht einmal mit der Wimper gezuckt.«

»Wahrscheinlich kennt er sich nicht nur mit Messern aus. Aber jetzt psst. Der Nachtisch kommt.«

17.

Ursel

Ursel strahlte über das ganze Gesicht, als Olaf seine süße Grillspezialität präsentierte. »Das sieht lecker aus, Olaf.«

»Apfelstrudel vom Grill«, verkündete er.

Elsbeth stellte eine Karaffe auf den Tisch. »Mit Vanillesoße.«

Der Strudel schmeckte köstlich, leicht nach Rum und mit viel Zimt. Obwohl Ursel schon satt war, verdrückte sie das ganze Stück und überlegte sogar, sich noch ein zweites zu genehmigen. Da sagte Olaf: »Ich habe mir übrigens das Pflanzenschutzmittel im Schuppen angesehen, mit dem ihr den Baum behandelt habt. Die Basis ist Rapsöl, das habt ihr gut gewählt. Es bekämpft die Schädlinge, ist aber für uns Menschen ungiftig. Ihr könnt die Äpfel also bedenkenlos essen, auch mit Schale.«

»Du hast doch nicht …« Ursel schluckte und deutete auf den Rest des Apfelstrudels auf dem Tisch.

»Unseren Berlepsch da reingebacken«, ergänzte Elsbeth.

Karin legte ihre Gabel neben den Teller. Sie war die Einzige, die gerade ein zweites Stück genommen hatte. »Olaf?«

»Die sind aus meinem Garten, die habe ich mitgebracht«, erklärte Olaf kopfschüttelnd. »Aber wie gesagt, ihr könnt die Äpfel essen. Es wäre doch schade, sie einfach verfaulen zu lassen, zumal es ein Berlepsch ist. Der gehört zu den zehn Sorten mit dem höchsten Vitamin-C-Gehalt. Und er schmeckt hervorragend.«

Sonst war es immer Olaf, der sich räusperte. Jetzt war es Elsbeth, und das gleich mehrmals hintereinander. »Sei so lieb, Olaf, tu uns den Gefallen und verarbeite die Äpfel nicht.« Sie faltete die Hände und blickte auf den Baum. »Ganz ehrlich, das mit dem Pflanzenschutzmittel war eine Notlüge. Es ist nämlich so …« Wieder räusperte sie sich, und als sie weitersprach, klang ihre Stimme sogar ein wenig brüchig. »Wir drei haben eine sehr schlechte Erfahrung mit dem Baum gemacht. Bitte frag nicht, wir wollen nicht über die Vergangenheit reden. Wir wären dir sehr dankbar, wenn du das einfach so akzeptieren würdest.«

Für einen kurzen Moment glaubte Ursel, dass Elsbeth wirklich so traurig war, wie sie sich gerade gab, aber dann entdeckte sie das fordernde Funkeln in den Augen ihrer Freundin, mit dem Elsie Olaf ansah.

»Natürlich«, sagte Olaf mit einer Stimme, die fast feierlich klang. »Darauf könnt ihr euch verlassen. Wenn ihr mir das vorher gesagt hättet, hätte ich den Strudel mit Birnen gemacht. Ich dachte nur, ein bisschen Abwechslung wäre nett, nachdem ihr sie schon auf der Pizza hattet.«

»Wir essen gerne Äpfel«, sagte Karin und stach mit der Gabel in ihren Strudel. »Aber nicht die aus unserem Garten. Die werfen wir weg.«

»Verstehe.« Olaf nickte. »Es tut mir leid, dass ihr eine so schlimme Erfahrung machen musstet, was immer es war.« Er blickte zum Haus. »Übrigens, was haltet ihr davon, wenn wir ein bisschen an der Einbruchsicherheit eurer Villa arbeiten? Ihr wisst ja, dass ich darin Experte bin. Ich kann euch da beraten.«

»Es ist nicht unsere Villa, es ist deine«, sagte Karin und brachte damit die Sache auf den Punkt.

Für einen Moment herrschte Stille am Tisch.

»Sie ist und bleibt auch eure«, sagte Olaf schließlich. »Ich möchte, dass ihr wisst, wie dankbar ich bin, dass ich diesen Abend hier mit euch verbringen darf. Und ich hoffe, dass es noch viele weitere geben wird.«

Ursel legte Olaf die Hand auf den Arm. »Das hast du sehr schön gesagt, Olaf. Wir freuen uns auch, dass du hier bei uns bist.« Sie schaute in die Runde. »Und jetzt lasst uns alle wieder ein bisschen fröhlicher werden. Wie wäre es mit einem zweiten Gläschen Wein? Oder doch lieber einem Schnaps?«

»Ich habe einen sehr guten Brand mitgebracht«, sagte Olaf und grinste. »Birne!«

»Den trinken wir ein andermal.« Elsbeth stand auf. »Ich hole den Magenbitter.«

»Den macht sie aus unreifen Walnüssen«, erklärte Ursel. »Und eigentlich ist es kein Likör, sondern Medizin.«

»Wegen der Bitterstoffe in der Schale«, sagte Olaf.

»Fällt dir was auf, Ursel?«, fragte Karin. »Wir haben einen zweiten Feinschmecker in der Familie.«

Karin hatte es in ihrer unbedachten Art einfach so gesagt, aber Ursel sah an Olafs leuchtenden Augen, wie sehr er sich darüber freute. Ja, sie waren in all den Jahren zu einer Familie zusammengewachsen, Elsbeth, Karin und sie. Und natürlich Agathe. Aber sie hatte ihren Platz für Olaf geräumt. Obwohl dieser Abend erst der Anfang war, war Ursel sich sicher, dass Olaf sich gut in die WG einfügen würde, auch, wenn er ein Mann war. Das hatte sie einfach im Gespür.

Elsbeth kam mit einem Tablett zurück. »Nach dem Essen – das wirklich sehr gut war, Olaf, und das heißt was, wenn ich das sage – ist ein Magenbitter genau das Richtige.« Sie schüttete die Gläser voll.

Olaf hielt seins nach oben und blickte erst Elsbeth, dann Karin und schließlich Ursel an. »Im Teiche lag eine Leiche«, sagte er. »Der Arsch war bemoost. Prost!«

Ursel war so überrascht, dass sie fast den Likör verschüttete, als Olaf sein Glas gegen ihres stieß.

Ihren Freundinnen ging es ähnlich, das konnte Ursel ihnen an den Nasenspitzen ansehen.

»Prost«, sagte Elsbeth und schüttelte den Kopf, bevor sie trank.

Karin kicherte. »Prost!«

»Prost, meine Lieben!«, sagte Ursel.

Nachdem sie getrunken hatten, war es Elsbeth, die sich

an Olaf wandte: »Den Trinkspruch hast du sicher von Agathe, oder?«

»Von ihrer Mutter«, antwortete Olaf. »Also von meiner Tante. Sie hat meiner Mutter immer damit zugeprostet, wenn sie nach dem Essen einen Schnaps getrunken haben. Sie hatten sichtlich Spaß dabei. Meiner Mutter gefiel der Spruch so gut, dass sie ihn immer wieder sagte, auch wenn sie keinen Alkohol getrunken hatte.« Er lächelte verlegen. »Findet ihr ihn sehr despektierlich?«

»Überhaupt nicht«, antwortete Elsbeth, und Ursel stimmte sofort zu.

»Das finde ich auch, Olaf«, sagte Karin. »Hauptsache, du lässt die Finger von den Äpfeln.«

»Versprochen!«, sagte Olaf.

Ursel sah zum Apfelbaum. Es war damals Agathes Idee gewesen, den Setzling in die Erde zu pflanzen. Sie schüttelte sich leicht. Keine von ihnen hatte daran gedacht, dass sie bei dem Anblick an das erinnert werden würden, was damals geschehen war. Und nicht nur das. Über die Jahre hinweg war der Baum immer größer geworden und hatte sogar ein paar kleine Ableger hervorgebracht, die sie aber sofort entfernt hatten.

»Ist dir kalt, Ursel?«, fragte Olaf.

»Nein«, antwortete sie, und das Gespräch mit Karin fiel ihr wieder ein. »Aber sag mal, wir haben uns gerade gefragt, warum du das Testament, aber wir gar nichts vom Notar erhalten haben. Wenn Agathe uns lebenslanges Wohnrecht eingeräumt hat, müssten wir das doch auch offiziell erfahren. Wann hat sich denn der Notar bei dir gemeldet, Olaf?«

»Er hat mir das Testament mit der Post geschickt. Per Einschreiben«, antwortete Olaf. Er rieb sich das Kinn. »Es ist am Donnerstag bei mir angekommen. Ich habe ihn angerufen, aber er war nicht in seinem Büro. Aber am Freitag rief er mich an. Er hat gesagt, ihr werdet auf jeden Fall auch benachrichtigt, er habe den Brief am Morgen auf den Weg zu euch gebracht.« Olaf machte eine kleine bedeutungsvolle Pause. »Per Post.«

»Dann müsste der Brief theoretisch am Samstag bei uns angekommen sein«, sagte Elsbeth. »Oder am Montag.«

»Heiner war am Freitag bei uns, aber am Samstag nicht«, sagte Karin. »Hatten wir heute etwas im Briefkasten oder gestern?«

»Heute war ein Modekatalog drin«, antwortete Ursel. »Dann scheint es ja schon einen Ersatz für Heiner zu geben.«

»Ich rufe gleich morgen beim Notar an und frage nach, ob die Post für euch tatsächlich am Freitag rausgegangen ist«, schlug Olaf vor. »Dann müsste es einen Einschreibebeleg geben.«

»Mach das, Olaf, danke«, sagte Elsbeth.

»Und wenn …« Karin schlug mit der flachen Hand auf den Tisch, dass Ursels Weinglas, das in der Nähe stand, fast umgefallen wäre. »Was, wenn der Mord etwas mit Heiners Beruf zu tun hat?«

Elsbeth sah Karin streng an. »Ich habe es dir doch neulich schon gesagt, Karin, hör auf, irgendwo draufzuhauen, wenn du einen Geistesblitz hast.«

»Aber Karin hat eine interessante These aufgestellt«, mischte sich jetzt Olaf ein. »Das berufliche Umfeld des Opfers darf bei den Ermittlungen nicht außer Acht gelassen werden. Unabhängig von dem Einschreiben, das bei der kurzen Entfernung normalerweise am nächsten Tag oder spätestens am nächsten Werktag hätte ankommen müssen, könnten wir uns doch mal in der Nachbarschaft umhören, ob Heiner am Samstag die Post ausgetragen hat.«

»Das sehe ich auch so«, pflichtete Karin ihm bei. »Bisher haben wir nur an eine Tat aus Habgier oder eine Beziehungstat gedacht.«

»Warum sollte jemand einen Briefträger wegen seines Berufes umbringen?«, fragte Ursel.

»Na, das könnte ein interessantes Motiv sein«, antwortete Olaf. »Wir hatten mal einen Fall, das ist aber schon Jahre her, da hat der Briefträger die Weihnachtspost für sich behalten. Vor allem früher wurde gerne der eine oder andere Geldschein per Brief verschickt. Ein Empfänger hat das mitbekommen, es kam zu Handgreiflichkeiten, und der Briefträger ist aus dem Fenster gefallen.«

»Gefallen?«, hakte Ursel nach.

»Nicht von alleine«, antwortete Olaf. Er griff nach seinem Glas, schwenkte es und lächelte. »Das muss ungefähr fünfzig Jahre her sein. Damals gab es noch die D-Mark.«

»D-Mark-Münzen und -Scheine waren noch bis einschließlich 31. Dezember 2001 gesetzliches Zahlungsmittel«, erklärte Elsbeth. »Also bis vor knapp vierundzwanzig Jahren.«

»Weiß die Lehrerin zu berichten«, sagte Ursel. »Erzähl weiter, Olaf. Wie ist die Sache mit dem Briefträger ausgegangen? Habt ihr den Täter geschnappt?«

»Wir wussten gar nicht, dass du auch in der Moko warst, Olaf«, fügte Karin hinzu. »Wir dachten, du berätst so alte Schachteln wie uns, wie wir das Haus sichern können, damit keiner bei uns einbricht. Und was wir tun können, wenn sich jemand als unser Enkel ausgibt und uns das Geld aus der Tasche ziehen will.«

»Das können wir gerne in Ruhe besprechen, Karin, wenn ihr wollt. Aber ich möchte klarstellen, dass ihr drei keine alten Schachteln seid, sondern Frauen im allerbesten Alter.«

»Danke für das Kompliment, Olaf«, Ursel lächelte ihn an. »Wir kommen gerne irgendwann auf dein Beratungsangebot zurück.« Sie rutschte zur Stuhlkante, stützte die Ellbogen auf den Tisch und ihr Gesicht mit den Händen ab. »Erzähl uns von dem Briefträger!«

Es wurde ein schöner, ein langer Abend. Es war schon kurz nach halb zwölf, als sie gemeinsam den Tisch abräumten, das Geschirr in die Küche trugen und nach oben gingen.

»Gute Nacht, die Damen«, sagte Olaf und blieb auf der Treppe zum Dachboden stehen.

»Gute Nacht, der Herr«, antwortete Ursel. »Schlaf gut und merk dir, was du geträumt hast. Du weißt, es könnte wahr werden.«

»Besser nicht.« Er räusperte sich. Kaum hatte Elsbeth damit aufgehört, fing er wieder an. »Manchmal holt mich die Zeit wieder ein, als ich noch Ermittler war. Ich hoffe, ihr habt einen festen Schlaf. Nachts wache ich manchmal nach einem Albtraum auf, und dann treibt mich die Prostata ins Bad. Aber wenn es euch lieber ist, werde ich die Spülung erst am Morgen betätigen. Ich will euch nicht wecken.«

»Du wirst mir immer sympathischer, Olaf.« Karin strahlte ihn an. »Aber mach dir keine Sorgen wegen deiner nächtlichen Ausflüge, du bist hier in guter Gesellschaft. Wir alle drei gehen nachts auf die Toilette. Und wir spülen!«

Olaf nickte. »Gut zu wissen. Dann gute Nacht.«

Er ging die knarrende Treppe hinauf.

»Ein schöner Abend«, sagte Elsbeth.

»Finde ich auch«, stimmte Karin zu. »Wer geht zuerst ins Bad?«

»Ich beeile mich«, antwortete Ursel.

Sie war noch nicht im Bad angekommen, als von oben ein lautes Poltern ertönte. Ihr rutschte das Herz in die Hose, und sie drehte sich zu ihren Freundinnen um, die noch im Flur standen.

»Olaf?«, rief Karin.

Ihr neuer Mitbewohner erschien wieder auf der Treppe. »Tut mir leid. Ich bin über ein loses Brett im Fußboden gestolpert und gegen den Schrank geknallt. Aber es geht mir gut.«

»Dann gute Nacht, Olaf«, sagte Karin. »Und wir? Gehen wir noch kurz ins Wohnzimmer?«

»Ich komme gleich nach.« Ursel ging ins Badezimmer. Dort sah sie sich kurz im Spiegel an. Die anderen hatten recht, die kürzeren Haare standen ihr gut. Und auch der graue Farbton gefiel ihr.

»Du bist sechsundsiebzig«, sagte sie zu sich selbst und lächelte. »Und du kannst dich immer noch sehen lassen!«

Fünf Minuten später ging sie ins Wohnzimmer. Dort hatte es sich Karin im Sessel bequem gemacht, Elsbeth lag auf der Chaiselongue, die Arme vor der Brust verschränkt.

Ursel setzte sich auf das Sofa. Ihr Blick fiel auf die Kommode. »Sangria ist wieder da«, sagte sie.

»Ist uns auch schon aufgefallen«, erwiderte Karin trocken. »Wir wollten nur sehen, ob du es auch merkst.«

»Das ist ja ein Ding!« Ursel nahm die Sau, legte sie auf den Rücken, öffnete sie und schaute hinein. »Unser Geld ist noch drin«, stellte sie fest. »Aber ...« Sie zog einen Schein heraus. Er war grün, wie der nächste und der nächste ...

»Das sind Hunderter«, sagte Karin.

Ursel nickte und zählte: »Zehn.« Sie steckte das Geld wieder in Sangrias Bauch. »Dann war es wohl doch kein Reh im Garten. Oder was meint ihr?«

»Edoardo Bambi«, sagte Karin. »Oder Bambi Ferrari, das klingt besser.«

»Cervo«, erklärte Elsbeth. »Reh heißt auf Italienisch cervo.«

Ursel sah noch einmal zur Kommode. »Den Autoschlüssel hat dein Cervo nicht zurückgebracht, Elsie.« Sie drückte die Schultern durch. »Lasst uns die nächsten Schritte planen. Was machen wir morgen zuerst?«

»Noch mal zu Benny gehen und fragen, wer die kurzhaarige Blondine mit dem Hund ist.« Karin gähnte. »Aber nicht um sieben am Strand. Es reicht, wenn wir so gegen elf in die Barkasse gehen. Da sind die meisten Frühstücksgäste weg, und wir können ungestört mit Benny reden. Da können wir auch gleich mal nachhören, ob wir die einzigen sind, die am Samstag keine Post bekommen haben.«

»Ich bin dabei«, sagte Ursel. »Und danach gehen wir zum Campingplatz.«

»Zu welchem?«, fragte Elsbeth.

»Ich denke, dass er den in Richtung Brasilien meinte«, antwortete Ursel. »In die Richtung ist er auch davongefahren.«

»So machen wir das!« Elsbeth stand auf. »Aber jetzt geh ich ins Bett.« Sie sah zu Karin. »Und vorher ins Bad. Gehst du nach mir?«

»Muss ich ja.« Karin grinste. »Es sei denn, du nimmst mich mit.«

»Das wüsste ich!« Elsbeth schüttelte den Kopf. »Mit dem Blödsinn fangen wir jetzt in unserem …«, sie schmunzelte, »… allerbesten Alter bestimmt nicht an. Ein wenig Privatsphäre muss sein. Solange ich in der Lage bin, meine Angelegenheiten im Badezimmer allein zu erledigen, werde ich das tun. Du darfst gern nach mir ins Bad, Karin.«

»Dann beeil dich bitte«, sagte Karin. »Sonst platzt mir gleich die Blase.«

»Wobei wir für diesen Fall unten auch noch eine Gästetoilette hätten.« Elsbeth ging aus dem Zimmer. In der Tür blieb sie noch mal stehen und deutete nach oben. »Was machen wir mit ihm?«

»Er hat glücklicherweise sein eigenes Bad«, antwortete Ursel.

Elsbeth schnalzte mit der Zunge. »Das meinte ich nicht, ich meinte, was den Fall betrifft. Er wohnt hier, er bekommt mit, wenn wir losziehen. Weihen wir ihn ein? Immerhin hat er einige Erfahrung und könnte uns nützlich sein.«

»Ich bin dafür«, sagte Karin.

»Wir nehmen ihn mit«, stimmte auch Ursel zu.

Elsbeth nickte. »Schlaft gut.«

»Sie mag Olaf«, sagte Karin, als Elsbeth im Badezimmer war. »Sonst hätte sie nicht vorgeschlagen, ihn einzuweihen.«

»Das liegt nicht an ihm«, erwiderte Ursel und grinste. »Es sind sicher nur seine Kochkünste, die die gute Elsie beeindrucken. Liebe geht eben doch durch den Magen.«

18.

Elsbeth

Elsbeth hatte noch nie viel Wert darauf gelegt, sich mit Schminke zu verschönern. Sie leistete sich aber eine sehr gute Gesichtscreme, unter die sie nach dem Reinigen der Haut ein Feuchtigkeitsfluid mit Hyaluron gab. Worauf sie allerdings besonderen Wert legte, waren ihre Hände. In den letzten Tagen hatte sie durch die Aufregung jedoch versäumt, sie ausreichend zu pflegen. Das wollte sie nun nachholen. Sie setzte sich auf die Bettkante, und gerade, als sie die Schublade ihres Nachttischchens öffnen wollte, um die Tube mit der Creme herauszuholen, sah sie den Schlüssel. Er lag neben der Nachttischlampe, einfach so.

Sie sah sich im Zimmer um und schüttelte den Kopf. Als würde Edoardo sich irgendwo hier bei ihr verstecken.

Und wenn doch?

Vorsichtshalber sah sie unter dem Bett nach. Und dann überprüfte sie auch den Schrank. Wie erwartet, war er dort nicht. Also ging sie zum Fenster und sah nach draußen. Von ihrem Zimmer aus konnte sie nicht nur auf die Ostsee und den Deich blicken, sie hatte auch die

Straße gut im Blick. Vor dem Haus stand Olafs Buckelporsche, ihren Adenauer entdeckte sie jedoch nicht.

»Was soll das, Edoardo?«, fragte sie leise und zuckte im nächsten Moment zusammen. Irgendwo in ihrem Zimmer vibrierte etwas, einmal, zweimal nacheinander.

Sie ging zum Bett und griff nach ihrem Handy, das auf dem Nachttischchen lag. Aber das Vibrieren war nicht von dort gekommen, wie sie feststellte. Sie hatte ihr Handy lautlos gestellt, und eine Nachricht hatte sie auch nicht bekommen. Elsbeth überlegte, ob sie rüber zu Karin und Ursel gehen sollte. Immerhin war Edoardo im Haus und in ihrem Zimmer gewesen, um Sangria und den Schlüssel zurückzubringen. Was, wenn Edoardo immer noch hier war? Oben schlief Olaf, es wäre sicher besser, wenn die beiden sich nicht begegneten. Oder besser gesagt, war Olaf noch wach. Elsbeth hörte seine Schritte auf den knarzenden Bohlen über sich. Sie hoffte zumindest, dass es seine waren. Unschlüssig blieb sie sitzen. Da vibrierte es auf einmal wieder, diesmal ganz in ihrer Nähe.

Sie drehte sich um und entdeckte ein Handy, das auf ihrem Kopfkissen lag.

»Na so was!«, sagte sie. Es war ein älteres Modell, eines in der Art, das sie früher besessen hatte. Nein, es war das Handy, das ihr mal gehört hatte, wie sie kurz darauf feststellte, als sie ihre eingravierten Initialen in der Schutzhülle entdeckte. Es hatte ihr gehört, und dann hatte sie es Edoardo geschenkt, nachdem seins damals kaputtgegangen war. Immerhin kannte sie sich mit der Technik aus.

So sah sie sofort, dass jemand zwei Nachrichten gesendet hatte. Sie öffnete die erste und las:

Buonasera, bella donna, mia cara Elisabetta, dein Auto steht in Schönberg auf dem Parkplatz bei der Sparkasse. Es tut mir leid, dass ich es nicht bis zu dir fahren kann. In Sangria findest du genügend Geld, vielleicht fährst du mit dem Taxi. Tanti baci, E.

Die Sparkasse lag in unmittelbarer Nähe der Polizeiwache. Ungläubig schüttelte Elsbeth den Kopf und öffnete Nachricht zwei.

Wer ist der dicke alte Mann bei euch im Haus?

Olaf war zwei Jahre jünger als sie. Und dick war er auch nicht, nur etwas stattlich. Schmunzelnd tippte Elsbeth ins Handy:

Buonasera, Edoardo, spero tu stia bene ...

Als sie ihn damals kennengelernt hatte, hatte sie begonnen, Italienisch zu lernen, und ihre Sprachfertigkeiten nach ihrer Pensionierung während eines längeren Italienaufenthaltes noch verbessert. Er wusste nicht, dass sie das Italienische schon recht gut beherrschte. Sie hatte schon immer ein Talent für Sprachen gehabt und lernte schnell. Auch ihre Freundinnen ahnten nicht, wie gut sie mittlerweile war. Sie hätten ihr nur wieder eine nicht vorhandene Liebesbeziehung zu Edoardo unterstellt. Und vielleicht war es besser, wenn Edoardo auch nicht erfuhr, wie viel sie gelernt hatte. So löschte sie den Text wieder und schrieb:

Guten Abend, Edoardo, ich hoffe, es geht dir gut. Der Mann in unserem Haus ist Olaf. Er ist Agathes Cousin. Sie hat ihm das Haus vermacht. Baci, Elisabetta

Sie drückte auf Senden, spürte plötzlich Ärger in sich aufkeimen und schickte eine Nachricht hinterher.

Wo bist du? Wer bist du? Was soll das alles?

Vertrau mir, kam es postwendend. *Ich melde mich wieder.*

Edoardo! Che cos'è?

Edoardo!!!

Jetzt war sie doch ins Italienische verfallen. Aber auf ihre Frage, was denn los sei, antwortete Edoardo nicht. Das Handy blieb still. Sie packte es spontan in die Nachttischschublade, streifte ihre Pantoffeln ab, legte sich ins Bett, zog die Decke bis zum Kinn und starrte an die Decke. Über ihr machte Olaf Krach. Auch Agathe hatte

Elsbeth oft gehört, aber ihre Freundin hatte einen leichten Gang gehabt. Olaf hingegen trampelte wie ein Elefant. Sie sah auf die Uhr. Es war schon zwanzig nach zwölf. Fünf Minuten später war es ruhig über ihr, aber sie war hellwach. Die Ereignisse der letzten Tage spukten in ihrem Kopf herum. Um abzuschalten, nahm sie sich die Biografie vor und las darin. Um Viertel vor eins zuckte Elsbeth erschrocken zusammen. Das Handy vibrierte in der Schublade. Sie hatte eine Nachricht von Edoardo erhalten.

Elisabetta, es ist spät. Du solltest schlafen!

Sie sprang aus dem Bett und eilte zum Fenster. Auf dem Deich stand ein Mann und sah zum Haus. Er trug einen dunklen Parka, eine Wollmütze und Stiefel. Obwohl sie ihn nicht erkennen konnte, wusste Elsbeth, dass es Edoardo war. Er blieb noch ein paar Sekunden stehen, bevor er mit langen Schritten in Richtung Seebrücke ging.

Elsbeth legte sich wieder ins Bett.

Buonanotte, Edoardo, schickte sie durch die Nacht, dann schlief sie ein.

Es war taghell draußen, wie Elsbeth ein schneller Blick zum Fenster zeigte. Sie zog die Schublade auf und überprüfte den Nachrichteneingang ihres neuen alten Handys. Edoardo hatte sich nicht mehr gemeldet.

»Quindi no – dann eben nicht!«, schimpfte sie, streckte sich und stand auf.

»Hast du auch endlich ausgeschlafen!«, begrüßte Ursel sie fröhlich. Wie immer hatte ihre Freundin die Badezimmertür nicht abgeschlossen. Nun stand sie mit freiem Oberkörper vor Elsbeth und grinste sie an. In der Hand hielt sie eine Lupe, in der anderen eine Pinzette. »Ich bin sofort fertig, da sind nur noch zwei, drei lästige Härchen, die sich einfach nicht greifen lassen wollen.« Sie zupfte los, mit zusammengekniffenen Augen durch die Lupe hindurch. »Du hast nicht zufällig Lust, mir zu helfen? Dann geht es schneller.«

Sie hätte die Tür einfach wieder schließen sollen, aber es war zu spät. Kommentarlos nahm Elsbeth Lupe und Pinzette und entfernte Haar um Haar.

»Danke, Elsie«, sagte Ursel. »Die am Kinn erwische ich selbst alle, aber an der Brust gestaltet es sich doch etwas schwierig.«

»Was macht ihr denn da?«, fragte Karin, die nun auch ins Bad kam.

»Elsie zupft mir die Haare von der Brust.«

»Du hast Haare an der Brust?«, fragte Karin.

»Um die Warze herum. Du nicht?«, entgegnete Ursel.

»Darauf habe ich noch gar nicht geachtet.« Karin zog ihr Nachthemd nach oben.

Das war Elsbeth zu viel. Sie drückte Ursel Lupe und Pinzette in die Hand. »Ich brauch erst mal einen Kaffee.«

»Hat Olaf schon gekocht«, rief Karin ihr nach.

»Na prima«, murmelte Elsbeth vor sich hin. An Olaf hatte sie gar nicht mehr gedacht. Unentschlossen blieb sie einen Moment stehen, dann ging sie noch einmal in ihr Zimmer und zog sich um. Der Pyjama wich dem Hausanzug. Im Badezimmer kicherten Ursel und Karin. Aus der Küche tönte klassische Musik, wie Elsbeth jetzt hörte, als sie nach unten ging. Zum Glück war die Tür geschlossen. Olaf bekam nicht mit, dass sie erst einmal zum Gäste-WC ging, das sich direkt am Eingang befand.

Es war besetzt. Der Tag fing ja prima an! Warum konnte Olaf nicht sein eigenes WC nutzen? Schließlich hatte er oben unter dem Dach eins für sich allein. Aber der Weg war ihm wohl zu weit.

Die Klospülung ging im gleichen Moment wie das Festnetztelefon los.

»So ein Irrenhaus!« Elsbeth nahm den Hörer ab. »Elsbeth Kannenwischer am Apparat.«

»Guten Morgen, Frau Kannenwischer, hier spricht Doreen Wiegand vom K11 in Kiel. Ich wollte Ihnen nur mitteilen, dass Ihr Fahrzeug aufgefunden wurde. Polizeiobermeisterin Schneider ist sozusagen zufällig darüber gestolpert. Es stand auf dem Parkplatz der Sparkasse, die, wie Sie ja sicherlich wissen, in unmittelbarer Nähe zur Wache liegt. Das Fahrzeug befindet sich nun in der Spurensicherung ...« Olaf kam aus der Gästetoilette. Er sah aus wie aus dem Ei gepellt, Hemd, Krawatte, dunkle Stoffhosen. »Guten Morgen«, flüsterte er leise. »Kaffee?«

Elsbeth zeigte auf den Hörer in ihrer Hand. »Entschuldigen Sie, Frau Wiegand, ich war eben einen Moment abgelenkt, was sagten Sie noch gleich?«

»Wiegand?«, hakte Olaf nach. »Schöne Grüße von mir.«

Elsbeth sah ihn streng an und schüttelte den Kopf. »Schöne Grüße von Olaf Kunze. Er plappert mir hier die ganze Zeit dazwischen.«

»Ach ja, mein Kollege hat mir erzählt, dass er nun bei Ihnen wohnt. Wie schön. Liebe Grüße zurück.«

Die beiden kannten sich also auch. »Liebe Grüße von Frau Wiegand, Olaf«, sagte Elsbeth. »Und jetzt möchte ich bitte in Ruhe telefonieren.«

Olaf trollte sich in die Küche. Elsbeth wartete, bis er die Tür hinter sich zugezogen hatte. »Jetzt wieder zu meinem Fahrzeug, Frau Wiegand!«

»Ihr Wagen steht in der Spurensicherung. Sobald wir fertig sind, geben wir ihn frei, und Sie können ihn abholen. Sie haben nicht zufällig einen Ersatzschlüssel?«

»Habe ich«, sagte Elsbeth. Sie hatte sogar zwei Schlüssel, aber das behielt sie für sich. »Spuren werden Sie jedoch keine finden.«

»Wieso sind Sie sich da so sicher?«

»Edoardo trug Handschuhe«, antwortete Elsbeth.

»Wir werden sehen«, erwiderte die Kommissarin. »Und Frau Kannenwischer, eine Frage noch. Eine Ihrer Mitbewohnerinnen sagte, Edoardo sei vierzehn Jahre jünger als Sie gewesen, demnach wäre er nun vierundsechzig.«

»Zweiundsechzig«, korrigierte Elsbeth sie. »Ich bin sechsundsiebzig. Minus vierzehn macht nach Adam Riese zweiundsechzig, je nachdem wann die genauen Geburtsdaten sind. Da meiner im Dezember ist und Edoardo seinen im Juli gefeiert hat, dürfte das also stimmen.«

Elsbeth hörte, wie die Frau mit einem Kugelschreiber klackte. »Wie auch immer«, sagte sie. »Das passt nicht zu dem Mann, nach dem wir suchen. Unser Edoardo Ferrari hat tatsächlich auch im Juli Geburtstag, aber er dürfte in diesem Jahr seinen neunundsechzigsten gefeiert haben. Im nächsten Jahr knackt er die Siebzig.«

Die grauen Schläfen, die vielen Fältchen um seine Augen herum … So ein Schlawiner! Elsbeth fing laut an zu lachen. »Entschuldigen Sie«, sagte sie schließlich und atmete tief durch. »Aber Sie haben gerade meinen Tag gerettet.«

»Schön, dass ich Ihnen mit dieser Information eine Freude gemacht habe, Frau Kannenwischer.« Auch Kommissarin Wiegand lachte nun. »Scheint ein eitler Kerl zu sein. Sie melden sich doch, wenn er sich meldet?«

»Das werde ich«, antwortete Elsbeth. Am Telefon fiel es ihr leicht zu lügen. Sie wurde noch nicht einmal rot.

»Wir hören oder wir sehen uns, Frau Kannenwischer. Einen schönen Tag wünsche ich Ihnen. Grüßen Sie mir ihre beiden Freundinnen.«

Elsbeth verabschiedete sich und ging nach oben. Ursel und Karin hatten genügend Zeit für ihre Zupf-Party gehabt. Sie wollte ins Bad.

Sie saßen nebeneinander auf der Wanne und tratschten. Beide blickten auf, als Elsbeth das Bad betrat.

»Was lächelst du so?«, fragte Karin. »Mit wem hast du telefoniert?«

»Mit Kommissarin Wiegand«, antwortete Elsbeth. »Und jetzt raus mit euch, ich brauch eine Viertelstunde für mich.«

»Warst du nicht unten?«, fragte Karin.

»Da saß Olaf.« Elsbeth verzog das Gesicht.

»Bist du sicher?«, hakte Karin nach.

Elsbeth sah ihre Freundin verständnislos an. »Die Tür zum Gäste-WC war verschlossen, und es war eindeutig Olaf, der dort einen Moment später herauskam.«

»Also hast du nicht gesehen, ob er gesessen hat«, erwiderte Karin und erhob sich. »Ich hole die Liste mit den Verhaltensregeln. Wollt ihr dabei sein, wenn ich sie ihm gebe?«

Ursel sprang sofort auf. »Ich auf jeden Fall.«

»Und ich will jetzt erst einmal meine Ruhe hier haben.« Elsbeth wedelte mit der Hand in Richtung Tür. »Husch, husch, kuscht euch!«

19.

Olaf

1. In die Haushaltskasse werden monatlich 200 Euro eingezahlt. Davon werden Nahrungsmittel und allgemeiner Bedarf, das Haus betreffend, bezahlt.
2. Was im Kühlschrank steht, darf von allen gegessen werden. Es gibt keine Extrawürste.
3. Die Nebenkosten werden gerecht durch alle vier geteilt.
4. Gepinkelt wird im Sitzen.
5. Das Damen-Bad ist tabu.
6. Gepupst wird vor der Tür.
7. Intimer Damenbesuch (oder auch der von Herren) ist erlaubt, aber nicht länger als 3 Tage hintereinander.
8. Die Äpfel im Garten sind tabu.

Olaf wusste nicht, was er sagen sollte. Er räusperte sich und ärgerte sich im nächsten Moment über sich selbst. Das musste er sich wirklich abgewöhnen. Für diesen Hinweis war er den drei Grazien dankbar, die ihm mit ernsten Gesichtern gegenübersaßen. Nur in Elsbeths Augen konnte er dieses Funkeln erkennen, das unter anderem dann aufblitzte, wenn sie sich heimlich amüsierte.

»Ich hoffe, du hast nichts dagegen«, sagte Karin. »Wir haben die Regeln nur vorsichtshalber zusammengefasst. Eigentlich sind sie doch selbstverständlich. Oder?«

Das fand Olaf auch. Aber mit Punkt sieben hatte er so seine Probleme. Nicht, dass er vorhatte, seine Freundin in dieses Haus einzuladen, Linda würde bestimmt Reißaus nehmen, und er wollte sie schon gar nicht hier übernachten lassen. Abgesehen davon war die Verbindung zu Linda noch sehr zart. Ausgerechnet bei Agathes Beerdigung hatten sie sich kennengelernt, und erst vor wenigen Tagen waren sie sich auch körperlich nähergekommen. Ihr Intimleben ging die Damen des Hauses nichts an. Aber es war auch eine Frage des Prinzips.

Er tippte mit dem Finger auf die Liste. »Regel sieben finde ich etwas befremdlich.« Im letzten Moment unterdrückte er ein Räuspern, bevor er sagte: »Ich will euch nicht zu nahetreten. Aber findet ihr das nicht etwas bevormundend?« Dass dies schließlich sein Haus war und er theoretisch tun und lassen konnte, was er wollte, behielt er für sich. Er wollte nicht verletzend sein, denn er konnte sich ungefähr vorstellen, wie die drei sich fühlten. Es war sicher ein Schock für sie, dass Agathe ihm das Haus vermacht hatte. »Was ist mit euch und euren nächtlichen Besuchern oder Besucherinnen?«

»Für die gilt das natürlich auch«, antwortete Karin. »Das haben wir damals mit Agathe übrigens auch so ausgemacht. Wir wollten eine Frauen-WG bleiben und nicht, dass unsere Verehrer nach und nach hier einziehen.« Sie sah Ursel an. »Bisher haben wir uns immer daran gehalten, bis auf zwei, drei Ausnahmen. Aber das waren Notfälle.«

So gesehen hatte Karin gar nicht so unrecht. Olaf wollte auch nicht, dass noch mehr Leute in seinem Haus wohnten.

»Na gut!«

Auf was hatte er sich da eingelassen? Er hätte einfach Nein sagen sollen, als seine Cousine ihn darum gebeten hatte, eine Weile in das Haus zu ziehen, um auf ihre Freundinnen zu achten. Aber als er am Montag bei ihnen saß, gefiel ihm die Idee plötzlich doch. Die Lage des Hauses war einzigartig. Und die Aussicht, nicht allein zu sein oder gar in ein Altersheim ziehen zu müssen, wenn er irgendwann ein tatteriger Greis sein würde, hatte ihn alle Register ziehen lassen. Außerdem mochte er die drei, so schrullig sie auch waren.

»Gepupst wird draußen«, sagte er laut. »Hatten eure Männer keine Manieren?«

»Hör auf!« Karin seufzte und verdrehte die Augen. »Das willst du gar nicht wissen.«

Er faltete das Blatt zusammen. »Abgemacht.«

»Gut, dann ist das geklärt«, sagte Elsbeth.

Ihre Augen funkelten immer noch. Es hatte wohl doch nichts mit diesen blöden Regeln zu tun. Sie war wie ausgewechselt, nachdem sie mit Doreen Wiegand telefoniert hatte. Für plötzliche Stimmungsschwankungen, wie er sie bei seiner Frau in den Wechseljahren erlebt hatte, war Elsbeth zu alt. Da steckte etwas anderes dahinter.

»Was wollte meine ehemalige Kollegin eigentlich am Telefon?«, fragte er. »Gibt es etwas Neues über den Briefträger?«

»Ja, Elsie, erzähl mal«, sagte Ursel.

»Die Polizistin, ich habe ihren Namen wieder vergessen, hat Adenauer gefunden, auf dem Parkplatz der Sparkasse in Schönberg. Wiegand meldet sich, wenn ich ihn abholen kann. Zuerst wollen sie die Spuren sichern«, sagte Elsbeth.

»Schneider«, warf Karin ein. »Polizeioberkommissarin Schneider, so heißt die Polizistin. Und das Auto stand bei der Sparkasse?«

Elsbeth nickte. »Genau. Da hat sie Adenauer zufällig entdeckt.«

»Darin werden sie aber bestimmt nichts finden.« Ursel wedelte mit den Händen. »Der Gute hat doch Handschuhe getragen.«

»Das habe ich der Kommissarin schon erklärt«, sagte Elsbeth.

Olaf hatte nichts anderes erwartet. Der italienische Casanova war ein Profi. Wenn die drei wüssten, wer der Mann wirklich war, würden sie aus dem Staunen nicht mehr herauskommen. Aber das musste er für sich behalten.

»Wenn du deinen Wagen abholen kannst, fahre ich dich gern, Elsbeth«, sagte Olaf. »Und mein Angebot steht natürlich. Ihr könnt meinen Käfer nehmen.«

»Ist das eigentlich ein Automatik-Auto?«, fragte Ursel.

»Ein Schaltgetriebe. Wieso denn das? Ist das ein Problem?«

»Mal sehen«, antwortete Ursel. »Es ist Jahre her, dass ich mit einem Schaltwagen gefahren bin.«

»Ungefähr fünfzig«, unkte Karin.

Ursel zog eine Schnute. »Stimmt!«

»Die Kupplung ist manchmal etwas träge, aber normalerweise läuft mein Käferchen ganz rund«, sagte Olaf. »Ich habe aber noch ein zweites Auto, das ich euch zur Verfügung stellen könnte. Es hat ein Automatikgetriebe. Ich habe es im Sommer gekauft. Es ist ein Cabrio.«

»Welche Marke?«, fragte Karin.

»Ein 1955er Ford Thunderbird«, antwortete Olaf. »Cremeweiß.«

»Ein schönes Auto«, sagte Elsbeth jetzt. Zum ersten Mal an diesem Tag sah sie ihn freundlich an. »Du interessierst dich für Oldtimer?«

»So würde ich das nicht ausdrücken. Das Auto gehörte einer Nachbarin. Sie hat ihren Führerschein aus Altersgründen abgegeben und mir einen sehr fairen Preis für das Auto gemacht. Da konnte ich einfach nicht widerstehen.«

»Wie alt ist deine Nachbarin?«, fragte Ursel.

»Siebenundsiebzig«, antwortete Olaf. Das war gelogen, sie war schon dreiundachtzig. Aber Olaf freute sich über die betretenen Gesichter seiner Mitbewohnerinnen. Das war die Rache für die Verhaltensregeln, die sie ihm auferlegt hatten. Ein bisschen Spaß musste sein.

Karin hatte sich am schnellsten gefangen. »Ich bin mein Leben lang mit Gangschaltung gefahren, bis wir uns hier auf Adenauer geeinigt haben«, erklärte sie. »Es ist nett, dass du uns deinen Zweitwagen anbietest, aber wir brauchen ihn nicht allzu oft. Mir würde dein Buckelporsche reichen, Olaf«, sagte sie. »Wenn du irgendwo hinmusst, fahre ich dich, Ursel. Dich natürlich auch, Elsbeth, du fährst ja auch keine Gangschaltung.«

Olaf horchte überrascht auf. Damit hatte er nicht gerechnet. Er war davon ausgegangen, dass Elsbeth jedes Fahrzeug zum Laufen bringen konnte.

»Danke, Olaf«, sagte Elsbeth. »Aber ich glaube, Karin hat recht, ein Auto reicht. Lebensmittel bekommen wir hier im Supermarkt um die Ecke. Und zur Not gibt es ja noch den Bus und das Taxi.«

Ursel nickte. »Das sehe ich auch so.«

Karin kicherte. »Aber vergesst nicht, die richtige Busfahrkarte zu kaufen. Ich habe keine Lust, die nächste Generation von der Polizeistation abholen zu müssen.«

»Das fehlt mir noch!« Elsbeth sah Olaf an. »Danke für das Angebot, Olaf.«

»Dafür nicht. Will noch jemand Kaffee?«

Elsbeth reichte ihm ihre Tasse.

»Übrigens, ich habe mich heute Morgen beim Einkaufen hier schon mal umgehört, als ihr alle noch geschlafen habt«, sagte Olaf. »Ihr hattet recht. So wie es aussieht, hat Heiner am Samstag keine Post ausgetragen. Wahrscheinlich ist das niemandem aufgefallen, weil man ja nicht jeden Tag einen Brief im Kasten hat. Aber dass keiner der Befragten Post bekommen hat, nicht einmal Werbung, das ist schon sehr auffällig.«

»Das ist ja ein Ding!«, sagte Karin.

Olaf nickte. »Es geht noch weiter. Ich habe mit der Sekretärin des Notars gesprochen. Das Einschreiben wurde am Freitagmorgen zur Post gebracht. Die Online-Recherche hat ergeben, dass der Status immer noch ›in Zustellung‹ ist.«

»Das heißt, der Brief wurde von der Filiale abgeholt und ist immer noch unterwegs«, überlegte Elsbeth laut. »Entweder mit dem Ersatzbriefträger oder …«

Ursel schnippte mit den Fingern und unterbrach Elsbeth. »Irgendwo liegt ein Postsack voller Briefe. Vielleicht wurde Heiner beim Austragen entführt und irgendwo festgehalten.«

»Heiner ist in der Nacht von Samstag auf Sonntag getötet worden«, warf Karin ein. »Er trug keine Berufskleidung, als ich ihn gefunden habe, sondern ein Hemd und keine Jacke, wie wir festgestellt haben. Was, wenn er die Post in der Filiale abgeholt und sie dann nicht ausgetragen hat?«

»Alles Spekulation«, stellte Elsbeth fest. »Wir wissen doch gar nicht, ob die Briefe verschwunden sind oder ob sich die Zustellung nur durch Heiners Tod verzögert hat. Vielleicht ist es Zufall, dass die Leute, die du befragt hast, am Samstag keine Briefe bekommen haben. Wie viele waren es, Olaf?«

Olaf schätzte Elsbeths scharfen Verstand. Auch Ursel und Karin waren ziemlich schlau, jede auf ihre Art. Elsbeth schoss manchmal etwas über das Ziel hinaus mit ihren belehrenden Kommentaren, aber es lag an ihrem Beruf, dass sie alles besser wusste. Damit war sie nicht allein. Während seiner Zeit in der Präventionsberatung hatte er einige Lehrerinnen und Lehrer beraten und die Erfahrung gemacht, dass sich vor allem die weiblichen gerne auf anstrengende Diskussionen einließen.

»Zwölf, höchstens fünfzehn«, antwortete er. »Einheimische, die ich beim Bäcker und im Supermarkt getroffen habe.«

Da sagte Karin: »Also, es ist so: Die Briefe werden in einem Briefzentrum vorsortiert, sodass die Zusteller theoretisch direkt losfahren könnten. Das hat mir ein Freund meines letzten Mannes erzählt, der als Briefträger gearbeitet hat. Nur die großen Briefe werden in der Feinsortierung auf Fahrtfolge sortiert. Heiner ist immer mit dem Rad gekommen, wenn er die Post ausgetragen hat. Mit dem Fahrrad fahren die Zusteller schon mal ein paar Kilometer, bis sie in ihrem Bezirk sind. Es gibt aber auch gemietete Unterstände in weiter entfernten Bezirken, zu denen die Zusteller mit dem Auto fahren. Da stellen sie ihr Fahrrad ab und beginnen erst dort ihren Arbeitstag. Wenn du recht hast, Olaf, und ich glaube, zwölf bis fünfzehn sind schon recht repräsentativ, wenn man bedenkt, dass das Einschreiben an uns definitiv nicht angekommen ist …« Sie atmete tief durch. »Dann hat Olaf die

Briefe aus der Zustellbasis geholt und ist aus irgendeinem Grund nicht dazu gekommen, sie zuzustellen. Was wiederum bedeutet, dass Ursel recht hat und die Post irgendwo herumliegt.« Wieder holte sie tief Luft. »Oder wir spinnen hier alle, Heiner hatte frei oder hat sich krankgemeldet, und die Post ist einfach noch nicht angekommen, weil sie keinen Ersatz gestellt haben. Das kommt öfter vor, als man denkt, auch dass die Post mal verloren geht, das haben wir alle schon erlebt. Irgendwas kommt immer mal wieder nicht an.«

»Sehr gut zusammengefasst, Karin«, stellte Olaf fest und griff zum Telefon. »Das werden wir gleich klären.« Er rief Biermann an.

Sein ehemaliger Kollege und Freund nahm sofort ab. »Olaf, altes Haus, sag nicht, dass du gerettet werden musst. Wie ist es in der Damenvilla?«

Olaf lachte. »Angenehm, sehr angenehm. Aber dazu ein andermal mehr. Sag mal, Enno, habt ihr schon mal das berufliche Umfeld des Briefträgers überprüft? Hier am Strand munkelt man, dass am Samstag keine Briefe zugestellt wurden. Das Opfer wurde zwar erst am späten Abend erstochen, aber vielleicht gibt es da einen Zusammenhang.«

»Guter Ansatz, das werde ich gleich klären. Im Moment sind wir noch an der vermeintlichen Geliebten dran. Mal hat sie kurze blonde Haare, mal mittellange. Wenn du was hörst …« Er lachte. »Du kannst es nicht lassen, oder?«

»Jahrelang schon«, antwortete Olaf. »Aber wenn du in einen Fall hineingezogen wirst ...«

»Ich prüfe das und melde mich, sobald ich etwas weiß. Und pass auf deine Damen auf. Die Sache mit Ferrari kann übel ausgehen.«

»Das werde ich, das weißt du doch. Bis dann, Enno.«

Seine drei Mitbewohnerinnen hingen an seinen Lippen. Das Detektivspiel machte ihnen sichtlich Spaß. Er konnte es ihnen nicht verübeln. Schließlich waren sie mitten im Geschehen. Sie schienen keine Angst zu haben, was er zwar sehr leichtsinnig, aber auch bewundernswert fand.

»Was sagt er?«, fragte Ursel, die wohl tatsächlich auf einem Ohr etwas taub war.

Karin dagegen hörte noch sehr gut. »Dein Borowski prüft, ob Heiner gearbeitet hat«, antwortete sie. »Und Olaf soll auf uns aufpassen, denn die Sache mit Ferrari könnte übel ausgehen.« Sie sah Olaf an. »Was genau meint er damit?«

»Er denkt, dass euer Gigolo ein Verbrecher ist«, antwortete Enno. »Und wenn es um Geld geht ...«

»Ha!« Karin schlug mit der Faust auf den Tisch. »Ich hab's gewusst!«

Elsbeth klatschte mit der Hand auf Karins Arm.

»Autsch!«, rief sie. »Elsie! Ich hoffe, du bist in der Schule anders mit den Kindern umgegangen, wenn sie nicht gehört haben.«

Elsbeth warf ihr einen langen Blick zu, bevor sie antwortete. »Du bist kein Kind mehr, Karin.«

»Obwohl sich das mit dem Alter irgendwann ändert«, sagte Ursel. »Neulich habe ich in einer Frauenzeitschrift gelesen, dass Menschen im Alter oft wieder albern und lustig werden. Wissenschaftler führen das darauf zurück, dass sich die Werte im Leben ändern. Wenn man alt ist, weiß man, wie wichtig es ist, Spaß zu haben.«

»Genau, Ursel«, stimmte Karin zu und sah Elsbeth an. »Natürlich weiß ich, dass du nie die Hand gegen deine Schüler erhoben hast, es tut mir leid, dass ich das gesagt habe.«

»Schon gut, ich hätte nicht so fest klatschen sollen«, sagte Elsbeth.

»Zum Glück hattest du ein langärmeliges Oberteil an, Karin.« Ursel grinste. »Das hast du von deiner Mutter, Elsie. Wisst ihr noch? Wenn der was nicht passte, hat sie Klatschen verteilt, am liebsten auf die nackte Haut.«

Karin nickte. »Am schlimmsten war es, wenn sie die Oberschenkel erwischt hat.« Sie sah Elsbeth an. »Ursel hat recht, das hast du von deiner Mutter geerbt.«

Elsbeths Blick ging aus dem Fenster und für einen kurzen Moment in die Ferne. »Das und so vieles mehr.« Sie straffte die Schultern.

»Aber ihre Sahnekaramellen waren gut.« Ursel lächelte Elsbeth an. »Die haben wir schon lange nicht mehr gemacht.«

»Genau, lass uns an die schönen Dinge denken«, sagte Karin. »Es tut schon fast nicht mehr weh, Elsie.«

»Du trägst eine Strickjacke, Karin, und jetzt erzähl mir nicht, ich hätte so fest zugeschlagen, dass du noch etwas spürst.«

Olaf lachte laut auf. »Wenn ich bei euch bin, brauche ich keinen Fernseher mehr«, sagte er. »Ihr unterhaltet mich bestens.«

»Apropos Fernsehen«, sagte Karin. »Sonntags gucken wir immer den Tatort. Dabei wetten wir immer um den kleinen Einsatz von zwanzig Euro. Wer den Täter oder die Täterin richtig errät, bekommt sein Geld zurück. Der Rest geht in Sangria.«

»Ihr investiert das Geld in ein gepanschtes Weingetränk?«, fragte Olaf. Er konnte es kaum glauben. »Wo ihr doch so einen fantastischen Vorrat an erlesenen Weinen im Keller habt.«

»Sangria ist unsere Hippiesparsau«, antwortete Karin. »Gut, dass sie wieder da ist.«

Elsbeth sah Karin lächelnd an. »Ich hatte sie beim Putzen in den Schrank gestellt, Karin, sie war nicht weg.«

»Ach ja, richtig.« Karin nickte mehrmals hintereinander, griff nach ihrer Kaffeetasse und trank. Es war ihr unangenehm, was Elsbeth gesagt hatte, dachte Olaf. In den langen Jahren seiner Karriere hatte er ein Gespür für solche Dinge entwickelt.

»Was Karin eigentlich meint, Olaf«, erklärte Elsbeth, »ist, dass sich im Laufe der Jahre ein stattliches Sümmchen angesammelt hat. Und da du Agathes Erbe bist und jetzt zu uns gehörst, haben wir uns gedacht, dass du vielleicht mitmachen willst. Jeden Sonntag, pünktlich um acht, fangen wir mit der Tagesschau an und schauen dann gemeinsam den Tatort. Dazu gibt es ein Gläschen Wein und unser klassisches Buffet mit Schinkenröllchen und anderen kleinen Köstlichkeiten, die uns an die guten alten Zeiten erinnern. Agathes Anteil geht dann automatisch auf dich über.«

Olaf runzelte die Stirn. »Wisst ihr, ich habe tatsächlich mal als Kommissar gearbeitet. Es wird mir sehr schwerfallen, mir diesen Unsinn anzusehen.«

»Es war nur so eine Idee«, sagte Ursel. »Aber der Tatort ist auf jeden Fall gesetzt. Unter der Woche darf diejenige, die Hausdienst hat, bestimmen, was im Wohnzimmer eingeschaltet wird.« Sie lächelte. »Und jetzt auch derjenige. Daran, dass ein Mann bei uns wohnt, muss ich mich erst noch gewöhnen.«

Die Aussicht auf einen Tatort reizte ihn nicht. Aber er wettete gern. Diese Abende könnten ihm durchaus Spaß machen, zumal ihm das Ermitteln noch im Blut lag. »Doch, da mache ich gern mit.« Olaf grinste. »Aber ich bin Profi, gegen mich habt ihr keine Chance.«

»So, du Profi, du«, gab Karin zurück. »Dann gib uns doch mal einen heißen Tipp in eigener Sache und verrate uns, wer den lieben Heiner umgebracht hat. Ging es wirklich um Geld, war es eine Beziehungstat? Hast du eine Idee?«

»Aus dem Bauch heraus …« Olaf schüttelte den Kopf. »An eine Beziehungstat glaube ich eher nicht, zumal die

Geliebte bisher nur Spekulation ist. Wahrscheinlich ging es um Geld, aber ich habe keine Ahnung, was dahinterstecken könnte. Es ist aber offensichtlich, dass der Täter – oder die Täterin – sehr berechnend ist, denn er – oder sie – hat den Postboten erst nach seinem Tod in den Strandkorb gesetzt und ihn aufs Wasser schauen lassen.«

»Wobei Heiner nichts mehr sehen konnte«, fügte Ursel hinzu.

Karin hob die Hand und wollte sie wieder auf den Tisch knallen lassen, hielt aber im letzten Moment inne. »Die Ostsee!«, sagte sie.

»Genau. Aber was könnte er dort gesehen haben?«, fragte Olaf. »Warum hat der Mörder ihn so demonstrativ dorthin gesetzt?«

»Die Idee ist genial. Vielleicht ist Heiner Zeuge eines Verbrechens geworden und hat etwas gesehen, was er nicht sehen sollte.« Karin stieß Olaf in die Seite. »Daran haben wir noch gar nicht gedacht. Aber was die Geliebte angeht, kommen wir heute vielleicht einen Schritt weiter. Wir wissen aus zuverlässiger Quelle, dass Benny sie kennt.« Sie sah Elsbeth und Ursel an. »Was meint ihr. Sollen wir jetzt hingehen und nachfragen?«

Einstimmig nickten sie.

»Kommst du mit, Olaf?«, fragte Elsbeth, worüber er sich sehr freute.

Er mochte die große, schlanke Frau – immer noch. Früher, im Alter bis etwa zwanzig, vielleicht auch ein paar Jährchen länger, war er einmal schwer in Elsbeth verliebt gewesen. Aber sie hatte ihn noch nicht einmal wahrgenommen, nicht als Mann. Die Verliebtheit war längst vorbei, aber sie war noch immer verdammt attraktiv, auch wenn er eher auf molligere Frauen stand. Als Partnerin kam sie für ihn sowieso nicht in Frage. Er brauchte eine, die gefühlvoller, sanfter war. Zum Glück entsprach keine seiner drei Mitbewohnerinnen seinem Geschmack. Und das war auch gut so. Alles andere würde die Sache nur komplizieren.

»Sehr gerne«, sagte Olaf. Agathe hatte ihn gebeten, auf ihre Freundinnen aufzupassen, und Versprechen musste man halten.

Karin lächelte ihn an. »Willkommen im Ostsee-Mordclub, Olaf.«

20.

Karin

Jetzt waren sie also wieder zu viert. Olaf hatte sich als überraschend hilfreich herausgestellt. Karin hatte nicht damit gerechnet, dass er wie selbstverständlich in die Ermittlungen einstieg. Aber er hatte noch nicht mal mit der Wimper gezuckt, als Elsbeth ihn gefragt hatte, ob er sie drei begleiten wolle. Auch über Elsbeth wunderte sie sich. Sie zeigte sich erstaunlich offen gegenüber Olaf. Es schien fast so, als hätte sie ihn schon als Mitbewohner auf Lebenszeit akzeptiert. Aber hatten sie denn eine andere Wahl? Es war sein Haus!

Obwohl sie genaugenommen noch keine offizielle Bestätigung dafür bekommen hatten und Agathe auch nie ein Wort darüber verloren hatte. Es lag Karin auf der Zunge, Olaf zu bitten, ihnen mal das Testament zu zeigen, das er ja bereits erhalten hatte. Aber sie wollte nicht, dass er das Gefühl bekam, sie würde ihm nicht vertrauen. Früher oder später würde das Einschreiben schon bei ihnen ankommen, und notfalls musste der Notar es eben einfach noch mal losschicken.

Olaf war auf jeden Fall nicht der Langweiler, für den sie ihn gehalten hatte. Im Gegenteil, Karin war überzeugt davon, dass er es faustdick hinter den Ohren hatte. Ein paarmal hatte sie jetzt schon ein Feuer in seinen Augen aufblitzen sehen, wenn er sich mit ihnen unterhalten hatte. Das war ihr am Abend aufgefallen, als er sich als Grillmeister par excellence herausgestellt hatte und er sofort aufgesprungen war, als Ursel die vermeintliche Gestalt hinter dem Teich entdeckt hatte. Und heute bei ihrem kleinen interessanten Austausch über den Fall auch wieder. Ein, zwei Mal hatte sie sogar das Gefühl, als würde er sich köstlich über sie, Elsbeth und Ursel amüsieren, denn zu dem Blitzen in seinen Augen hatte sich ein kleines süffisantes Lächeln gesellt. Auf jeden Fall steckte mehr in ihm, als sie alle ursprünglich gedacht hatten. Das zeigte auch seine Nachfrage, die Regel Nummer sieben betraf. Als er ihnen von dem Testament erzählt hatte, hatte Olaf ihnen gesagt, er sei einsam. Genaugenommen wussten sie jedoch nichts über ihn, nur, dass er und seine Frau sich hatten scheiden lassen, als beide um die Mitte fünfzig waren.

»Hast du eigentlich eine Freundin, Olaf?«, fragte Karin.

Sie ging neben ihm, Ursel und Elsbeth liefen vor ihnen. Für vier in einer Reihe war der Deich zu schmal, da konnte man entgegenkommenden Leuten nicht ausweichen.

»Du bist ganz schön neugierig«, antwortete Olaf.

»Interessiert«, konterte Karin. »Immerhin wohnen wir jetzt alle unter einem Dach.«

»Nichts Festes«, antwortete Olaf.

Karin schubste ihn in die Seite. »Hab ich es mir doch gedacht, da gibt es jemanden. Sonst hättest du nicht wegen Regel Nummer sieben angefangen zu diskutieren.«

»Diskutiert?«, fragte Olaf. »Ich dachte, wir hätten uns einfach nur unterhalten.«

»Jetzt klingst du wie mein zweiter Mann. Oder ...« Karin schmunzelte, »... wie Elsbeth.«

»Soso«, sagte Olaf und vergrub seine Hände etwas tiefer in den Taschen. »Der Wind ist eisig hier oben.«

»Netter Ablenkungsversuch! Wenn du nicht darüber reden willst, sag es einfach.«

»Du hast recht, ich möchte nicht darüber reden.«

»Also ist es doch was Ernsteres! Wie heißt sie denn? Kennen wir sie?«

Olaf blieb stehen. »Du bist unmöglich, Karin!«

Sie lachte und wartete auf ihn. »Würdest du nicht solch ein Geheimnis darum machen, wäre es weniger spannend. Du hast es dir selbst ausgesucht, Olaf, du wohnst jetzt mit drei Frauen zusammen.«

»Vorerst auf Probe!«, sagte er, und sie gingen weiter.

»Was machst du denn mit deinem Haus in Schönberg, wenn du bei uns einziehst? Hast du dir darüber schon Gedanken gemacht?«

»Meine Enkeltochter erwartet Nachwuchs. Sie und ihr Mann suchen etwas Größeres. Aber das entscheide ich vorerst noch nicht, das muss warten.«

»Du wirst Uropa?« Jetzt war es Karin, die stehenblieb. »Herzlichen Glückwunsch, Olaf.«

»Was ist los?« Ursel und Elsbeth drehten sich zu ihnen um.

»Olaf wird Uropa!«

»Ach, wie schön! Willkommen im Club, Olaf«, sagte Ursel.

»Wie alt ist deine Enkelin?«, fragte Karin.

»Siebenundzwanzig«, antwortete Olaf.

»Und wo wohnt sie?«

»In Schönberg …«

Es war interessant, etwas Privates über Olaf zu erfahren. Agathe hatte nie großartig über ihn gesprochen. Dass er verheiratet war, Kinder und auch eine Enkelin hatte, hatte Karin bereits gewusst. Sie selbst hatte einen Sohn und eine Enkeltochter aus erster Ehe. Die zweite und dritte Ehe waren kinderlos geblieben, wobei der zweite eine Tochter mit in die Ehe gebracht hatte. Ursel hatte zwei Töchter, zwei Enkelinnen, einen Enkel und zwei Urenkel. Elsbeth hatte sich mit den Kindern anderer rumgeschlagen, sie hatte nie eigene bekommen.

Dass ein baldiger Uropa neben ihr ging, war Karin neu. Aber es gefiel ihr. Der Ostsee-Mordclub bestand aus Omas, Uromas und Uropas, aber sie gehörten keineswegs zum alten Eisen, zumindest rosteten sie noch nicht.

An der Seebrücke angekommen, machten sie Halt beim Mann im Sturm. »Immer wieder ein faszinierender Anblick«, sagte Olaf.

Plötzlich ertönte ein lautes Bellen. Ein Hund rannte wie von der Tarantel gestochen auf sie zu. Eine Frau lief hinter ihm her. »Hierher, Bobby, dreh um, Bobby!«, schrie sie.

Dann ging alles ganz schnell. Todesmutig stellte sich Olaf der Töle in den Weg. »Sitz, Bobby!«, brüllte er und streckte ihm seinen Arm mit gespreizten Fingern entgegen.

Der Hund hielt tatsächlich an, setzte sich und sah zu Olaf auf. »Brav!« Er griff nach seiner Leine. »Ein feiner Kerl bist du.« Er sah von oben auf ihn herab und hatte den gleichen Blick wie Elsbeth drauf, nur, dass sie von unten nach oben sah, wenn sie jemanden tadelte. »Aber du musst hören!«

Es war ein großer Hund, viel zu dürr für Karins Geschmack und mit sehr kurzem Fell. Sie mochte die gemütlicheren Rassen. Früher hatte sie einen Bobtail gehabt, danach einen Golden Retriever mit richtig Wolle auf den Rippen. Beide hatten ihre Eigenheiten gehabt, aber sie hörten aufs Wort, denn sie hatte sie gut erzogen.

»Danke!« Die Frau blieb schnaufend bei ihnen stehen und stemmte die Hände auf ihre Hüften. »Du sollst hören, Freundchen!«

»Ist ja noch mal gutgegangen«, sagte Olaf.

Sie fuhr sich durch das sehr kurze blonde Haar. »Danke noch mal.« Sie neigte ihren Kopf zur Seite und betrachtete Olaf einen Moment. »Kennen wir uns nicht?«

Er zupfte zweimal hintereinander an seiner Nase. »Nicht, dass ich wüsste.«

»Doch!« Jetzt lächelte sie. »Ich bin Tills Frau, Till Liebermanns Frau, Undine. Ich hätte dich fast nicht erkannt mit deiner Wollmütze auf dem Kopf, Olaf.«

Karin hatte sie schon mal irgendwo gesehen, da war sie sich sicher. Die große schlanke Gestalt, die langen Beine, die denen des Hundes glichen. Hier am Strand vielleicht?

»Undine!« Olaf nickte erfreut. »Wie schön!« Er reichte ihr die Leine. »Wie geht es euch, Till und dir?«

»Gut. Und dir? Was machst du hier?«

Das war gelogen. Es ging ihr nicht gut. Ihre Stimme hatte einen traurigen Klang bekommen, und ihr Lächeln war nicht echt. Es erreichte ihre Augen nicht.

Olaf deutete mit dem Kopf hinter sich. »Ich wohne hier am Strand. Seit gestern.« Er lächelte. »Die Damen hier sind meine Mitbewohnerinnen, Karin, Ursel und Elsbeth.«

Die Blonde lächelte. »Ich bin Undine, hallo.« Ihr Blick blieb an Elsbeth hängen. »Wir kennen uns von der Seebrücke. Danke noch mal für das nette Angebot. Im Nachhinein hat es gutgetan. Der Zuspruch war genau richtig. Und auch das, was Sie gesagt haben.«

Elsbeth lächelte über das ganze Gesicht. »Das freut mich zu hören.«

Sie wechselten noch ein paar unverfängliche Worte miteinander, dann trennten sich ihre Wege. Undine ging in Richtung Brasilien, Karin und der Rest vom Ostsee-Mordclub setzten ihren Weg zur Barkasse fort.

»Eine nette Frau«, sagte Olaf. »Ich kenne ihren Mann von früher. Wir sind uns hin und wieder bei der Arbeit begegnet, und später haben wir gemeinsam Tischtennis gespielt.«

»Er ist auch Kommissar?«, fragte Ursel.

»Polizist, in Schönberg, genaugenommen der Polizeichef dort.«

»Verdammt!« Karin boxte Olaf in die Seite.

»He!«, beschwerte er sich.

Elsbeth lachte. »Pass auf, Olaf, bei Karin wird man schnell zum Tischersatz, wenn sie keinen zum Draufhauen in der Nähe hat.«

Karin ging darauf nicht ein. »Mir ist gerade eingefallen, dass ich sie vermutlich schon mal gesehen habe, vor der Polizeiwache. Da hat sie mit einem Mann gestritten, der sich später als Polizeichef entpuppt hat. Ein großer Mann, breite Schultern. Er hat mächtig rumgebrüllt, als er in die Wache reingepoltert kam und hat nach unserer netten Polizistin verlangt. ›Schneider, auf ein Wort‹, hat er gebrüllt.«

»Ganz Till«, sagte Olaf. »Ein bisschen polterig, aber er hat ein gutes Herz und ist immer gerecht.«

»An dem Tag hatte er auf jeden Fall mächtig miese Laune.«

»Das erklärt vielleicht ihre Traurigkeit«, sagte Elsbeth. »Ich habe sie vorgestern zufällig auf der Seebrücke getroffen, mit verweinten Augen.«

»Seht ihr, das ist der Grund, warum ich lieber mit euch

zusammen wohnen bleiben möchte und nicht zu Magnus nach Dänemark ziehen wollte«, sagte Ursel mit lauter Stimme, die ein wenig schrill klang. »Männer ... es tut mir leid, Olaf, dass du dir das jetzt anhören musst ... aber Männer machen doch letztlich alle irgendwann Ärger. Anwesende ausgenommen, wir sind ja nur eine Hausgemeinschaft.«

Die Trennung von Magnus schien Ursel doch mehr zu schaffen zu machen, als sie zugab.

Elsbeth hakte sich bei Ursel unter. »Wir haben uns.«

»Und Olaf«, sagte Karin.

»Das klingt, als sei ich ein Haustier«, beschwerte Olaf sich.

Karin, Elsbeth und Ursel lachten gleichzeitig los. Gut gelaunt kamen sie bei der Barkasse an.

»Er ist da«, stellte Ursel fest und zeigte auf Bennys Auto auf dem Parkplatz.

Auch Fred war anwesend. Der beste Hund der Welt lag träge unter einem Tisch, blickte kurz auf, als sie das Restaurant betraten, seufzte und ließ den Kopf wieder sinken.

»Das ist ein Hund nach meinem Geschmack«, sagte Karin.

Da kam Benny aus der Küche. »Moin!« Er lächelte verlegen. »Ich hoffe, ihr kommt nicht, weil ihr Hunger habt. Frühstück ist vorbei, und wir öffnen erst um siebzehn Uhr wieder.«

»Wissen wir doch, wir haben trotzdem gehofft, dass wir uns treffen«, sagte Ursel. »Es geht um Heiner.«

»Kaffee oder Tee?«, fragte Benny.

»Tee«, sagten alle.

Kurz darauf saßen sie um den schönsten Tisch im Restaurant, direkt am Fenster, mit Blick auf das Wasser. Benny stellte Kanne und Tassen auf den Tisch, Kandis und Sahne. »Schießt los.«

Karin entschied, nicht lang um den heißen Brei herum zu reden. »Es ist so«, sagte sie. Helga ließ sie jedoch aus dem Spiel. »Jemand hat mir erzählt, dass Heiner vermutlich eine Geliebte hatte. Sie hat Heiner mal am Strand mit ihr gesehen, Hand in Hand. Und, na ja, die Person meinte, du würdest diese Frau auch kennen, weil du hin und wieder mit ihr spazieren gehen würdest. Sie ist blond, hat halblanges Haar und einen Labrador.«

Benny runzelte die Stirn. »Ein Gerücht«, sagte er schließlich.

»Das sehe ich vorerst auch so«, erwiderte Elsbeth. »Aber immerhin gibt es einen Toten, und da sollte man auch den Gerüchten nachgehen, meinst du nicht?«

Er trank einen Schluck Tee. »Ihr wisst schon, was man mit solchen Vermutungen anrichten kann, wenn sie öffentlich werden, oder?«

»Natürlich«, sagte nun Olaf. »Deswegen gehen wir auch sehr verantwortungsvoll damit um.«

Benny reagierte nicht darauf. »Wie ich gehört habe, wohnst du jetzt auch in Agathes Villa, Olaf«, sagte er. »Du bist mit Argusaugen beobachtet worden, wie du deinen Koffer reingeschleppt hast, deine Bettdecke und eine Kiste mit jeder Menge Krimskrams. Von gestern auf heute stand dein Auto vor der Tür. Es gibt die verschiedensten Theorien dazu: Du bist pleite und hast dein Haus verloren ... Du bist krank, und Ursel pflegt dich ...«

»Wenn, dann wäre das meine Aufgabe«, warf Karin ein.

»Ich habe noch mehr auf Lager«, sagte Benny. »Eine von euch ist seine Geliebte, und ich sage jetzt nicht, wer das sein soll.«

»Elsbeth«, plapperte Ursel aus und entschuldigte sich im nächsten Moment. »Tut mir leid, das ist mir nur so rausgerutscht.«

Benny schüttelte grinsend den Kopf. »Du, Ursel.«

»Ich?«, rief Ursel entsetzt aus. Dann lachte sie. »Das wüsste ich aber.«

Elsbeth hatte die ganze Zeit zugehört, ohne eine Miene zu verziehen. »Wer ist es, Benny?«, fragte sie nun und sah ihn streng an.

Er seufzte. »Die Frau, mit der ich ab und an spazieren gehe? Sie heißt Undine. Sie hatte einen Labrador. Von ihm hat sie sich letztens verabschieden müssen, er wurde eingeschläfert.«

Karins Gedanken fuhren Achterbahn. War der gleiche Name Zufall?

»Sie geht ab und an mit dem Hund ihrer Schwester spazieren, um auf andere Gedanken zu kommen«, erklärte Benny.

»Bobby?«, fragte Elsbeth.

Benny nickte. »Ein Galgo.«

»Helga hat erzählt, dass sie halblanges Haar hat«, sagte Ursel. »Das der Frau, die wir eben getroffen haben, war raspelkurz.«

Karin wuschelte Ursel durch ihre Pudelfrisur. »So, wie deins, meine Liebe.«

»Sie war beim Friseur!«, rief Ursel aus. »Dass ausgerechnet ich da nicht draufgekommen bin!«

Benny nickte wieder. »Es ist vielleicht zehn, vierzehn Tage her. Wir sehen uns nicht regelmäßig. Wir haben nur zufällig die gleichen Zeiten, in denen wir mit den Hunden rausgehen.«

»Hat sie etwas zu dem toten Postboten gesagt?«, fragte Olaf.

»Darüber haben wir nicht gesprochen«, sagte Benny. »Wir haben uns gestern kurz gesehen, aber haben nur ein paar flüchtige Worte miteinander gewechselt, weil ich wieder zurück in die Barkasse musste.« Er sah ernst in die Runde. »Sie ist die Frau des Schönberger Polizeichefs. Geht behutsam mit dieser Information um.«

21.

Elsbeth

Es war Nachmittag, als Elsbeth in die Küche gehen wollte und Olaf telefonieren hörte. Normalerweise tat sie das nicht, aber als sie mitbekam, dass er Edoardo erwähnte, blieb sie im Flur stehen und lauschte. Da die Tür offen stand, konnte sie jedes Wort verstehen.

»Nein, immer noch keine Spur von Ferrari ... Woher soll ich das wissen? ... Ja, natürlich ...« Einen Moment lang war es still, dann sprach er weiter. »Das habe ich mir schon gedacht ... ja ... In Probsteierhagen? Wo genau ... Natürlich bin ich vorsichtig, du kennst mich ja.« Er lachte. »Nein, mach dir keine Sorgen, das ist längst vorbei. Ich bin Rentner.« Wieder lachte er. »Die drei habe ich im Griff ...«

Hinter ihr kam Karin den Flur entlanggeschlurft. Elsbeth drehte sich zu ihr um und legte den Finger auf die Lippen.

»Wir haben auch etwas für dich, Enno«, sagte Olaf in der Küche. »Es ist ein bisschen heikel. Aber vielleicht könnt ihr mal Undine und Till Liebermann überprüfen.

Undine soll die Geliebte des Briefträgers gewesen sein. Ja, der Postmeister ... Ja, nein, natürlich nicht. Glaube ich eigentlich auch nicht. ... eine Kollegin? Ach was! Du weißt doch, wie ...«

Da kam Ursel die Treppe herunter. »Was macht ihr denn da?«, rief sie.

»Ich suche meine Brille«, antwortete Elsbeth, »Karin hilft mir«, und wunderte sich im nächsten Moment, wie sie so spontan auf diese Notlüge gekommen war. Olaf war schuld! Kaum war ein Mann im Haus, gingen die Ausreden wieder los.

»Deine Lesebrille?«, fragte Ursel, als sie unten war. »Lässt du die nicht immer auf dem Nachttisch liegen?«

»Ich habe sie vorhin mit nach unten genommen«, antwortete Elsbeth, während Karin zur Tür zeigte und sich die Hand ans Ohr legte.

»Ah«, flüsterte Ursel. Dann sagte sie laut: »Vielleicht hast du sie in die Jackentasche gesteckt, Elsie?«

Olaf steckte den Kopf zur Tür hinaus. »Ich habe vorhin im Wohnzimmer eine auf dem Tisch liegen sehen.« Er ging ein paar Schritte zurück in die Küche. »Wir hören voneinander, Enno, bis bald.«

»Das ist meine Brille«, sagte Ursel laut und warf ihm einen verschwörerischen Blick zu. »Vielleicht schaust du gleich noch einmal in deinem Zimmer nach.«

»Mach ich«, antwortete Elsbeth, und sie gingen zu Olaf in die Küche. Dass er mit Biermann über Edoardo gesprochen hatte, konnte Elsbeth ihm nicht verübeln. Er hatte dem Kommissar versprochen, sich zu melden, wenn ihm etwas »italienisch« vorkäme. Elsbeth hatte das Telefon, das Edoardo ihr untergeschoben hatte, auf lautlos gestellt und auch den Vibrationsalarm ausgeschaltet. Zum Glück war es ihr altes Gerät, sie kannte sich damit aus. Edoardo hatte sich noch nicht wieder gemeldet. Elsbeth schaute ein paarmal nach, aber Edoardo schwieg.

»Ich habe gerade mit Enno Biermann telefoniert«, sagte Olaf, »und ihm mitgeteilt, dass Undine Liebermann die Geliebte des Briefträgers gewesen sein soll.«

»Das finde ich gut«, sagte Elsbeth. Auch, dass er es ihnen jetzt erzählte, er wusste ja nicht, dass sie gelauscht hatten. »Ich bin gespannt, was dabei herauskommt.«

»Und ich auch.« Karin ging zum Kühlschrank und inspizierte ihn. »Was gibt es heute Abend zu essen?« Sie sah Ursel an. »Du hast doch Hausdienst, was kochst du?«

»Weiß ich noch nicht«, antwortete Ursel und schaute ebenfalls in den Kühlschrank.

»Von gestern sind noch marinierte Kartoffeln übrig.« Olaf gesellte sich zu den beiden. »Bacon ist auch noch da.«

Eben hatten sie noch über Heiners Geliebte nachgedacht, und im nächsten Moment sprachen sie über das Abendessen. Es war ein schönes Bild, die drei zusammen vor dem Kühlschrank zu sehen, ein Stück Normalität.

»Wie wäre es mit Bratkartoffeln, Spiegelei, Bacon und Spinat? Oder lieber einen frischen Salat dazu?«, schlug sie vor.

»Sehr gute Idee, Elsie.« Karin schloss die Kühlschranktür.

»Ich bin für klassisch, ohne viel Schnickschnack, mit Blattsalat«, antwortete Olaf. »Den bringe ich auf dem Rückweg mit. Ich muss noch ein paar Kleinigkeiten von zu Hause holen, die ich vergessen habe.«

»Was denn?«, fragte Karin. »Vielleicht können wir dir mit etwas aushelfen.«

»Mit meinem Rasierer?«, fragte Olaf. »Und Unterhosen.«

»Ich habe noch ein paar Boxershorts hier«, antwortete Ursel und musterte Olaf ungeniert. »Größe vierundfünfzig, die sollten dir passen.«

Karin fing an zu kichern. »Du willst Olaf doch nicht ernsthaft Magnus' Schlüpfer vererben.«

Ursel zog eine Augenbraue hoch. »Wer sagt denn, dass sie von Magnus sind?«

Olaf hob abwehrend die Hände. »Danke für das Angebot, aber ich bin empfindlich, was meine Unterwäsche angeht.« Er sah Ursel an. »Und außerdem trage ich Größe zweiundfünfzig.«

Ursel taxierte Olaf ein weiteres Mal. »Oben vierundfünfzig, unten zweiundfünfzig, ich weiß. Aber lieber etwas zu groß als zu klein, die Boxer sind ziemlich eng geschnitten, die würden dir passen. Und natürlich wurden sie noch nicht getragen, ich habe sie als Geschenk gekauft. Gebrauchte Unterwäsche würde ich nicht weitergeben.« Ihre Augen blitzten. »Es sei denn, ich wüsste, dass die Person darauf steht, frisch getragen sozusagen.«

»Also weißt du, Ursel!«, schimpfte Elsie.

Karin kicherte. »Du hast immer Ideen, Ursel.«

»Ich bleibe bei meinen Shorts«, sagte Olaf, und Ursel fielen die kleinen Lachfältchen um seine Augen herum auf. Er schien sich sichtlich zu amüsieren. »Aber wenn wir mal mehr Zeit haben, erzähle ich euch, wie wir damals den Täter gefasst haben, der seinen Opfern die Socken ausgezogen und mitgenommen hat.«

»Vor oder nach dem Tod?«, fragte Karin.

Olaf lachte herzlich und brauchte einen Moment für die Antwort. »Gute Frage. Danach.«

»Und wie hat er sie getötet?« Karin hing förmlich an Olafs Lippen.

»Erwürgt«, antwortete er.

»Mit den Socken?«, fragte nun Ursel mit großen Augen.

»Die er den Opfern ausgezogen hat, nachdem sie tot waren«, bemerkte Elsbeth. »Wie kann das gehen?«

»Elsbeth hat recht, Ursel«, sagte Karin. »Außerdem sind Socken nicht lang genug, das geht anatomisch gar nicht, da hätte er mehrere Paare aneinanderknoten müssen. Für mich sieht das eher nach Fetisch aus. Er hat sie als Trophäen mitgenommen. Waren die Opfer männlich oder weiblich, Olaf?«

»Männer«, antwortete er.

»Das hätte ich jetzt nicht erwartet.« Karin runzelte die Stirn. »Warum?«

»Das war kein Fetisch, das hatte etwas mit seinem Beruf zu tun«, erklärte Olaf. »Aber wie gesagt, das erkläre ich euch an einem gemütlichen Abend vor dem Kamin.«

»Obwohl wir gar keinen Kamin haben, Olaf«, sagte Ursel.

»Noch nicht, aber ich habe mir überlegt, dass ich einen einbauen lasse, wenn ihr nichts dagegen habt. Und was haltet ihr von einer Fasssauna im Garten?«

Ursel strahlte über das ganze Gesicht. »Habe ich dir schon gesagt, dass du mir sehr sympathisch bist, Olaf?« Schon im nächsten Moment wurde ihr Blick traurig. »Aber vielleicht lassen wir das lieber.«

Agathe war immer gegen einen Kamin gewesen. Sie hatte als Kind ein traumatisches Erlebnis bei einem Brand gehabt.

Olaf schien zu ahnen, warum Ursel so reagierte. »Wir nehmen einen elektrischen«, schlug er vor. »Der hat zwar nicht den Charme eines echten Holzfeuers, aber es gibt gute Modelle. Und die Sauna kommt in den Garten. Wenn ich hier wohnen bleibe, brauche ich Wärme, auch im Winter.«

»Gute Idee, Olaf«, sagte Karin. »Die Waschmaschine teilen wir uns übrigens. Das heißt, wer Hausdienst hat, wäscht für alle mit, aus ökologischen Gründen. Es wäre ja Unsinn, wenn wir alle einzeln die Maschine anwerfen würden. Und wir trocknen auf der Leine im Waschraum. Nur Handtücher und Bettwäsche kommen in den Trockner. Das heißt, dass du auch unsere …« Sie lächelte. »Dessous aufhängen musst. Ist das okay für dich?«

Typisch Karin, sie wechselte gerne mitten im Gespräch das Thema.

Da antwortete Olaf: »Es wird mir ein Vergnügen sein.«

Sein verschmitztes Lächeln gefiel Elsbeth. Sie hatte Agathes Cousin sowieso falsch eingeschätzt. Von einem Sesselpupser konnte bei ihm keine Rede sein. Und eine Freundin hatte er auch noch. Damit hatte Elsbeth überhaupt nicht gerechnet. Dass er ihren Namen nicht verriet, gefiel ihr. Für ihren Geschmack gingen Karin und Ursel viel zu offen mit ihren Liebesdingen um, vor allem, wenn es um ihr Sexualleben ging. Über Olafs Unterhosen wollte sie sich erst recht keine Gedanken machen.

»Ich brauche jetzt einen Kaffee«, sagte Elsbeth.

»Wer hätte gedacht, dass Olaf so ein Charmeur ist?«, sagte Ursel, kaum dass er aus der Tür war. »Der Mann hat einen unerwarteten Sexappeal. Habt ihr gesehen, wie er gelächelt hat, als er sich bereit erklärt hat, unsere Wäsche aufzuhängen?«

»Ich dachte, das würde ihn aus der Fassung bringen.« Karin lächelte. »Aber ich habe nicht bedacht, dass wir dann auch seine Schlüpfer aufhängen müssen.«

»Und die Socken«, meinte Ursel, »die übrigens tatsächlich ein Fetisch sein können. Erinnert ihr euch noch an Fridolin, den ich damals in Plön kennengelernt habe? Der hatte auch so einen Hang …«

»Ach, bitte erspar uns die Details, Ursel«, sagte Elsbeth.

Karin sah das anders. »Erzähl's mir doch mal bei einem Gläschen Wein.«

»Das werde ich. Aber zurück zu Olaf. Ich hoffe, er dreht seine Socken auf links, bevor er sie in den Wäschekorb schmeißt. Ich hasse es, wenn ich das tun muss.« Ursel sah Karin an. »Das habe ich dir schon tausendmal gesagt. Es ist einfach hygienischer, sie auf links zu stülpen. So werden die Hautpartikel besser aus den Socken herausgewaschen. Das gilt auch für deine Schlüpfer.«

»Und ich habe dir jedes Mal geantwortet, dass du meine Sachen so in die Maschine schmeißen kannst, wie du sie vorfindest«, antwortete Karin. Sie zuckte mit den Schultern. »Oder du lässt sie einfach liegen, und ich wasche sie, wenn ich das nächste Mal an der Reihe bin. Klamotten habe ich genug.«

Ursel schnalzte mit der Zunge. »Jetzt sei doch nicht so empfindlich, Karin. Dir kann man gar nichts sagen, du bist immer gleich beleidigt.«

Elsbeth verschränkte die Arme vor der Brust und wartete gespannt auf Karins Antwort, mit der sie sich etwas Zeit ließ. Manchmal kam sie sich vor wie in einer Unterhaltungsserie im Fernsehen.

»Das stimmt nicht, ich bin durchaus kritikfähig, wenn es darauf ankommt.« Karin sah Elsbeth an. »Oder? Was meinst du, Elsie?«

»Mich interessiert viel mehr, warum Biermann Olaf am Telefon die Adresse von Heiners Vater gegeben hat«, sagte Elsbeth und freute sich über die verblüfften Gesichter.

»In echt?«, fragte Karin.

Elsbeth runzelte die Stirn. »Was meinst du damit, in echt? Olafs Stimme klang doch schon sehr real, du hast doch neben mir gestanden und einen Teil gehört.«

»Fang du nicht auch noch an«, beschwerte sich Karin. »Du weißt doch genau, dass das nur ein ...«, sie überlegte kurz, kam aber nicht dazu, den Satz zu beenden.

»Ausdruck des Erstaunens war«, erklärte Ursel. »Karin hätte auch sagen können: ›Das gibt's doch gar nicht.‹«

»Dann hätte Elsie bestimmt geantwortet, dass es das doch gibt, weil sie es gehört hat«, zeterte Karin.

Elsbeth sah ihre beiden Freundinnen an, die sich nun wieder vertragen und gegen sie solidarisiert hatten.

»Ich fühle mich gerade, als wäre ich unfreiwillig in der Serie gelandet, die ihr immer so gerne geschaut habt, eure Golden Girls«, sagte sie. »Ich weiß nur nicht, ob ich als Beobachterin oder als Schauspielerin am Set bin.«

»Du bist mittendrin, Elsie«, sagte Ursel. »Du hast die Rolle der Dorothy übernommen. Ich bin Blanche, und Karin ist ...«

»Sag jetzt nichts Falsches, Ursel«, unterbrach Karin sie.

»Du bist irgendwie eine Mischung aus Rose und Sophie«, sagte Ursel. »Du hast beides. Auf der einen Seite einen messerscharfen Verstand, mit dem du uns alle übertriffst. Und manchmal machst du Sachen ...« Sie seufzte. »Ach, wir sind eben, wie wir sind, und das ist auch gut so!«

»Da hast du recht, Ursel.« Karin drehte sich zu Elsbeth um. »Aber du bist wirklich – das in echt habe ich mir jetzt mal verkniffen – ein wenig wie Dorothy. Die ist sarkastisch und macht sich gern über Rose lustig. Und ihr Liebesleben ist sehr dürftig. Nach ihrer Scheidung hatte sie nur sehr wenige Verabredungen.«

»Was weißt du schon von meinem Liebesleben?«, fragte Elsbeth und ärgerte sich im nächsten Moment, dass sie sich zu dieser Bemerkung hatte hinreißen lassen. Sie hatte nach der Trennung von ihrem Mann durchaus guten Sex gehabt, aber es war ihr nicht so wichtig gewesen. Und schon gar nicht hatte sie das Bedürfnis gehabt, mit ihren beiden Mitbewohnerinnen darüber zu reden.

»Stimmt, du erzählst ja nie etwas«, erwiderte Karin prompt.

Jetzt wurde es Elsbeth zu bunt. »Was ist nur mit euch beiden los?«, schimpfte sie. »Kommt ihr nicht damit klar, dass jetzt ein Mann im Haus wohnt?« Mit einem lauten Scheppern stellte sie ihre Kaffeetasse ab. »Habt ihr gehört, was ich gerade gesagt habe? Euer Borowski hat Olaf die Adresse in Probsteierhagen gegeben. Da bin ich mir sicher.«

»Und du meinst, da will Olaf hin?«, fragte Ursel.

»Woher soll ich das wissen?«, antwortete Elsbeth. »Ich habe doch nur gesagt, was ich gerade gehört habe. ›Nach Probsteierhagen?‹, fragte Olaf. Und dann: ›Wo genau?‹ Und dann hat er noch gesagt, dass er vorsichtig ist und die drei im Griff hat, womit er bestimmt uns gemeint hat.«

»Das ist ja ein Ding«, sagte Karin. »Dann fährt er vielleicht gar nicht nach Hause, sondern zu Olafs Vater.«

»Oder er verbindet es«, sagte Elsbeth.

Karin verzog das Gesicht. »Und dein Adenauer steht bei der Spurensicherung, sonst könnten wir ja mal vorbeifahren.«

Ursel sah auf die Uhr. »Ich habe eine Idee! Olaf braucht nur eine Viertelstunde bis zu seinem Haus, mit Parken und Reingehen müsste er jetzt schon da sein. Wir rufen ihn auf dem Festnetz an und sagen ihm, dass er noch etwas mitbringen soll. Wenn er abhebt, ist er sowieso nicht in Probsteierhagen.«

»Das stimmt, Ursel«, sagte Elsbeth. »Weil er dann zu Hause ist«, antwortete Elsbeth.

»Es sei denn, er hat eine Rufumleitung, aber dann hört man meistens ein Knacken in der Leitung«, warf Karin ein. »Und die Klangfarbe des Freizeichens ändert sich.«

»Wir versuchen es.« Ursel stand auf. »Was brauchen wir?«

»Olivenöl«, antwortete Elsbeth. Davon hatten sie – in echt – nicht mehr viel. Und Elsbeth war sich sicher, dass Olaf eine gute Wahl treffen würde.

Zwei Minuten später griff Ursel zum Hörer des Festnetztelefons.

Elsbeth wartete neben Karin.

»Er ist nicht da«, sagte Ursel und wollte gerade wieder auflegen, als Elsbeth Olafs laute Stimme hörte.

»Olaf Kunze.«

»Hallo, hier ist deine Lieblingsmitbewohnerin, schön, dass du rangehst«, sagte Ursel. »Wir haben nämlich etwas vergessen.« Ursel hielt den Hörer etwas von sich weg, damit Elsbeth und Karin alles mitbekommen konnten.

»Was denn, Karin?«

»Hier ist Ursel!«

Olaf lachte. »Ich weiß, ich habe deine Stimme erkannt.«

Olafs kleine Spitze gefiel Elsbeth, und auch Karin amüsierte sich köstlich.

»Du bist auch mein Lieblingsmitbewohner, Olaf«, sagte Karin laut.

Ursel verdrehte die Augen.

»Hallo, Karin, habt ihr das Telefon auf laut gestellt?«

»Ist das möglich?«, fragte Ursel. »Das kenne ich nur von meinem Handy.«

»Da müsste eine Taste am Hörer sein, mit dem man das einstellen kann«, erklärte Olaf.

»Der Hörer hängt aber an der Schnur, Olaf, das Ding ist antik«, erwiderte Ursel. »Man versteht aber trotzdem alles sehr gut, wenn man direkt daneben steht.«

»Vielleicht sollten wir ein neues Telefon kaufen«, schlug Olaf vor. »Eines, bei dem man den Hörer mitnehmen kann.«

»Kommt nicht in Frage, das alte Ding gehört zum Haus wie wir«, sagte Elsbeth. »Also, Olaf, weshalb wir eigentlich anrufen, könntest du bitte etwas Olivenöl mitbringen? Gutes!«

»Natürlich, ich habe einen kleinen Kanister hier. Das Öl kommt direkt aus Sizilien, erste Pressung. Sonst noch was? Oliven, Kapern, eingelegte Amalfizitronen?«

»Bring mit!«, rief Elsbeth.

»Mach ich gerne«, antwortete Olaf.

»Wann kommst du wieder?«, fragte Ursel.

»Das kommt darauf an. Brauchst du das Öl sofort? Ich bin gerade erst gekommen. Jetzt ist es zehn nach fünf, und ich habe gerade gesehen, dass noch Geschirr in der Spülmaschine ist. Das muss ich auf jeden Fall noch einmal durchlaufen lassen, zumindest im Kurzprogramm. Halb sieben wird es bestimmt werden. Das passt, wenn wir gegen sieben essen, der Salat ist schnell gemacht. Apropos, den muss ich auch noch besorgen. Wenn dir noch etwas einfällt, lass es mich wissen. Meine Handynummer habe ich auf den Wochenplaner geschrieben, der in der Küche neben dem Kühlschrank hängt. Wir haben ja noch keine Handynummern ausgetauscht.«

»Ich rufe dich gleich an, dann hast du meine«, sagte Ursel. »Und wir sehen uns dann beim Abendessen. Bis nachher, Olaf.« Sie legte auf. »Das hört sich für mich nicht nach einem Ausflug nach Probsteierhagen an.«

»Für mich auch nicht«, sagte Elsbeth.

»Gut.« Ursel nickte. »Dann gehe ich jetzt in die Wanne.«

»Schon wieder?«, fragte Karin.

»Was soll das heißen?«, antwortete Ursel. »Wenn du

meinst, dass ich zu viel Wasser verbrauche, kann ich gerne etwas mehr von den Nebenkosten übernehmen.«

»So habe ich das nicht gemeint«, sagte Karin. »Ich bin nur erstaunt, wie viel Zeit du in der Wanne verbringst.«

»Das warme Wasser entspannt mich, und vielleicht solltest du …«

Elsbeth hörte den beiden nur noch am Rande zu. Sie brauchte frische Luft und Zeit für sich. »Ich werde mir mal die Beine vertreten.«

»Möchtest du Gesellschaft, Elsie?«, fragte Karin.

»Will sie nicht«, antwortete Ursel für Elsbeth. »Sonst hätte sie gefragt, ob eine von uns mitkommt. Und ich gehe auch allein in die Wanne.«

»Als ob ich mich zu dir in die Wanne setzen würde«, sagte Karin. Dann verzog sie das Gesicht: »Früher haben wir das so gemacht, als Kinder haben wir zu zweit in der Wanne gesessen. Und als wir dann irgendwann richtige Wannen im Bad hatten, mit fließend warmem Wasser und einem Abfluss, sind wir manchmal nacheinander rein.«

»Erinnere mich nicht daran!« Ursel schüttelte sich. »Ich bekomme immer noch Ausschlag, wenn ich daran denke.«

Karin seufzte. »Es war eine harte Zeit damals, aber sie hatte auch ihre schönen Seiten. Sie hat uns zu den Frauen gemacht, die wir heute sind. Schaut euch die jungen Dinger von heute an. Die sind überhaupt nicht zäh. Neulich habe ich im Internet einen Bericht über eine junge Frau gelesen, die sich in den sozialen Medien über ihren harten und langen Arbeitstag beschwert hat, der morgens um sieben beginnt und abends um sechs endet, inklusive Pausen und Fahrzeiten. Damals hätten wir darüber gelacht. Wir hatten mehr Power.«

»Und genau deshalb gönne ich mir jetzt eine Auszeit in der Badewanne, sozusagen als Belohnung für das harte Leben, das ich früher hatte.«

»Recht hast du, Ursel …«, sagte Karin.

Mit einem Schmunzeln ging Elsbeth die Treppe hinauf. »Ich hole nur schnell mein Handy.«

22.

Elsbeth

Elsbeth zog ihre lange Merino-Unterwäsche an, darüber die winddichte Wanderhose und einen dicken Rollkragenpullover. Mittags hatte das Thermometer im Garten vier Grad Celsius angezeigt. Jetzt war es bestimmt noch ein, zwei Grad kälter. Dazu kam der Wind, der durch jede Ritze der Kleidung drang. Sie steckte ihr Handy in die Seitentasche ihrer Hose und schaute dann nach Edoardo. Aber er hatte sich noch nicht gemeldet. Normalerweise war sie konsequent. Sie mochte das ganze Hin und Her sowieso nicht. Ein richtiges Gespräch war ihr lieber. Und wenn sie eine Nachricht schrieb und keine Antwort bekam, schickte sie keine zweite.

Sie lief niemandem hinterher. Und schon gar nicht machte sie ihr Wohlbefinden davon abhängig, ob ihr Handy vibrierte oder gar vibrierte und gleichzeitig piepte wie Ursels. Sie hielt auch grundsätzlich nichts davon, immer und überall erreichbar zu sein. Aber in Notfällen war es hilfreich. Letztes Jahr hatte sie bei einem Spaziergang einen völlig entkräfteten Surfer am Strand gefunden und einen Krankenwagen gerufen. Seitdem hatte sie ihr Handy immer dabei.

Heute würden es ausnahmsweise zwei sein.

Kaum hatte sie Edoardos in die andere Seitentasche ihrer Hosentasche gesteckt, zog sie es wieder heraus, warf ihre Prinzipien über Bord und schrieb:

Ich hoffe, es geht dir gut!

und schickte die Nachricht ab.

Sofort färbten sich die beiden Häkchen blau. Edoardo war online und schrieb, wie sie auf dem Bildschirm sehen konnte. Gespannt wartete sie.

Melde mich um 23.00 Uhr auf diesem Handy. E.

Er fasste sich kurz, und Elsbeth tat es ihm gleich.

OKAY!

In der Küche unterhielten sich Karin und Ursel über Olaf und seine geplante Fasssauna, wie Elsbeth hörte, während sie Stiefel, Parka und Mütze anzog.

»Wir könnten einen Wintergarten an den Keller anbauen«, meinte Ursel. »Oder wir stellen eine Holzhütte in den Garten, mit gemütlichen Liegestühlen zum Entspannen, gleich neben die Fasssauna.«

»Aber auf jeden Fall beheizt«, erwiderte Karin.

Elsbeth stellte sich in die Küchentür. »Bis gleich.«

Beide sahen sie kurz an.

»Hast du dich warm genug angezogen?«, fragte Karin. »Es ist kalt draußen. Du weißt schon, deine Blase.«

»Habe ich.«

»Und verirr dich nicht«, fügte Ursel hinzu.

Sie kümmerten sich umeinander. Auch wenn es manchmal anstrengend war, es war doch ein schönes Gefühl.

Am Schönberger Strand konnte man sich nicht verlaufen. Hinter dem Plattenweg auf dem Deich kam ein Stück Wiese, dann der Teer, die Dünen, der Sand und schließlich das Wasser. Von hier aus konnte man entweder nach Osten gehen, vorbei an der Seebrücke und Bennys Barkasse, vorbei an den Fischerhütten und weiter nach Stakendorf. Oder man ging nach Westen, vorbei an Brasilien, Kalifornien bis nach Laboe. Immer am Wasser entlang.

Elsbeth stand auf dem Deich und blickte in beide Richtungen. Gestern war sie zur Seebrücke gegangen, weil sie nicht an Strandkorb 396 vorbei wollte. Heute beschloss sie, sich ihm zu stellen. Sie steckte die Hände tief in die Taschen ihres Parkas und ging los.

Für den Spaziergang hatte sie ihre wasserdichten Stiefel gewählt und ging direkt am Spülsaum entlang. Es war kurz vor sechs Uhr, und die Dunkelheit hatte sich bereits über die Küste gelegt. Ein heller Mond warf sein silbriges Licht auf das Meer. Zum Glück hatte sie sich warm genug angezogen, denn eine ordentliche Brise wehte ihr entgegen. »Besser so als andersherum«, sagte sie. Dann würde ihr der Wind auf dem Heimweg in den Rücken blasen. »Stell dich nicht so an, Elsbeth. Das Wetter ist gut für diese Jahreszeit.« Dass sie manchmal Selbstgespräche führte, erschreckte sie nicht mehr. Ursel hatte sie irgendwann darauf gebracht, als sie Elsbeth gefragt hatte, wem sie ständig Sprachnachrichten schickte. Danach hatte sie sofort im Internet recherchiert, ob das Alter daran schuld sei. In einem Artikel hatte sie gelesen, dass dies ein Zeichen für ein höheres Kognitionsbedürfnis sei und dass sie sich ihre Meinung hauptsächlich durch Nachdenken und inneres Abwägen bilde und weniger durch äußere Einflüsse. Solange sie keine Stimmen hörte, die ihr antworteten, war also alles in Ordnung.

Ihre Gedanken wanderten zurück zu jenem schrecklichen Tag, an dem Karin den leblosen Körper des Postboten in Strandkorb 396 gefunden hatte. Sie hatte ahnungslos in ihrem Sessel gesessen, als Ursel in ihr Zimmer gestürmt war und sie gedrängt hatte, sich das Foto anzusehen, das Karin ihr geschickt hatte. Dieser Tag hatte alles verändert. Nichts war mehr wie vorher. Aber im Grunde hatte alles mit Agathes Tod begonnen. Jetzt hatten sie einen neuen Mitbewohner, der ihr beschauliches Leben auf den Kopf stellte, und sie hatten auch noch einen Mordclub gegründet. Was für eine verrückte Idee!

Als sie den Strandabschnitt erreichte, an dem der Strandkorb stand, blieb sie überrascht stehen. Das Flatterband, das die Neugierigen ferngehalten hatte, war verschwunden. Und mit ihm der Strandkorb. Die Spurensicherung war abgeschlossen, nichts erinnerte mehr an das, was hier geschehen war.

»Sehr gut«, sagte Elsbeth. So konnte der Strandkorb nicht mehr zum Objekt von Schaulustigen werden.

Sie wollte gerade weitergehen, als sie eine weiße Rose im Sand stecken sah und daneben ein Windlicht mit einer halb heruntergebrannten weißen Kerze. Ohne weiter darüber nachzudenken, zog Elsbeth das Feuerzeug aus der Innentasche ihres Parkas. Es gehörte zu den Notfallutensilien, die sie immer bei sich trug, seit sie allein auf dem Gendarmenpfad nach Dänemark gewandert war. Das Feuerzeug, das Taschenmesser, die kleine, helle LED-Lampe und ihre Adresse mit Notfallnummer.

»Dann wollen wir dir mal Licht geben, Heiner.« Sie zündete die Kerze an – und hörte ein ganz leises »Danke«.

Eben hatte sie noch gedacht, sie müsse sich keine Sorgen machen, solange sie keine nicht vorhandene Stimme höre, und jetzt hörte sie eine.

Sie drehte sich einmal um sich selbst, um sich zu vergewissern, dass sie sich das nur eingebildet hatte, da sagte jemand: »Ich bin's, Undine Liebermann.«

Und da sah Elsbeth sie. Die Frau saß in einem offenen Strandkorb mit Blick auf die Ostsee. Ihre Hände lagen ineinander verschränkt auf ihrem Schoß, die Beine ausgestreckt auf der Fußstütze. Wie Heiner, aber zum Glück lebte sie. Eine leichte Gänsehaut kroch an Elsbeths Knöcheln hoch, ein Gefühl der Rührung. Sie konnte den Schmerz der Frau förmlich spüren.

»Hallo«, sagte Elsbeth. »Wie sieht es heute Abend aus? Möchten Sie allein sein, oder darf ich mich zu Ihnen setzen?«

Sie rückte ein wenig zur Seite. »Ich würde mich freuen, wenn Sie mir Gesellschaft leisten.«

»Sehr gern.«

»Ist das nicht verrückt«, sagte Undine Liebermann. »Normalerweise werden die Strandkörbe jedes Jahr irgendwann im Oktober abgebaut. Jetzt ist es Mitte November, und sie stehen immer noch hier.«

In Elsbeth blitzte der Gedanke auf, dass diese Tatsache vielleicht doch etwas mit dem Mord zu tun haben könnte. Sie sah sich um. Alle anderen waren verschlossen. »Sie haben sie noch nicht abgeholt, und der hier ist sogar offen«, sagte sie. Wie der von Heiner, aber daran wollte Elsbeth die Frau nicht erinnern. Sie war traurig, das hatte sie ihr schon auf der Seebrücke angesehen. Da wollte Elsbeth sie nicht daran erinnern, dass auch Heiner genau so dagesessen hatte.

Undine deutete auf ihre Jackentasche. »Ich habe eine Zange dabei.« Sie lächelte leicht. »Das haben Heiner und ich oft gemacht, als wir noch jung und unvernünftig waren, mit Anfang zwanzig. Wir haben uns hier getroffen, ein Schloss geknackt, eine Flasche Wein geköpft und stundenlang miteinander geredet. Unsere unvergesslichen Strandkorbgespräche ...« Sie schwieg einen Moment. »Und dann wird er in einen gesetzt, nachdem er ...«

Elsbeth ließ ihr Zeit, sich zu sammeln.

»Wir hatten uns aus den Augen verloren, wie das manchmal so ist. Er heiratete und ich auch ... Anfangs versuchten wir, die Freundschaft aufrechtzuerhalten, aber seine Frau Julia duldete keine beste Freundin. Sie war eifersüchtig.«

Eine innere Unruhe erfasste Elsbeth, sie musste sich beherrschen, sich zurückhalten und nicht die Frage stellen, die ihr auf der Seele brannte. Eifersucht war ein mächtiges Motiv!

»Eifersucht ist eine Leidenschaft, die eifrig sucht, was Leiden schafft«, sagte sie stattdessen und kam sich plötzlich albern vor, in einem solchen Moment mit Hobbypsychologie zu kommen.

»Da ist etwas dran«, sagte Undine. »Aber Julias Eifersucht hat sich dann schlagartig in Luft aufgelöst, als sie sich in einen anderen verliebt und Heiner eiskalt vor die Tür gesetzt hat. Das hat ihm das Herz gebrochen. Als er sich bei mir meldete, habe ich mich sofort mit ihm getroffen. Wir sind spazieren gegangen, haben geredet ... wie früher.«

Jetzt konnte Elsbeth nicht mehr an sich halten. »Auch im Strandkorb?«, fragte sie.

»Nein.« Überrascht riss sie die Augen auf. »Sie meinen, das könnte etwas miteinander zu tun haben? Ich glaube nicht. Wie gesagt, wir waren damals zwanzig und beste Freunde. Und das hat sich auch nicht geändert, als wir uns wiedergesehen haben.«

Elsbeth glaubte ihr jedes Wort. Undine war ehrlich. Sie trauerte um einen guten Freund, nicht um eine Liebe.

»Es ging ihm gerade besser«, erzählte Undine. »Er hatte etwas Geld von seinem Vater geerbt und eine nette Frau kennengelernt, eine Polizistin.«

»Polizeiobermeisterin Schneider«, entfuhr es Elsbeth.

»Was? Nein, wie kommen Sie denn darauf? Wobei Sie nicht ganz falschliegen. Er hat sich in eine Kollegin von ihr verliebt, in Sinja. Ich glaube, die beiden sind sogar befreundet. Diese Sinja und die andere Polizistin.«

Elsbeths Kopf fuhr Achterbahn. Was hatte das alles zu bedeuten?

»Warum erzähle ich Ihnen das eigentlich?«, fragte Undine.

»Weil es leichter ist, sein Leid mit jemandem zu teilen. Und weil eine Fremde manchmal die beste Zuhörerin ist«, antwortete Elsbeth. »Aber wir könnten uns doch duzen, oder?«

»Sehr gerne«, sagte Undine.

»Dann will ich ehrlich sein.« Elsbeth räusperte sich. »Wir haben Heiner gemocht, wir, das sind Karin, Ursel und ich. Du weißt ja, dass Karin diejenige war, die Heiner gefunden hat. Und na ja, was soll ich sagen. Es hat sich so ergeben, dass wir uns vorgenommen haben, herauszufinden, wer ihn umgebracht hat.« Sie lächelte, ein bisschen verlegen, es war ihr unangenehm, das jetzt zu sagen, weil sie sich plötzlich albern vorkam. Aber es musste raus. »Wir haben einen Ermittlerinnenclub gegründet, den Ostsee-Mordclub.« Sie korrigierte sich. »Ermittlerinnen stimmt nicht mehr, weil wir jetzt einen männlichen Kommissar im Ruhestand haben, der uns unterstützt. Olaf.«

Undine schaute Elsbeth ungläubig an. Dann lachte sie aus vollem Herzen. »Damit hast du mir gerade den Abend gerettet, Elsbeth«, sagte sie, als sie sich wieder gefasst hatte. »Der Mordclub der Ostsee!«

»Erzähl deinem Mann nichts davon«, sagte Elsbeth.

»Ich kann schweigen wie ein Grab.« Sie schluckte betreten. »Ich werde schweigen.«

»Danke.« Elsbeth war froh, Undine damit ein wenig aufgemuntert zu haben.

»Die Spur zu Sinja wird allerdings im Sand verlaufen«, sagte Undine. »Ich habe das alles schon meinem Mann erzählt, er ist Polizeichef in Schönberg. Und der war ganz schön sauer, dass er es von mir erfahren hat und nicht von seinen Kolleginnen, wo Sinja doch gar nicht da war, sondern sich auf Gran Canaria die Sonne auf den Bauch scheinen ließ. Und Polizeioberinspektorin Schneider hat sich wahrscheinlich nichts weiter dabei gedacht, weil das ja Sache der MOKO ist und sie es dem Ermittlerteam mitgeteilt hat.«

»Die wissen es schon?«, fragte Elsbeth, während ihr Olafs Telefonat durch den Kopf ging. Er hatte eine Kollegin erwähnt, vielleicht war sie gemeint.

»Ja, aber wie gesagt, die Spur verläuft im Sand.« Sie blickte zu Boden. »Ich habe noch nie darüber nachgedacht, woher diese Redewendung kommt.«

»Wenn man Wasser in Sand gießt, versickert es nutzlos«, erklärte Elsbeth. »Dann verläuft die Spur im Sand.«

»Ach, ich dachte, das hätte etwas mit Fußspuren zu tun. Ich frage mich nämlich die ganze Zeit, warum der Mörder Heiner in den Strandkorb geschleift und dort hingesetzt hat. Mit Blick aufs Meer.«

»Deshalb sitzt du hier«, sagte Elsbeth.

»Ja, ich schaue aufs Meer und überlege, was er dort gesehen haben könnte. Es hat nichts mit dem Strandkorb zu tun, sondern mit dem Wasser. Da bin ich mir sicher. Aber frag mich nicht warum, es ist nur so ein Gefühl. Und vielleicht einer der letzten Sätze, die Heiner zu mir gesagt hat. Kennst du Star Wars? Die dunkle Seite der Macht?«

»Die Filme von George Lucas, natürlich.«

»Genau. Heiner war ein großer Fan davon. Als wir uns das letzte Mal gesehen haben, hat er mir erzählt, dass sich sein Leben grundlegend ändern wird, denn ab sofort steht er auf der salzigen Seite der Macht.«

»Ich habe spaßeshalber darauf geantwortet, was Yoda im Film zu Luke Skywalker sagt: ›Zorn, Furcht, Aggressivität. Die dunklen Seiten der Macht sind sie. Besitz ergreifen sie leicht von dir.‹« Undine blickte auf die Ostsee. »Und jetzt ist Heiner tot.«

23.

Karin

»Fünf vor sieben! Wo bleiben die denn?«, fragte Karin. »Das sieht Elsie gar nicht ähnlich, so lange spazieren zu gehen. Sie weiß doch, dass wir um sieben zu Abend essen.«

»Vielleicht ist sie zu Benny in die Barkasse gegangen«, sagte Ursel und sah aus dem Fenster. »Und Olaf steckt vielleicht im Stau.«

»Um diese Zeit von Schönberg zu uns an den Strand?«, fragte Karin. »Nein.« Sie strich sich über die Arme. »Ich weiß auch nicht, ich habe so ein komisches Gefühl. Warum geht Elsie nicht an ihr Handy? Sie hat es doch mitgenommen. Komm, wir ziehen uns jetzt an und suchen Elsie, wir gehen jede in eine Richtung, oben am Deich entlang, da haben wir den besten Überblick. So finden wir sie bestimmt. Ich glaube nicht, dass sie woanders hin ist. Sie ist irgendwo entlang der Ostsee unterwegs.« Karin hielt sich erschrocken die Hand vor den Mund, als ihr einfiel, dass sie alle etwas vergessen hatten. Und das lag auch am Wasser, in Richtung Kalifornien. »Hoffentlich ist sie nicht zum Campingplatz gegangen. Edoardo hat uns doch gesagt, dass wir uns von dort fernhalten sollen. Vielleicht ist es ihr wieder eingefallen.«

»Dann hätte sie uns doch Bescheid gesagt«, erwiderte Ursel.

»Und wenn ihr Akku leer ist? Du weißt doch, wie wenig Elsie auf ihr Handy gibt.«

»Dann gehen wir besser beide zusammen zum Campingplatz und legen Elsie einen Zettel auf den Küchentisch. Für den Fall, dass sie in der Zwischenzeit aus der anderen Richtung zurückkommt. Dann kann sie uns anrufen, meinetwegen vom Festnetz aus, falls ihr Handy keinen Saft mehr hat.« Ursel holte Stift und Papier.

Elsie, wir sind auf dem Weg zum Campingplatz und suchen dich. Ruf uns an, wenn du da bist und wir dich verpasst haben. Die Nummern sind im Festnetz gespeichert.

Olaf! Es wäre schön, wenn du dich auch melden würdest.

U&K, um 19.00 Uhr

»Am besten gehen wir oben am Deich entlang«, sagte Karin. »Von hier haben wir die Straße und auch den Strand im Blick. Du hältst nach links Ausschau, ich nach rechts.«

»Okay.«

Karin hakte sich bei Ursel unter. »Meinst du, wir hätten die Walther mitnehmen sollen?«

»Nein«, antwortete Ursel. »Aber ich habe den Taser dabei.«

»So weit ist es also schon gekommen.« Karin seufzte. »Wir gehen bewaffnet spazieren.«

Aber sie kamen nicht weit. Sie waren kaum drei Minuten unterwegs, als ihnen zwei Gestalten entgegenkamen.

»Das ist Elsie!«, rief Ursel erleichtert.

»Und Undine Liebermann«, stellte Karin fest. »Deinen Elektroschocker kannst du stecken lassen.«

Kurz darauf standen sie sich gegenüber. »Was macht ihr denn hier?«, fragte Elsbeth.

»Unsere Freundin suchen, die zum Abendessen nach Hause kommen wollte und bei der Zuspätkommen normalerweise kein Thema ist«, antwortete Karin. »Sie geht nicht ans Handy.«

»Ach, ist es schon so spät. Ich muss das Handy auf lautlos gestellt haben«, sagte Elsbeth. »Das tut mir leid. Ich habe Undine am Strand getroffen, ihr erinnert euch sicher, wir haben uns unterhalten.«

»Guten Abend«, sagte Undine. »Es ist meine Schuld, ich habe eure Freundin aufgehalten.«

»Kein Problem, dann essen wir eben später. Olaf ist auch noch nicht da«, antwortete Karin. Sie wollte unbedingt wissen, was Elsie herausgefunden hatte. Das Gespräch musste interessant gewesen sein, sonst hätte Elsie die Zeit nicht vergessen.

»Ich habe bei der Barkasse geparkt«, sagte Undine. »Ich komme ein Stück mit.«

»Du kannst auch mit uns essen«, bot Elsbeth ihr an. »Aber heute gibt es nur Hausmannskost.«

»Das ist sehr nett, aber danke. Ich bin froh, wenn ich wieder zu Hause bin. Die letzten Tage waren verdammt anstrengend.«

Elsbeth lud niemanden so schnell zum Essen ein, schon gar nicht, wenn es sich um eine weitgehend fremde Person handelte. Entweder war es Taktik und sie wollte noch etwas herausfinden, oder sie mochte Undine wirklich, was sehr ungewöhnlich wäre. »Es ist jedenfalls genug da«, sagte Karin. »Wir würden uns freuen.«

»Wie gesagt, es ist schön«, erwiderte Undine. »Aber danke, vielleicht ein andermal, wenn mir das mit Heiner nicht mehr so nahegeht.«

»Er war ein sehr guter Freund von Undine«, erklärte Elsbeth. »Heiners letzte Liebe heißt Sinja und ist mit Polizeioberinspektorin Schneider befreundet. Die beiden sind Kolleginnen.«

»Ach, das ist ja ein Ding«, rief Ursel. »Ich habe mir doch gleich gedacht, dass die Schneider irgendwas mit Heiner zu schaffen hatte. Sie war so betroffen, als sie ihn da mit dem Messer in der Brust im Strandkorb sitzen sah, dass ich ...«

»Ursel!«, sagte Elsbeth streng. »Undine und Heiner waren gute Freunde. Sie trauert.«

»Natürlich.« Ursel strich Undine über den Arm. »Das war unbedacht von mir, tut mir leid.«

»Schon gut«, erwiderte sie. »Ich bin froh, dass mir der Anblick erspart geblieben ist. Ich hoffe nur, dass der Mörder bald gefasst wird.«

»Wir sind sicher, dass die MOKO Kiel alles tun wird, um ihn zu finden«, sagte Karin.

Undine lächelte zum ersten Mal. »Und sie wird dabei von euch erstklassig unterstützt, wie ich gerade erfahren habe.«

Undine sah Elsie fragend an.

Die zuckte mit den Schultern. »Ich habe ihr von unserem Ostsee-Mordclub erzählt.«

»Hast du nicht!«, rief Ursel. »Elsie!« Sie schüttelte ungläubig den Kopf. »Das, meine liebe Undine, ist ein verdammt großes Kompliment für dich. Unsere Elsie ist nämlich sonst absolut zurückhaltend und gibt nicht viel von sich preis. Und über andere auch nicht.«

»Stimmt, Undine«, sagte Karin.

»Die Spur mit der angeblichen Geliebten verläuft also im Sand«, sagte Elsbeth. »Sinja ist ledig und war außerdem zur Tatzeit auf Gran Canaria.« Sie blickte auf die Ostsee. »Undine vermutet, dass es etwas mit dem Wasser zu tun hat.«

Ursel nickte. »Weil sie ihn mit Blick auf die Ostsee platziert haben.«

»Sie? Wie kommst du darauf, dass es mehrere waren, Ursel?«, fragte Karin. »Ich habe nur Schuhabdrücke von einer Person im Sand gesehen.« Die Schleifspuren behielt sie taktvoll für sich.

»Ich weiß es nicht, ich habe es einfach so gesagt.« Sie sah Elsie an. »Ich bin jedenfalls froh, dass dir nichts passiert ist. Wir hatten schon Angst, dass du dich allein auf den Weg zum Campingplatz gemacht hast. Bitte lass uns die Abmachung einhalten und ab jetzt nur noch zu zweit gehen, zumindest so lange, bis der Mörder gefasst ist.«

»Ja, auf jeden Fall«, sagte Karin. Da bemerkte sie, dass Undine sich an der Nase kratzte und ins Leere zu starren schien. »Alles in Ordnung, Undine?«, fragte sie.

»Ja, ich denke nur nach ... Da war mal ein Einsatz auf dem Campingplatz, das ist schon eine Weile her, das war im Sommer, aber nicht in diesem Jahr, im letzten.«

»Letzten Sommer?«, fragte Karin und sah zu Elsbeth, die leise etwas vor sich hinmurmelte. Sie hatte verstanden, was Elsbeth bewegte. Das war der Sommer, in dem Edoardo wieder aufgetaucht und kurz darauf wieder verschwunden war.

»Weißt du noch, worum es ging, Undine?«, fragte Ursel.

»Nein«, antwortete Undine. »Und ihr? Warum habt ihr euch Sorgen gemacht, dass Elsbeth da hingegangen sein könnte?«

»Wir haben auch nur so was aufgeschnappt«, sagte Ursel. »Und haben beschlossen, einfach mal vorbeizuschauen.«

»Sollen wir?«, fragte Karin.

»Bist du verrückt?«, antwortete Elsbeth.

»Auf keinen Fall«, sagte Ursel mit Nachdruck. »Nicht jetzt, nicht wenn es dunkel ist. Und wenn, dann müssen wir Olaf mitnehmen.«

»Oder ihr haltet euch besser ganz raus.« Undine blickte hinter sich. »Ein Toter reicht.«

»Wo sie recht hat, hat sie recht. Willst du nicht doch zu uns kommen, Undine?« Karin lächelte verschmitzt. »Wir hätten noch einen Platz in unserem erlauchten Club frei.«

Sie lachte. »Ihr braucht eine Informantin.«

»Du bist die Frau des Polizeichefs«, sagte Elsbeth und hakte sich bei ihr unter. »Und jetzt lass uns weitergehen, mir wird kalt. Und Hunger habe ich auch.«

»Aber wir bringen dich zu deinem Auto, Undine«, sagte Ursel.

Als sie an ihrem Haus vorbeikamen, blieben sie kurz stehen.

»Hier wohnen wir, wenn du uns mal besuchen willst«, sagte Elsbeth.

»Gerne«, antwortete Undine.

Ursel sah auf die Uhr. »Zwanzig nach sieben, Olaf ist immer noch nicht da, sonst würde sein Auto vor der Tür stehen.«

Auch um acht war Olaf noch nicht da. Sie hatten Undine zu ihrem Auto gebracht, waren zurückgegangen, hatten versucht, Olaf auf dem Handy und dem Festnetz zu erreichen, jetzt saßen sie in der Küche und warteten.

»So, ich mache jetzt das Essen«, sagte Ursel. »Dann verzichten wir eben auf den Salat.«

»Wir haben noch Tomaten.« Karin stand auf. »Ich helfe dir.«

Da klingelte das Telefon. »Ich gehe ran«, sagte Karin.

Elsbeth und Ursel folgten ihr auf den Flur.

»Karin Mertins.«

»Hallo Karin, hier ist Helga. Ich wollte dir nur sagen, dass der nette Herr Kommissar heute bei mir war, um mich zu befragen«, begann die alte Dame sofort. »Er kam in Begleitung einer Frau, die etwas steif war. Weswegen ich aber eigentlich anrufe: Vergiss mal lieber, was ich dir über die Geliebte erzählt habe. Das war nicht die Blonde. Wir wollen ja nicht, dass hier falsche Tatsachen in Umlauf kommen.«

»Danke, Helga, dass du mir das sagst. Aber warum bist du dir plötzlich so sicher?« Karin kam es seltsam vor, Helga klang fast ein wenig weichgespült.

»Der Kommissar hat es mir erzählt. Heiner muss sehr verliebt gewesen sein. Allerdings in eine Frau, die nicht verheiratet war. Ach Gott, der arme Kerl, da findet er endlich sein Glück und dann das.«

Sicherlich hatte Biermann interveniert, um den Polizeichef aus der Schusslinie zu nehmen. Wenn der Ostsee-Mordclub herausgefunden hatte, mit wem Heiner da am Strand spazieren ging, dann hatten es inzwischen vielleicht auch andere erfahren. Schließlich war es ein öffentlicher Strand. Und irgendwer bekam immer irgendwas mit. Stille Post funktionierte hier ganz gut. »Schlimm, die ganze Sache«, sagte Karin. Dann fiel ihr ein, dass Helga eine aktive Mitarbeiterin der Stillen Post war und eigentlich alles über den Schönberger Strand wusste. »Sag mal, hast du zufällig mitbekommen, was voriges Jahr im Sommer auf dem Campingplatz los war?«

»Du meinst die betrunkenen, randalierenden Urlauber? Ach was, das war dieses Jahr. Im Jahr davor? War da nicht was mit Drogen? Da ist jedenfalls nichts rausgekommen. Das habe ich nur so am Rande mitbekommen.«

»Danke, Helga. Dann wünsche ich dir noch einen schönen Abend.«

»Dir auch, Karin. Und pass auf dich auf. Da draußen ist immer noch ein Mörder unterwegs.«

Karin legte auf und sah ihre beiden Freundinnen an. »Drogen!«, sagte sie und musste plötzlich an Agathe denken. »Wisst ihr noch, wie wir uns damals gefreut haben, wenn Curd von einer Seereise zurückkam? Er hatte immer etwas Geschmuggeltes dabei, meistens Schnaps oder Zigaretten, manchmal auch Zigarren. Ich meine, da haben sich die Männer ein schönes Zubrot verdient.«

»Aber das ist doch schon ewig her, Karin«, entgegnete Elsbeth.

»Das heißt aber nicht, dass es nicht immer noch passiert«, sagte Ursel. »Vielleicht hat sich nur die Schmuggelware geändert.«

»Und vielleicht hat Heiner Wind davon bekommen. Er fährt doch überall mit seinem Fahrrad herum und könnte etwas gesehen haben«, überlegte Karin weiter. »Was meinst du, Elsbeth?«

»Könnte schon sein«, antwortete sie. »Aber wenn es hier wirklich um Drogenschmuggel geht, dann bewegen wir uns auf verdammt dünnem Eis. Die Leute sind skrupellos.«

»Natürlich sind sie das, Elsie«, sagte Ursel. »Und deshalb passt es auch, wie Heiner ermordet wurde. Habe ich nicht gleich gesagt, irgendjemand wollte damit ein Zeichen setzen? Es war eine Warnung, sich rauszuhalten!«

Sie sah Elsbeth ernst an. »Ich hoffe nur wirklich, dass Edoardo da nicht mit drinsteckt.«

24.

Ursel

Sie hatten gerade den Tisch abgeräumt, als das Festnetztelefon wieder klingelte.

»Diesmal gehe ich ran«, sagte Ursel und stand auf. Auf dem Weg nach draußen schaute sie auf die Uhr. Es war zwanzig vor neun.

»Ursel Flemming.«

»Guten Abend, Ursel, hier ist Linda, Linda Sperling, kann ich bitte Olaf sprechen?«

»Linda?«, fragte Ursel, obwohl sie den Namen genau verstanden hatte, denn schließlich hatte sie ihn zweimal genannt. »Tut mir leid, Linda, Olaf ist nicht da. Kann ich ihm etwas ausrichten?«

»Das ist lieb von dir, aber nein. Es ist nur so, dass ich mir ehrlich gesagt Sorgen mache. Denn Olaf ist eigentlich immer sehr zuverlässig. Ich weiß, das ist wahrscheinlich Quatsch, er ist erwachsen. Aber wenn er sonst gesagt hat, er kommt bei mir vorbei, dann ist er auch gekommen. Er ist noch nie einfach nicht aufgetaucht. Im Gegenteil, er ruft an, wenn er auch nur fünf Minuten zu spät ist.«

Linda klang sehr besorgt, und Ursel war es jetzt auch. »Wann wollte er denn bei dir sein?«

»So gegen zwanzig nach sechs. Er wollte noch irgendwohin und dann kurz in den Supermarkt. Danach wollte er bei mir vorbeikommen und mir etwas bringen, was ich bei ihm vergessen hatte. Aber er ist nicht gekommen, und er geht auch nicht an sein Handy.«

»Das ist komisch, hier ist Olaf auch nicht, Linda«, sagte Ursel. »Aber wenn er kommt, sage ich ihm, dass er sich gleich bei dir melden soll.«

»Das ist nett von dir, danke, Ursel. Und entschuldige die Störung, ich wünsche euch einen schönen Abend.«

Plötzlich tat Linda ihr leid. Sie schien sich wirklich Sorgen zu machen. »Ich gebe dir meine Handynummer. Dann kannst du mich erreichen, auch wenn ich unterwegs bin. Es kann ja immer etwas passieren. Und falls Olaf gleich angetrunken hier reintorkelt und uns erzählt, dass er irgendeinen alten Kumpel getroffen hat und mit ihm versackt ist, kriegt er Haue von uns.«

»Und zwar richtig«, rief Karin. »Auf den nackten Hintern.«

Elsbeth verdrehte die Augen, Linda lachte, bedankte sich und Ursel legte auf.

»Verdammt!«, sagte sie. »Was machen wir jetzt?«

»Nach Probsteierhagen fahren«, antwortete Karin.

»Oder deinen Borowski anrufen«, schlug Elsbeth vor.

»Weil ein erwachsener Mann nicht zum Essen gekommen ist?«, Ursel schüttelte den Kopf.

»Weil ein erwachsener Mann nicht zum Abendessen erschienen ist, den wir in einen Mordfall verwickelt haben.«

»Stimmt, Ursel, wenn Olaf etwas passiert, sind wir schuld.«

»So ein Quatsch! Wir sind nicht schuld. Aber wir sollten verantwortlich handeln. Ruf ihn an, Ursel.«

»Okay. Mein Handy liegt in der Küche.«

Sie wählte Borowskis Nummer, doch es meldete sich nur die Mailbox.

»Guten Abend, Herr Borowski, hier ist Ursel Flemming. Könnten Sie mich bitte zurückrufen, wenn Sie das hören? Wir machen uns gerade ein bisschen Sorgen um Olaf. Viele Grüße und bis später.«

Sie legte auf. »Erledigt.«

»Der Mann heißt Biermann, nicht Borowski«, sagte Elsbeth.

»Ist doch egal, und wenn er Pusemuckel hieße. Hauptsache, er meldet sich. Ich mache mir nämlich wirklich Sorgen.«

»Lass uns ein Taxi rufen und nach Probsteierhagen fahren, einfach am Haus von Heiners Vater vorbei«, schlug Karin vor. »Wir schauen nach, ob wir Olafs Auto dort stehen sehen. Und vielleicht finden wir ja auch Heiners Postrad.«

»Oder wir leihen uns ein Auto«, sagte Elsbeth.

»Von wem denn?«, fragte Karin. »Alle, die mir eins leihen würden, fahren jetzt Bus.«

»Ich rufe bei der Barkasse an«, sagte Elsbeth. Sie hatten die Nummer im Festnetz gespeichert, weil sie oft spontan entschieden, dort essen zu gehen und dann vorher abklärten, ob ein Tisch frei war.

Zum Glück ging Benny sofort ran, wie Karin hörte.

»Hallo Benny, hier ist Elsbeth. Sag mal, kannst du uns für eine Stunde dein Auto leihen? Es ist nämlich so …«

Benny zögerte nicht eine Sekunde. »Ich bin in fünf Minuten da«, sagte Benny. »Ich kläre das noch schnell mit Sabrina und Wiebke, und dann fahre ich los. Aber ich begleite euch!«

Elsbeth klatschte in die Hände. »Worauf wartet ihr noch? Pippi machen, anziehen!«

In Windeseile ging Ursel auf die Toilette, dann in ihr Zimmer, zog einen warmen Pullover an und darüber eine dicke Daunenweste.

Im Flur traf sie Karin, die gerade aus dem Bad kam. Ihre Freundin hatte hektische Flecken im Gesicht. »Was für eine Aufregung«, sagte Karin. »Gut, dass Linda angerufen hat.«

»Sie klang sehr besorgt, sie scheint Olaf sehr zu mögen«, sagte Ursel.

»Wenn sie seine Freundin ist, muss es so sein«, antwortete Karin und lächelte. »Wer hätte das gedacht, Olaf und Linda. Johannas kleine Schwester.«

Johanna war eine Freundin von Agathe gewesen, mit der sie sich ab und zu getroffen hatte, als sie noch jung waren. Aber dann war Johanna der Liebe wegen nach

Frankfurt gezogen, und die beiden hatten sich nur noch selten gesehen. Zu Agathes Beerdigung war sie mit ihrer jüngeren Schwester gekommen.

»Dann zieht Olaf vielleicht doch nicht dauerhaft bei uns ein«, sagte Ursel. »Mal sehen.«

»Was macht ihr denn so lange da oben?«, rief Elsbeth von unten.

»Wir kommen«, rief Karin zurück.

»Nimmst du die Walther mit?«, fragte Ursel, und als Karin nickte, ging Ursel wieder ins Bad. Wenn sie aufgeregt war, musste sie ständig pinkeln. Hoffentlich hielt sie das durch.

Unten wartete schon Elsbeth auf sie. Und im nächsten Moment hielt Bennys Kombi vor der Tür. Im Kofferraum saß Fred, der friedlichste Hund der Welt.

»Ich dachte, wir nehmen ihn mit, falls es brenzlig wird«, sagte Benny, und alle lachten, als sie ins Auto stiegen. Elsbeth saß vorne. Ursel setzte sich neben Karin auf den Rücksitz.

»Dann mal los!« Benny gab Gas. Sie fuhren an der Barkasse vorbei, und Karin zeigte auf ein Auto auf dem Parkplatz: »Der Wagen mit dem Plöner Kennzeichen ist mir schon am Tag nach Heiners Tod aufgefallen. Er gehört einer blonden Frau, die auffallend elegant gekleidet war, in einem schwarzen Kostüm und dazu giftgrüne hochhackige Pumps. Sie verabschiedete sich mit einem Kuss von einem Mann, der mit ihr aus dem Restaurant kam. Er war ziemlich groß, hatte dunkle Haare und trug eine

Jogginghose. Irgendwo habe ich die Frau schon mal gesehen, aber ich weiß beim besten Willen nicht, wo. Kennst du die beiden, Benny?«

»Nur vom Sehen«, antwortete Benny. »Soweit ich weiß, ist er Gast in der Strandvilla. Sie besucht ihn da ab und zu. Genaueres weiß ich nicht. Sie frühstücken im Hotel, aber abends essen sie auswärts. Warum fragst du?«

»Ach, nur so. Ich habe gesehen, wie sie bei dir rausgegangen sind. Das war am Tag nach Heiners Tod. Und da ich mir nicht vorstellen kann, dass einer von den Schönbergern so einen grausamen Mord begehen kann, habe ich ein bisschen die Augen offengehalten, wer sich sonst noch so hier aufhält.«

»Dann wären also alle Touristen verdächtig?«, fragte Benny.

»Genau!«, antwortete Karin. Und schon bogen sie auf die Landstraße ein.

»Wo genau steht das Haus in Probsteierhagen?«

»Nicht weit vom Friedhof…« Karin erklärte Benny den Weg.

Zehn Minuten später waren sie fast da. »Helga sagt, die Straße ist eine Sackgasse, und da müsste es das letzte Haus rechts sein, etwas abseits. Vor den Feldern.«

»Fahr langsam, Benny«, sagte Ursel und rutschte unruhig auf dem Sitz hin und her. Jetzt, wo es ernst wurde, war ihr ein bisschen mulmig zumute. »Olaf fährt einen blauen Käfer, nicht, dass wir ihn übersehen.«

»Halt an!«, rief Elsbeth, und Benny trat auf die Bremse. »Da links steht ein Thunderbird mit dem Kennzeichen OK 1955. Das sind Olafs Initialen und sein Geburtsjahr.«

»Verdammt!«, fluchte Benny und parkte seinen Wagen auf der gegenüberliegenden Seite.

»Irgendwie wird mir gerade schlecht«, sagte Karin.

Elsbeth sagte nichts mehr.

Ursel schnallte sich ab und stieß Karin an. »Komm, wir gehen zum Haus!«

Vorne stieg Elsbeth aus, dann Benny. Er holte Fred aus dem Kofferraum. »Täuscht euch nicht in ihm«, sagte er. »Er kann der gefährlichste Hund sein, wenn es darum geht, seine Lieben zu beschützen.«

Ursel zückte ihr Handy. »Ich schreibe eine Nachricht an Biermann, für alle Fälle.«

Wir sind beim Haus von Heiners Vater in P. Wir suchen Olaf.
Ursel F.

Es juckte sie in den Fingern, noch eine Abkürzung hinzuzufügen, OMC – Ostsee-Mordclub. Aber das war ihr dann doch zu albern.

Das Haus lag am Ende einer Sackgasse, wie Karin gesagt hatte. Eine Straßenlaterne spendete Licht, aber hinter den Fenstern war es dunkel. Niemand schien zu Hause zu sein. Wer auch? Heiners Vater war tot, Heiner auch. Nur der Bruder lebte noch, aber auch der schien nicht da zu sein.

Das Haus wirkte nicht sehr gepflegt. Die Zeit hatte ihre Spuren hinterlassen, der Verfall war unübersehbar. Die weiße Fassade war vom Wetter gezeichnet. An vielen Stellen bröckelte der Putz, dunkle Flecken und Risse durchzogen die Oberfläche. Ein Fensterladen hing schief, andere fehlten ganz, das Dach war mit verwitterten Schindeln gedeckt.

»Das hat seine besten Tage hinter sich«, sagte Ursel leise, als Fred plötzlich die Ohren spitzte und knurrte, den Blick auf den kahlen Baum im Vorgarten gerichtet.

»Eine Katze«, sagte Elsbeth.

»Brav, Fred«, befahl Benny.

Und dann sah Ursel es. Plötzlich, wie aus dem Nichts, flackerte ein schwacher, gelber Lichtschein in einem der Fenster auf. Ein kurzer, intensiver Moment, der das Innere des Hauses für einen Augenblick erhellte.

»Eine Taschenlampe«, flüsterte Karin. »Da ist jemand drin.«

Das Licht erlosch so plötzlich, wie es aufgeflammt war. Aber das Gefühl, dass jemand im Haus war, blieb und ließ eine unheimliche Spannung in der Luft liegen. Ursel konnte es förmlich knistern hören.

»Ich rufe die 110 an«, sagte Elsbeth und im nächsten Moment: »Verdammt, ich habe mein Handy nicht dabei.«

»Dann mach ich das«, sagte Ursel, doch da sah sie aus den Augenwinkeln einen Mann durch den Garten schleichen. »Ist das Edoardo?«, fragte sie leise.

»Ich sehe niemanden«, sagte Karin.

Ursel war sich sicher. »Er ist hintenrum zum Haus.« Sie sah Elsbeth an. »Was machen wir jetzt?«

Plötzlich durchdrang ein krachendes Geräusch die Stille, es klang wie splitterndes Glas.

»Jemand hat eine Scheibe eingeschlagen«, sagte Karin.

»Bestimmt Edoardo«, sagte Ursel.

»Dann sind sie jetzt beide im Haus.« Benny straffte die Schultern. »Ich werde jetzt klingeln, damit sie wissen, dass jemand da ist. Nicht, dass noch ein Unglück passiert.«

»Edoardo würde Olaf nie etwas antun«, sagt Elsbeth.

»Woher willst du wissen, dass es Olaf ist, der da mit der Taschenlampe durchs Haus geistert?«

»Wir kommen mit, Benny«, sagte Ursel. »Los!«

Benny ging voran, Fred lief neben ihm und daneben Ursel.

Elsbeth und Karin folgten.

»Ich nehme Walther mit, für alle Fälle«, sagte Karin.

»Wer ist das denn?«, fragte Benny.

»Das willst du nicht wissen«, antwortete Elsbeth.

Und dann waren sie da.

»Verdammt«, sagte Benny. Die Tür stand einen Spalt offen.

Ursel drückte sie vorsichtig ein Stück auf. Und dann ging alles ganz schnell.

Fred stürmte ins Haus.

Jemand schrie etwas auf Italienisch, wahrscheinlich war es Edoardo.

Karin drückte sich an Ursel und Benny vorbei. In der Hand hielt sie die Walther.

»Verdammt«, sagte Benny noch einmal, als er die Waffe sah.

»Mach keinen Scheiß, Karin.« Elsbeth ging hinter Karin her.

»Komm, Benny«, sagte Ursel, und sie folgten ihnen durch den Flur.

Irgendwo im Haus bellte Fred. Und dann ging im Zimmer vor ihnen das Licht an.

25.

Elsbeth

Zuerst sah sie Edoardo. Er kniete neben einem auf dem Boden liegenden Mann und hatte seine Finger an dessen Hals gelegt. Fred sprang schwanzwedelnd um die beiden herum. Kurz darauf entdeckte sie Olaf, der auf einem Stuhl saß, die Hände hinter der Lehne gefesselt und einen Knebel um den Mund. Beide drehten sich zu ihnen um und sahen gleichermaßen entsetzt aus.

»Hände hoch, Edoardo«, schrie Karin.

Sie hatte die Situation falsch eingeschätzt, das wurde Elsbeth sofort klar. Edoardo war hier nicht der Böse. Der Böse lag rücklings mit geschlossenen Augen auf dem Boden, und Edoardo fühlte seinen Puls.

»Cosa dovrebbe significare, Olaf? Dovresti prenderti cura delle donne e non metterle in pericolo!«, sagte Edoardo und sah mit grimmigem Blick zu Olaf.

Im Gegensatz zu den anderen war Elsbeth des Italienischen mächtig und wusste, dass Edoardo Olaf angefahren hatte, weil er nicht auf sie, Karin und Ursel aufgepasst, sondern sie in Gefahr gebracht hatte.

Edoardo seufzte. »Die Waffe funktioniert nicht, mia cara Karin, sie ist kaputt. Du kannst sie weglegen.«

»Woher weißt du das, Edoardo?«, fragte Karin, die immer noch auf Elsbeths italienischen Freund zielte.

»Nimm sie runter, Karin«, sagte Elsbeth. »Edoardo ist hier nicht der Feind. Der liegt auf dem Boden, so wie es aussieht.«

Auf dem Stuhl sitzend, schimpfte Olaf etwas Unverständliches.

»Den kenne ich!« Karin sah Benny an. »Das ist die Jogginghose aus deinem Restaurant.«

»Stimmt«, sagte Benny.

Auf dem Stuhl schimpfte immer noch Olaf, auf dessen Knie Fred jetzt seinen Kopf gelegt hatte, wohl um sein Mitgefühl auszudrücken. Das brachte Benny in Bewegung. Er erbarmte sich und nahm Olaf den Knebel vom Mund.

Statt sich zu bedanken, wie es sich nach Elsbeths Meinung gehörte, wandte sich Olaf an Edoardo. »L'uomo è ancora vivo?«

Olaf sprach Italienisch! Wer hätte das gedacht?

Er hatte gefragt, ob der Mann noch lebe.

»Sì, sì riprenderà presto«, antwortete Edoardo, was bedeutete, dass er bald wieder zu sich kommen würde. Olaf und Edoardo kannten sich also.

»Nimm die Waffe runter, Karin«, sagte Elsbeth.

Endlich reagierte ihre Freundin. »Funktioniert sie wirklich nicht?«

»Ich habe sie getestet«, sagte Edoardo.

»Deshalb fehlt die Patrone.« Jetzt kam wieder Leben in Ursel, die ganz blass um die Nase war. »Ciao, Edoardo. So sieht man sich wieder.« Sie sah zu Olaf hinüber, dem Benny gerade die Fesseln löste. »Ich würde sagen, Olaf, du hast eine verdammt gute Entschuldigung dafür, dass du nicht zum Essen gekommen bist.«

»Woher wusstet ihr überhaupt, wo ich bin …?« Er schüttelte den Kopf. »Ach, wieso frage ich eigentlich. Mich wundert nichts mehr.«

Aus der Ferne vernahm Elsbeth den Klang von Polizeisirenen. Auch Olaf hatte sie gehört, wie Elsbeth im nächsten Moment feststellte, als er zu Edoardo sagte, dass sie kämen und er verschwinden solle:

»Loro stanno arrivando. Dovresti andare via, amico mio.«

»Sì!«

»Das war's«, sagte Benny und hielt das Seil hoch, mit dem Olaf gefesselt war.

Olaf sprang sofort auf, nahm Benny das Seil ab und kniete sich neben den Mann zu Edoardo. Gemeinsam rollten sie den Mann auf den Bauch.

»Vattene, amico mio«, verschwinde, mein Freund, sagte Olaf zu Edoardo.

Edoardo blickte zu Elsbeth auf. »Sono in contatto, mio bellissimo fiore«, sagte er in sanftem Ton, was Olaf überrascht aufblicken und Elsbeth lächeln ließ.

Er würde sich bei ihr melden. »Ich freue mich darauf«, antwortete Elsbeth.

»Was ist denn hier …?« Der Mann am Boden bewegte den Kopf. Die Sirenen kamen näher. Edoardo verschwand durch die zerborstene Terrassentür.

Benny kniete sich neben Olaf. »Hierher, Fred!«, sagte er. »Pass gut auf.«

Er hatte recht. Fred war der friedlichste Hund auf der ganzen Welt. Aber er konnte auch der gefährlichste sein, wenn er seine Lieben beschützte, wie sich jetzt zeigte. Als der Mann den Kopf hob, knurrte Fred. Es war ein böses Knurren.

»Bleib liegen!«, befahl Ursel. »Sonst knallt dich meine Freundin ab.«

»Genau!«, sagte Karin mit fester Stimme, setzte sich im Schneidersitz, den sie in ihrem Alter erstaunlicherweise noch beherrschte, in einiger Entfernung vor den Mann auf den Boden und richtete die Waffe auf ihn.

Zwei Minuten später stürmten die Uniformierten in den Raum, und Karin ließ Walther wieder in ihrer Tasche verschwinden.

»Was zum Teufel …«, sagte ein großer, breitschultriger Polizist.

»Hallo Kai«, begrüßte ihn Olaf, und Elsbeth verstand. Der Polizeichef höchstpersönlich war zu ihrer Rettung herbeigeeilt. Im Schlepptau hatte er Polizeioberinspektorin Schneider und Elsbeths ehemaligen Schüler.

»Guten Abend, Frau Kannenwischer«, sagte Nottel. »Geht es Ihnen gut?«

»Sehr gut«, antwortete Elsbeth. »Und selbst?«

Liebermann schüttelte den Kopf. »Für Smalltalk ist später noch genug Zeit. Was ist denn hier los, Olaf?«

»Nun, es sieht so aus, als hätten wir den Mörder des Briefträgers gefasst«, antwortete Olaf.

»Damit habe ich nichts zu tun«, blaffte der Mann.

»Das werden wir schon noch beweisen«, erwiderte Olaf. »Ich würde ihn erst einmal nach Kiel in die Untersuchungshaft bringen, Kai. Er ist zudem hier eingebrochen und hat mir einen über den Schädel gebraten, als ich hier vorbeigekommen bin und ahnungslos in das Haus ging, weil die Tür offen stand.«

Liebermann nickte. Elsbeth sah ihm an, dass er Olaf kein Wort glaubte, Elsbeth im Übrigen auch nicht. Sie wunderte sich, dass Olaf nichts über Edoardo sagte. Aber instinktiv schwieg auch sie, wie ihre Freundinnen und der Barkassenwirt.

Liebermann wandte sich an Nottel und Schneider und deutete auf die Jogginghose, wie Karin den Mann gerade genannt hatte.

Sie reagierten sofort und legten ihm Handschellen an.

»Das werden Sie bereuen!«, sagte die Jogginghose. Karin blickte er einen Moment länger an. Sie verzog das Gesicht zu einem amüsierten Lächeln. »Ich bin sechsundsiebzig, Herr – wie auch immer Sie heißen. Ich habe noch nichts in meinem Leben bereut. Und das hier.« Sie blickte in die Runde. »Das werde ich mit Sicherheit auch nicht bereuen. Im Gegenteil, es fängt gerade an, richtig Spaß zu machen.«

»Jetzt geht's erst mal nach Kiel«, sagte Nottel und schob die Jogginghose zur Tür.

»Ich rufe die Spurensicherung an«, sagte Schneider. Kurz darauf luden sie und Nottel die Jogginghose in den Einsatzwagen.

Liebermann nahm Olaf beiseite. »Auf ein Wort ...«, hörte Elsbeth ihn leise sagen. »Hat die Sache Hand und Fuß? Wie sieht die Beweislage aus?«

Elsbeth horchte auf. »Es gibt einen Zeugen«, antwortete Olaf.

Liebermann nickte und sah nun Elsbeth und den Rest der Truppe an. »Verraten Sie mir, wie Sie alle hierhergekommen sind?«

»Mit dem Auto«, antwortete Karin. »Benny war so nett, uns zu fahren.«

Elsbeth verkniff sich ein Lachen. Sie kannte Karin gut genug, um zu wissen, dass sie die Frage absichtlich etwas unbedarft beantwortet hatte.

»Genau, Benny hat uns gefahren. Wir warten nämlich auf einen Brief vom Notar«, erklärte Ursel. »Und da wir noch keine Post bekommen haben, der Brief aber längst da sein müsste, dachten wir, wir schauen mal, ob Heiners Fahrrad mit der Post noch hier am Haus steht.«

Liebermann runzelte die Stirn. »Sie sind auf eigene Faust losgefahren?«

Karin lächelte ihn zuckersüß an. »Nicht direkt, wie gesagt, wir haben Benny gebeten, uns zu begleiten. Und als wir hier ankamen, ging plötzlich die Tür auf, dann Taschenlampenlicht und ein Geräusch.« Sie zeigte auf Bennys Hund. »Fred ist ins Haus gestürmt. Ich nehme an, er hat Olaf gewittert oder vielleicht sogar gespürt, dass er in Gefahr ist.«

Liebermann runzelte die Stirn. »Bullshit!«, donnerte er. Jetzt hatte Karin wirklich ein wenig übertrieben, wie Elsbeth fand. »Morgen tanzen Sie alle miteinander auf der Wache an. Und dann reden wir Tacheles! Und jetzt raus. Du bleibst bitte noch ein bisschen, Olaf.«

»Kannst du fahren, Olaf?«, fragte Elsbeth. Ihr neuer Mitbewohner sah nicht gut aus. Er hatte einen Kratzer im Gesicht und eine Beule auf der Stirn, wie sie jetzt bemerkte. »Wenn nicht, dann warte ich. Ich kann den Thunderbird auch fahren.«

»Das geht schon«, sagte Olaf. »Danke, Elsbeth.«

»Dann bis gleich, Olaf. Und auf Wiedersehen, Herr Liebermann.« Elsbeth lächelte ihn an. »Bitte richten Sie Ihrer reizenden Frau Undine die besten Grüße von mir aus. Von uns allen.«

Liebermann stand das Erstaunen ins Gesicht geschrieben, dann schüttelte er den Kopf. »Langsam wundert mich hier gar nichts mehr.«

»Das hat Spaß gemacht«, sagte Karin, als sie draußen an der frischen Luft waren.

»Das finde ich auch«, antwortete Ursel.

»Ihr seid echt unglaublich!« Benny strich sich durch

die Haare und atmete tief durch. »Vielleicht solltet ihr nicht so viel Tatort gucken.«

»Stimmt«, antwortete Elsbeth. »Jetzt, wo wir selbst mittendrin stecken, brauchen wir das nicht mehr.«

»Auf keinen Fall hören wir damit auf«, sagte Ursel. »Auf den Sonntagsmord will ich nicht verzichten.«

Elsbeth hakte sich bei ihr ein. »Das war ein Spaß. Ursel, es wird herrlich entspannend sein, wenn wir demnächst wieder vor dem Apparat sitzen, statt selbst zu ermitteln.«

Da sagte Ursel: »Das mit der Post habe ich übrigens ernst gemeint, als ich gesagt habe, wir suchen nach dem Einschreiben. Ich möchte schon wissen, wo es geblieben ist.« Sie sah sich um. »Vor dem Haus steht Heiners Rad nicht. Aber was ist mit dem Garten dahinter?« Sie schielte zum Polizeiauto hinüber, in dessen Heck der Jogger saß. Nottel und Schneider standen davor und warteten.

In diesem Moment ertönten in der Ferne wieder die Martinshörner.

»Bestimmt die MOKO Kiel«, sagte Ursel. »Die Spurensicherung. Vielleicht auch Borowski.«

Da bückte sich Benny plötzlich, hob einen Stock auf und sagte leise: »Such, Fred!« Dann warf er den Stock in Richtung Garten. Fred flitzte davon. Und Benny hinterher. »Fred!«, schrie er.

Nottel sah ihnen nach.

»Wir fangen ihn wieder ein«, rief Elsbeth in Nottels Richtung und rannte hinter Benny her, gefolgt von Karin und Ursel.

Das Rad stand unter einem verwitterten Pavillon, und zwar mit voll bepackten Posttaschen.

»Können wir …?«, fragte Karin. »Nicht, dass wir Fingerabdrücke hinterlassen.«

»Das dachte ich mir«, ertönte eine laute Stimme hinter ihnen. »Frau Kannenwischer, Sie sind ja eine! Unglaublich, dass Sie mal meine Lehrerin waren.«

Es war Nottel. »Und nein, das dürfen Sie nicht. Das sind Beweise«, sagte er zu Karin.

»Aber wahrscheinlich ist ein Einschreiben an uns darunter«, versuchte Karin ihr Glück. »Ich will nur wissen, ob es dabei ist.«

Da erinnerte sich Elsbeth an den Campingplatz und daran, dass Helga erzählt hatte, dass es dort im letzten Sommer einen Einsatz gegeben hatte wegen des Verdachts, dass dort Drogen geschmuggelt werden könnten. »In der Post könnten wir aber auch das Motiv für Heiners Tod finden«, sagte sie, einer Eingebung folgend. »Und ich spreche hier nicht von unserem Einschreiben, sondern von Schmuggelware, die sich eventuell in Heiners Besitz befand.«

Ohne weiteren Kommentar zog Nottel ein Paar Einweghandschuhe aus der Jackentasche.

»Die sollten wir demnächst auch dabeihaben, für alle Fälle«, sagte Ursel.

»Aber nicht, um Detektiv zu spielen. Das hier ist kein Spaß, das ist gefährlich!«, schimpfte Nottel. Ihr ehemaliger Schüler blickte durch die Briefe, hielt einen Moment inne und sagte: »Ein Einschreiben, adressiert an Ihre

Wohngemeinschaft. Aber das kann ich Ihnen nicht aushändigen, das müssen Sie verstehen.«

»Tun wir«, sagte Ursel. »Wir wollten nur wissen, ob wir recht haben.«

Da pfiff Nottel plötzlich durch die Zähne, während er mit der Hand irgendetwas betastete. Dann zog er einen braunen Umschlag raus und schüttelte ihn.

»Hört sich an wie ein Pulver«, sagte Elsbeth.

Nottel nickte und öffnete ihn. »Sieht auch so aus.« Er holte einen durchsichtigen Beutel heraus, der mit einer weißen Substanz gefüllt war.

»Ach herrje!«, sagte Karin. »Ist das etwa …?«

»Gernot Fischer!«, donnerte auf einmal eine Stimme durch den Garten. »Auf ein Wort!« Der Polizeichef kam strammen Schrittes auf sie zugestürmt. »Was zur Hölle …«

»Der Hund ist vorhin in den Garten gerannt«, erklärte Nottel und hielt den Beutel hoch. »Zielstrebig zum Rad. Er hat wohl die Drogen gewittert.«

»Bullshit!«, sagte Liebermann, dann seufzte er. »Auf Sie aufzupassen, meine Damen, ist wahrscheinlich ebenso unmöglich, wie einen nassen Sack Flöhe zu hüten.«

»Einfach nur Sack«, erklärte Elsbeth. »Das nass passt hier nicht.«

Er seufzte wieder. »Eine Truppe Rentnerinnen auf Verbrecherjagd.« Er sah nach unten zu Fred, der mit dem Stöckchen im Maul auf dem Boden lag und zu ihnen aufblickte. »Ein Drogenspürhund und …« Er blickte zu Benny.

Der grinste und sagte: »Ich bin hier nur der Fahrer.«

»Dann sehen Sie mal schnell zu, dass Sie die Damen nach Hause bringen.«

Sie waren gerade am Auto angekommen, als Biermann und Wiegand eintrafen, die direkt hinter ihnen parkten.

Liebermann fing das Ermittlerteam ab. »Wir haben neue Erkenntnisse im Fall des ermordeten Postboten«, sagte er und nickte mit dem Kopf zum Einsatzwagen. »Den vermutlichen Täter haben wir dingfest gemacht.«

Biermann nickte kurz, dann wandte er sich an Ursel. »Danke für die Mailboxnachricht und die Textnachricht. Ich habe sofort die Kollegen in Schönberg informiert, die ja glücklicherweise rechtzeitig eingetroffen sind.« Er sah sich um. »Wo ist Olaf?«

Elsbeth, die so stand, dass sie die Straße überblicken konnte, sah, wie ihr neuer Mitbewohner in aller Ruhe zu seinem Auto ging, einstieg und davonfuhr.

Karin, die direkt neben ihr stand, musste es auch mitbekommen haben. »Eben war er noch im Haus«, sagte sie. »Aber können wir jetzt bitte auch losfahren? Ich brauche etwas Ruhe nach der ganzen Aufregung.«

»Ich auch«, fügte Elsbeth schnell hinzu.

»Selbstverständlich. Wir sprechen uns morgen«, sagte Biermann.

»Danke für Ihre Hilfe.« Liebermann blickte in die Runde. »Den ruhigen Abend haben Sie sich verdient. Kommen Sie gut nach Hause.«

»Olaf hat sich still und leise vom Acker gemacht«, sagte Karin leise, als sie zu Bennys Wagen gingen. »Er ist eben in seinen Thunderbird gestiegen und davongebraust.«

»Den holen wir nicht mehr ein«, sagte Benny.

»Er trifft sich mit Edoardo«, erwiderte Elsbeth.

»Woher weißt du das? Hast du verstanden, was die beiden auf Italienisch gesprochen haben?«

»Nein«, antwortete Elsbeth. »Es ist nur so ein Gefühl.«

Und da war noch ein anderes Gefühl, das sich in ihr breitmachte. Erleichterung. Weil Edoardo offensichtlich einer von den Guten war. Und weil sie Heiners Mörder gefasst hatten.

26.

Ursel

Es war kurz vor elf, als Benny vor dem Haus anhielt. Von Olafs Auto war, wie erwartet, keine Spur, er irrte noch irgendwo herum.

»Soll ich nicht vorsichtshalber mit meinem Wachhund bei euch bleiben?«, fragte Benny. »Zumindest so lange, bis Olaf da ist.«

»Nein, Benny, du gehst nach Hause und ruhst dich aus«, sagte Ursel. »Wir drei machen uns jetzt einen Tee und warten auf Olaf. Sobald er da ist, geben wir dir Bescheid.«

»Sicher?«, fragte Benny.

»Ja«, antwortete Elsbeth.

Ursel klopfte Benny von hinten auf die Schulter. »Wir schaffen das schon, wir drei.«

Benny drehte sich zu ihr um. »Wenn du das sagst …« Er grinste. »Nach dem, was heute passiert ist, glaube ich dir aufs Wort.«

Sie stiegen aus, wünschten Benny eine gute Nacht und er fuhr los. Sie sahen ihm nach, bis die Rücklichter nicht mehr zu sehen waren.

»Also, ich brauche jetzt einen ordentlichen Schuss Tee im Rum«, sagte Karin.

»Rum im Tee meinst du«, korrigierte Elsbeth sie.

»Nein, das meine ich nicht«, erwiderte Karin. »Ich habe es absichtlich so gesagt.«

»Gut.« Elsbeth hakte sich bei Karin ein. »Dann brauche ich jetzt einen ordentlichen Schuss Tee in meinem Whisky. Lass uns reingehen.«

Ursel drehte sich gerade um, als sie aus den Augenwinkeln einen Radfahrer auf sie zukommen sah. Der Statur nach war es ein Mann. Und er fuhr ziemlich schnell. Ursel erkannte eine schwarze Pudelmütze und eine dunkelblaue Wachsjacke, die der Mann trug. »Wer ist das denn?«, fragte sie und deutete mit dem Kopf in die Richtung, aus der er kam.

»Das ist einer unserer Fischer, Jörn«, antwortete Karin. Und schon radelte er an ihnen vorbei.

»Hej, Jörn, wo willst du denn so spät noch hin?«, rief Karin.

Aber er antwortete nicht.

»So ein Brummbär«, sagte Karin. »Er wird immer störrischer.«

Ursel sah ihm nach. »Ohne seine Pfeife hätte ich ihn fast nicht erkannt.«

Da sagte Elsbeth: »Ich frage mich, wo er hin will. Neulich habe ich ihn auch von meinem Fenster aus gesehen, da kam er aus der anderen Richtung. Es war mitten in der Nacht. Ich dachte, er kommt vom Fischen, aber eigentlich liegen die Boote viel weiter vorne am Strand.« Sie runzelte die Stirn. »Das war, als Edoardo bei uns in der Küche auftauchte.«

»Jörn ist bestimmt auf dem Weg zum Campingplatz«, sagte Karin.

»Nein!«, erwiderte Ursel bestimmt. »Komm nicht auf dumme Gedanken. Mir reicht es für heute.«

»Mir auch«, sagte Elsbeth. »Ich brauche jetzt einen Whisky mit Tee.«

Wohlige Wärme schlug ihnen entgegen, als sie das Haus betraten. Ursel hatte die Heizung ein wenig aufgedreht. Sie mochte nicht frieren, sie hasste kalte Füße und wenn sie eine kalte Nasenspitze bekam, weil Elsbeth und Karin Heizkosten sparen wollten und lieber in ihren dicken Strickjacken herumsaßen. »Umziehen und Treffen in der Küche?«, fragte sie. »Oder lieber im Wohnzimmer?«

»Im Wohnzimmer«, antwortete Karin. »Das ist gemütlicher.«

Ursel ließ sich in ihrem Zimmer der Länge nach aufs Bett fallen und schloss die Augen. Auf dem Heimweg hatten ihre Köpfe geraucht, als sie über Heiners Tod gesprochen hatten. Sie hatten noch nicht alle Zusammenhänge verstanden. Aber sie vermuteten, dass Heiner vom Drogenhandel Wind bekommen und lange Finger gemacht hatte. Vielleicht war er sogar darin verwickelt, wie der Spruch, den Undine Elsbeth anvertraut hatte, vermuten ließ. Heiner war wohl noch nicht lange auf der »salzigen Seite der Macht«.

Die Jogginghose gehörte zu den Dealern, wenn nicht sogar zur Mafia. Edoardo könnte der Zeuge sein, den Olaf in Probsteierhagen gegenüber Liebermann erwähnt hatte. Die Frage war nur, ob Edoardo ein verdeckter Ermittler war, wie Elsbeth mit ihrer rosaroten Brille vermutete. Oder ob er tatsächlich einer der Bösen war, aber gleichzeitig ein Informant. Woher die Drogen kamen, wussten sie auch noch nicht. Der Campingplatz schien etwas damit zu tun zu haben. Und Ursel war sich sicher, dass ein Fischer, vielleicht sogar mehrere, ihre Finger im Spiel hatten. Nacht für Nacht fuhren sie aufs Meer hinaus. Dort konnte man leicht auf Schmuggler treffen, die mit ihren Booten Drogen aus anderen Ländern brachten.

Als es an ihrer Tür klopfte, zuckte sie erschrocken zusammen. »Kommst du, Ursel?«, rief Karin.

Sie setzte sich im Bett auf und sah auf die Uhr. Es war schon halb zwölf. Alle waren zu Nachteulen geworden.

Schnell zog sie ihren kuscheligen, weinroten Nickihausanzug an und machte es ausnahmsweise mal so wie Karin. Sie schlüpfte in dicke, schwarze Stoppersocken.

Im Wohnzimmer warteten Elsie und Karin schon auf sie. Auf dem Couchtisch standen eine Kanne Tee, drei Tassen, eine Flasche Malt Whisky und eine Flasche Stroh Rum.

»Findet ihr es gut, dass wir jetzt Alkohol trinken?«, fragte Ursel. »Vielleicht sollten wir lieber nüchtern bleiben. Wer weiß, was noch alles passieren kann.«

»Heute passiert gar nichts mehr«, sagt Elsbeth. »Außer, dass Olaf gleich nach Hause kommt und wir endlich alle ins Bett fallen und schlafen können. Ich bin nämlich hundemüde.«

»Das sehe ich auch so, Elsie«, sagte Karin und goss einen kräftigen Schluck Rum in ihren Tee.

»Der hat achtzig Prozent, Karin«, warnte Ursel.

»Genau das, was ich jetzt brauche.«

Auch Elsbeth, die sonst die Vernünftige von ihnen war, hatte nichts gegen ihren Whisky einzuwenden.

»Dann bleibe *ich* eben nüchtern«, entschied Ursel. »Damit wenigstens eine von uns einen klaren Kopf behält.«

Sie tat Kandis in die Tasse und freute sich, als sie die heiße Flüssigkeit darüber goss und es knisterte. Dann gab sie noch etwas Sahne dazu.

»Sollen wir ein bisschen kniffeln?«, fragte sie. »Zur Ablenkung.«

»Nein.« Karin griff nach der Fernbedienung. »Lass uns schauen, was gerade läuft. Ich will jetzt nicht nachdenken, sondern mich berieseln lassen.« Sie schaltete das Gerät ein. Im Ersten lief natürlich gerade ein Krimi, in dem ein Mann eine Frau durch den Wald jagte. Karin schaltete weiter, bis sie eine Sendung über Tiere fand. »Das ist heute genau das Richtige für uns«, sagte sie. »Disneys lustige Welt der Tiere, das geht immer.«

Sie sahen, wie die Tiere im Okavango-Becken einmal im Jahr vergorene Früchte von den Bäumen aßen und dann betrunken herumtorkelten, dabei tranken sie Tee – und warteten.

Obwohl Ursel sehr müde war, schlief sie nicht ein. Und ihre zwei Freundinnen auch nicht. Um ein Uhr war die Sendung zu Ende und Olaf immer noch nicht da.

»Langsam mache ich mir Sorgen«, sagte Ursel.

»Das mache ich mir schon die ganze Zeit.« Elsbeth stand auf, ging zur Terrassentür und öffnete sie. »Ich brauche frische Luft.«

»Ist das Reh wieder da?«, fragte Ursel und stellte sich neben sie.

»Welches meinst du, das echte?« Elsbeth schaute nach draußen. »Nein, es ist alles ruhig.«

In diesem Moment hatte der Wind schon eine Wolke beiseitegeschoben, und der Mond beleuchtete den Garten und den alten Apfelbaum, den sie vor über fünfzig Jahren gepflanzt hatten. Es war Notwehr gewesen, keine von ihnen wäre verurteilt worden. Das Schwein, das sie dort begraben hatten, hatte sich an mehreren Frauen vergangen. Und wenn Elsie, Agathe und Karin ihr nicht geholfen hätten ... Prompt zwickte es Ursel in die Schulter. »Es ist schon verrückt, wie einen manche Dinge ein Leben lang verfolgen«, sagte sie.

Elsbeth legte Ursel den Arm um den Rücken. »Wir sind stark, das waren wir immer. Alle vier, Agathe, Karin, du und ich. Manchmal holt uns die Vergangenheit ein, aber wir haben uns unser Leben nicht von ihr diktieren lassen. Und das ist es, was zählt.«

»Das hast du schön gesagt, Elsie.« Ursel ließ den Kopf an Elsies Schulter sinken. »Ich hoffe nur, dass Olaf nichts passiert ist. Er würde mir fehlen.«

»Mir auch.« Elsbeth streichelte Ursel über den Rücken. »Bestimmt taucht er wohlbehalten wieder auf und hat uns dann hoffentlich eine Menge zu erzählen. Ich brenne vor Neugier.«

»Ich auch«, sagte Ursel.

Da ertönte ein lautes Schnarchen aus dem Sessel. Karin war eingeschlafen.

»Vielleicht sollten wir alle ins Bett gehen«, schlug Elsbeth vor.

Aber Ursel schüttelte den Kopf. »Ich bleibe hier sitzen, bis er wiederkommt, notfalls bis morgen früh.«

»Ich auch«, murmelte Karin und setzte sich abrupt auf. »Erinnert mich nur daran, dass ich Biermann morgen von den giftgrünen Pumps erzähle, die die Jogginghose geküsst hat. Ich habe ein Foto von ihrem Auto gemacht, es hatte ein Plöner Kennzeichen.«

»Ich schicke dir gleich eine Erinnerung«, sagte Ursel.

Elsbeth schloss die Terrassentür und machte es sich wieder auf der Chaiselongue bequem.

Ursel legte sich aufs Sofa und griff nach ihrem Handy, um Karin eine Nachricht zu schicken.

»Verdammt!« Sie hatte es auf lautlos gestellt, als sie sich auf die Suche nach Olaf gemacht hatten, aus Angst, sie könnte angerufen und entdeckt werden. »Olaf hat mir geschrieben. Vor einer halben Stunde.«

»Was schreibt er denn?«, fragte Karin.

»Liebe Ursel, keine Sorge. Es geht mir gut. Ich übernachte heute in meinem alten Zuhause und werde morgen zu euch kommen und alles erklären. Liebe Grüße Olaf«, las Ursel vor. Sie seufzte. »Dann können wir ja jetzt schlafen gehen.«

»Gut!« Sofort stand Elsbeth auf.

Und auch Karin erhob sich. »Komm, Ursel, ab ins Bett!«

»Ich leite die Nachricht eben noch an Linda und Benny weiter, damit sie wissen, dass alles in Ordnung ist«, sagte Ursel.

»Wer geht zuerst ins Bad?«, fragte Elsbeth.

»Du«, antwortete Karin. »Aber beeil dich. Ursel und ich gehen nach dir.«

»Ich habe noch nie verstanden, warum ihr so gerne zu zweit ins Bad geht«, sagte Elsbeth und knipste das Licht im Wohnzimmer aus.

Für einen kurzen Moment hatte Ursel das Gefühl, aus den Augenwinkeln eine Gestalt im Garten zu sehen. Aber als sie genauer hinsah, war sie verschwunden. Wahrscheinlich war es nur das Mondlicht, das seine Schatten warf. Es würde eine Weile dauern, bis sie alles Erlebte verarbeitet hatte. Bisher hatte sie keine Minute bereut, dass sie den Ostsee-Mordclub gegründet hatten. Aber es forderte ihr schon einiges ab, wenn sie ehrlich war.

Sie ging hinter Elsie und Karin die Treppe hoch, und während Elsie im Bad herumwerkelte, ging sie mit auf Karins Zimmer.

Karin öffnete die oberste Schublade ihrer Kommode. »Ich habe Walther unter Jutta gelegt. Unter meiner Spinne ist sie gut aufgehoben«, sagte sie, holte die Waffe raus und sah vorne in den Lauf. »Meinst du, Edoardo hatte recht, und sie funktioniert wirklich nicht? Als ich nämlich in der Nacht, als er in der Küche bei uns auftauchte, auf ihn gezielt habe, hat er gesagt, ich soll sie runternehmen, wenn sie geladen ist. Das bedeutet für mich, dass sie doch geht. Oder? Wir müssen das unbedingt testen.«

»Das würde ich an deiner Stelle lieber nicht ausprobieren. Zumindest nicht jetzt.« Ursel ging zum Fenster und sah in den Garten. »Aber ich bin dafür, dass wir Walther behalten. Nur so für alle Fälle, auch wenn sie nicht funktioniert. Oder gerade dann.«

»So ähnlich hat Agathe sich damals auch ausgedrückt. Sie wollte die Pistole behalten, für alle Fälle«, sagte Karin. »So wie es aussieht, haben wir den ersten ja nun geklärt.«

Der Mond blitzte wieder hinter einer Wolke hervor. Diesmal sah Ursel es ganz genau. Es war kein Schatten, da war jemand im Garten.

»Das Reh ist wieder da«, sagte sie.

»Das echte?«

»Komm gucken«, antwortete Ursel.

Karin stellte sich neben sie und öffnete das Fenster.

Unten stand Edoardo und sah zu ihnen hoch. »Ciao, le mie due bellezze. Guten Abend, meine beiden Schönheiten.«

»Ciao Edoardo.« Karin winkte fröhlich. »Willst du reinkommen? Sollen wir dir die Tür aufmachen?«

»Das schaffe ich allein. Nicht erschrecken, wenn gleich jemand durch euer Haus schleicht. Wo ist Elisabetta? Ist sie auf ihrem Zimmer?«

»Im Bad«, antwortete Ursel.

»Bene!« Er legte den Finger auf seine Lippen. »Nichts verraten.«

Eben stand er noch da, und dann war er schon wieder weg.

»Wie ein Geist«, sagte Karin.

»Ein Geist, der sich gleich in Elsbeths Zimmer schleicht.« Ursel lächelte breit. »Ich hoffe für sie, er bleibt die ganze Nacht.«

Karin machte große Augen. »Meinst du?«

»Komm!«, Ursel nahm Karin an der Hand und zog sie zur Zimmertür. Beide hielten ihr Ohr dagegen.

Es dauerte nicht lang, da hörten sie einen hellen Aufschrei, kurz gefolgt von Elsbeths glücklichem Lachen.

27.

Elsbeth

Als Elsbeth am Morgen in die Küche kam, saßen Ursel und Karin am Tisch und sahen sie erwartungsvoll an.

»Guten Morgen«, grüßte Elsbeth fröhlich und schnupperte in die Luft. »Gibt es schon Kaffee?«

»Für einen oder zwei?«, fragte Karin.

Elsbeth sah sich um. »Für eine. Oder siehst du hier noch jemanden?«

»Nein, Elsie, wir sehen nur dich«, sagte Ursel. Sie wandte sich an Karin. »Findest du nicht auch, dass unsere Elsie wie ein frisch beglücktes Eichhörnchen aussieht? Ihr Haar ist struppig, ihre Wangen sind rosig, und da ist dieses kleine Lächeln, das ihre Lippen umspielt.«

»Ich finde, sie sieht eher aus wie ein Reh«, sagte Karin. »Eine Ricke, um genau zu sein. Aber mit dem frisch beglückt könntest du recht haben.«

Elsbeth schenkte sich eine Tasse Kaffee ein und setzte sich lächelnd zu den beiden an den Tisch.

»Wenn du nicht gleich erzählst, platze ich vor Neugier«, sagte Karin.

»Das möchte ich natürlich vermeiden.« Elsbeth nippte an ihrer Kaffeetasse. »Was genau wollt ihr denn wissen?«

Beide antworteten gleichzeitig.

»Ist er ein verdeckter Ermittler?«, fragte Karin.

Ursel hingegen interessierte sich für andere Dinge. »Ist er ein guter Liebhaber? Hattest du Spaß?«

»Ja«, sagte Elsbeth.

»Was, ja?« Ursel sah sie auffordernd an. »Erzähl, Elsie!«

»Zweimal ja. Edoardo arbeitet als verdeckter Ermittler bei der Drogenfahndung. Er und Olaf kennen sich von früher. Der Mann, den wir gestern im Haus von Olafs Vater geschnappt haben, deine Jogginghose, Karin, wird in Mafiakreisen ›das Krokodil‹ genannt. Und jetzt fragt mich bitte nicht, warum sie den Mann so nennen, das wusste Edoardo auch nicht. Auf jeden Fall hat er unseren Heiner auf dem Gewissen. Und er hat Edoardos Messer dafür benutzt, damit der Verdacht auf ihn fällt.«

»Weil Edoardo ihn entlarvt hat!«, sagte Karin.

»Nein. Es ging nur um eine Rivalität. Edoardo war ihm ein Dorn im Auge.«

»Es ging also gar nicht um die Drogen, die Heiner in der Tasche hatte?«, fragte Karin.

»Doch«, antwortete Elsbeth. »Aber so konnte der Täter zwei Fliegen mit einer Klappe schlagen. Den gierigen Postboten loswerden, der auch noch eine Gefahr war, weil er herausgefunden hatte, dass zwei Fischer Drogen übers Meer schmuggelten und auf dem Campingplatz ihr

Lager hatten. Und Edoardo ins Rampenlicht der Ermittlungen rücken.«

»Welche Fischer?«

»Jörn«, antwortete Elsbeth. »Und den zweiten werdet ihr nie erraten.« Elsbeth schaute ihre Freundinnen an. »Kommt, überrascht mich!«

Ursel tippte mit den Fingern auf den Tisch. »Jemand aus der Nachbarschaft also.«

Da schlug Karin mit der flachen Hand auf den Tisch. »Lothar!«, rief sie. »Jörn und er waren befreundet.«

Elsbeth nickte anerkennend. »An dir ist echt eine Ermittlerin verloren gegangen, Karin.«

»Er ist also gar nicht die Treppe runtergefallen?«, fragte Ursel mit großen Augen.

»Doch. Aber ob es tatsächlich ein Unfall war, steht noch nicht fest. Ein paar Tage zuvor hatte Heiner Post für Lothar. Und weil niemand aufgemacht hat, ist er ins Haus gegangen. Dabei hat er Lothar mit dem Kokain rumhantieren sehen und hat heimlich was eingesteckt. Dann hat Heiner ein bisschen rumspioniert, hat Lothar und Jörn am Campingplatz gesehen und ihnen gesagt, dass er mitmachen will. Die beiden haben es dem Krokodil gesagt. Dann ist Lothar die Treppe runtergefallen. Und kurz darauf saß unser Heiner tot im Strandkorb.«

»Das klingt für mich plausibel«, sagte Ursel. »Heiner wollte am Geschäft beteiligt werden. Aber er hat nicht bedacht, dass er sich damit auch mit der Mafia eingelassen hat.«

»Genau!«, sagte Elsbeth.

Da sah sie aus dem Fenster, wie ein cremefarbener Thunderbird am Straßenrand hielt. »Olaf kommt!«

Sie blieben sitzen und warteten.

Als Olaf die Küche betrat, sagte er: »Guten Morgen, meine Engel.« Er hielt eine Flasche Sekt hoch. »Wir haben etwas zu feiern.«

Karin prustete neben Elsbeth. »Du bist ein echter Knaller, Olaf! Engel!«

»Drei Engel für Olaf«, sagte Ursel. »Was für eine charmante Idee.«

»Wollen wir darauf anstoßen?«, fragte Olaf.

»Sehr gerne, aber wisst ihr was? Ich bin dafür, dass wir zu Benny in die Barkasse gehen und mit ihm gemeinsam anstoßen«, schlug Elsbeth vor.

»Das machen wir«, antwortete Olaf.

Sie zogen ihre Jacken an und stiegen die Stufen zum Deich hinauf. Oben hakte sich Ursel bei Karin ein.

»Darf ich, Olaf?«, fragte Elsbeth und schob ihren Arm hinter seinen.

In gemächlichem Tempo schlenderten sie den Weg entlang, links die Ostsee, rechts die Häuser der Schönberger Strandbewohner. Sie alle würden in den nächsten Nächten etwas besser schlafen können.

»Und, Olaf?«, sagte Elsbeth. »Was hast du für Pläne für die Zukunft? Bleibst du bei uns?«

»Ja«, sagte er. »Aber sei mir nicht böse, mein Haus behalte ich erst einmal. Vielleicht zieht meine Enkeltochter irgendwann ein. Aber erst, wenn ich ganz sicher bin, dass es mit uns auf Dauer klappt.«

»Das verstehe ich nur zu gut.«

Schweigend gingen sie weiter. Ein leichter Wind wehte ihnen entgegen. Elsbeth dachte an Edoardo und daran, dass sie ihn vorerst nicht wiedersehen würde. Er war untergetaucht und wollte sie nicht in Gefahr bringen. Aber ihr blieben die Erinnerungen an eine wundervolle Nacht. Sicher würde sie ihn vermissen und hätte nichts gegen eine Wiederholung einzuwenden. Aber sie hatte immer noch ihre Freundinnen. Sie war nicht allein. Und darauf kam es am Ende doch an.

»Was ist mit Linda?«, fragte sie.

»Sie ist nett«, sagte Olaf. »Ich mag sie, sehr sogar. Aber ...« Er suchte nach den richtigen Worten. »Es funkt nicht wirklich.« Er betrachtete Elsbeth von der Seite. »Edoardo hat dich zum Leuchten gebracht. Du wirkst glücklich. Das ist mir mit Linda nicht gelungen.«

»Da täuschst du dich, Olaf«, sagte Elsbeth. »Glücklich bin ich nicht.« Sie räusperte sich und flüsterte ihm ins Ohr: »Ich habe einfach nur den bisher besten Sex meines Lebens gehabt.«

Olaf hielt sich den Bauch vor Lachen. »Elsbeth, das aus deinem Mund!«

Vor ihnen blieben Karin und Ursel stehen. »Was ist los, warum lachst du so, Olaf?«

Er wischte sich die Tränen aus den Augen. »Eure Freundin hat mir gerade Hoffnungen gemacht.«

»Was?« Elsbeth schüttelte den Kopf. »Wie kommst du denn darauf?«

»Ich höre zu. Du hast das kleine, aber bedeutungsvolle Wörtchen ›bisher‹ benutzt.«

Jetzt fing auch Elsbeth an zu lachen. Sie mochte seinen Wortwitz. »Wir verstehen uns, wir beide, Olaf!«

»Das ist nicht zu übersehen«, sagte Karin. »Aber nur mal so fürs Protokoll: Liebesgeschichten innerhalb der WG sind tabu. Das bringt nichts als Ärger.«

»Sie hat doch jetzt Edoardo«, sagte Ursel.

»Der ist weg«, erwiderte Karin und sah Elsbeth und Olaf streng an.

»Abgemacht«, sagte Olaf und lachte wieder. »Wer hätte gedacht, dass wir so viel Spaß miteinander haben.«

Sie gingen weiter.

Bei dem Mann im Sturm blieben sie stehen. Elsbeth sah zur Seebrücke. Darauf standen ein Mann und eine Frau Arm in Arm und blickten aufs Wasser.

Olaf hatte sie auch bemerkt. »Kai und Undine Liebermann«, sagte er. »Ich will jetzt nicht herzlos klingen, und ich glaube auch nicht, dass alles im Leben einen Sinn hat. Aber es ist gut, wenn man auch im Schlimmen etwas Positives sehen kann. Heiners Tod hat die beiden wohl wieder näher zusammengebracht. Wie ich gehört habe, hatten sie anscheinend ernsthafte Probleme miteinander. Sie wollten sich sogar scheiden lassen.«

»So wie wir gehört haben, dass Undine Heiners Geliebte war. Und dann kommt raus, dass er sich in eine

Singlefrau verliebt hat?«, fragte Elsbeth. »Ich weiß nicht, Olaf. Aber ich finde, man sollte nicht alles glauben, was man so hört.« Sie sah zu den beiden. »Und wenn sie es tatsächlich vorhatten oder auch noch haben, dann ist es ganz allein ihre Sache.«

»Da hast du recht, Elsie«, sagte Olaf. »Das war gedankenlos von mir daher geplappert.«

Er hatte sie tatsächlich gerade Elsie genannt. Das durften eigentlich nur Karin, Ursel und natürlich Agathe. Aber immerhin hatte er ihr Erbe angetreten. Und außerdem mochte sie nicht nur seinen Wortwitz, sondern auch die Kritikfähigkeit, die er gerade bewiesen hatte.

Elsbeth hakte sich wieder bei ihm ein, und sie gingen weiter den Weg hinunter, der zur Strandvilla und die daran angrenzende Barkasse führte. Vor der Tür standen zwei Handwerkswagen.

»Oh, da wird wohl endlich die Sauna im Keller der Strandvilla gebaut«, sagte Ursel.

»Wie die Zeit vergeht«, sagte Karin. »Jetzt bin ich eine alte Frau, aber manchmal fühle ich mich noch wie das Kind, das da mit seiner Mutter neben dem Brunnen im Keller geschlafen hat. Geht es euch auch so? Dass die Kindheitserlebnisse plötzlich wieder ganz nah sind?«

»Ja!«, sagte Olaf. »Mir geht es auch so, besonders seit Agathe nicht mehr bei uns ist, fallen mir immer wieder Dinge ein, die wir als Kinder gemacht haben.«

In der Barkasse verabschiedete Benny sich gerade von dem Eigentümer des Hotels und dessen rechter Hand Gabriele, die Elsbeth sehr schätzte. Sicher waren die beiden hier, um über die geplanten Umbaumaßnahmen zu sprechen. Sie hatten einen Königspudel mit einem blauen Halsband und einen hellen, etwas moppeligen Labrador dabei. Beide Hunde schauten aufmerksam zu ihnen, als sie das Restaurant betraten. Fred hatte es sich unter einem der anderen Tische bequem gemacht und schlief. Er war wieder der friedlichste Hund der Welt.

»Mist!«, entfuhr es Karin, als die beiden mit ihren Hunden das Restaurant verließen und über die Straße zu ihren Autos gingen. »Ich habe vergessen, Borowski von der Frau mit den giftgrünen Pumps zu erzählen.«

»Keine Sorge, das habe ich erledigt«, sagte Benny und strahlte sie alle an. »Guten Morgen erst einmal.«

»Guten Morgen.« Olaf hielt den Sekt hoch. »Wir dachten, wir stoßen gemeinsam auf unseren kleinen Erfolg an.«

Benny ging hinter die Theke und stellte fünf Kelche darauf.

Ursel stellte sich neben Elsbeth an die Bar und sagte leise: »Nur damit du es weißt, Elsie. Du kommst nicht umhin, meine Frage zu beantworten, was das Reh betrifft.«

»Das habe ich doch schon. Ja, er ist ein guter Liebhaber.«

»Das freut mich, Elsie, das freut mich«, antwortete Ursel. »Den besten Sex meines Lebens hatte ich auch mit

Mitte siebzig. Aber du weißt schon, dass ich dich so lang löchern werde, bis du die Details rausrückst, oder?«

Elsbeth lachte laut auf. Und Ursel stimmte mit ein.

»Was ist denn, warum lacht ihr so?«, fragte Karin.

»Das erzählen wir später«, antwortete Ursel.

Olaf nahm die Flasche, schenkte ein, sie erhoben die Gläser, und Olaf sagte: »Auf den Ostsee-Mordclub.«

»Auf Heiner und Lothar«, sagte Elsbeth.

Sanft stießen sie mit den Gläsern aneinander.

Wie Elsbeth erwartet hatte, hatte Olaf einen besonders guten Tropfen ausgesucht. Der Sekt prickelte zart in ihrer Kehle.

In diesem Moment kam einer der Handwerker in Arbeitskleidung über den Flur der Strandvilla in die Barkasse. Er sah bleich aus, leichenblass sogar.

»Unten im Keller liegt ein Skelett«, sagte er.

Elsbeth hätte es für einen schlechten Scherz gehalten, wenn der Mann nicht so verdammt blass um die Nase gewesen wäre.

Auch Olaf hatte den Ernst der Lage erkannt. »Wo?«

»In dem alten, verschlossenen Brunnenschacht«, sagte er. »Wir wollten ihn ausmessen, um ihn mit Beton aufzufüllen, da haben wir etwas blitzen sehen. Und als wir genauer hinsahen ...«

»Das gibt es nicht«, sagte Karin. »Eben haben wir noch über den Brunnen geredet, und jetzt ...«

»Dann schauen wir mal nach«, sagte Olaf.

Gemeinsam gingen sie in den Keller.

Unten waren noch zwei andere Handwerker. Einer von ihnen hielt einen hellen Scheinwerfer in der Hand. »Wer auch immer da liegt, liegt da schon lange.«

Er leuchtete nach unten.

Elsbeth, Olaf, Karin, Ursel und Benny schauten in das Loch, das sich vor ihnen auftat.

Es stimmte. Unten auf dem Boden lag ein Skelett. Der Arbeiter leuchtete direkt auf den Schädel.

»Das ist unmöglich«, sagte Ursel neben Elsbeth, und Elsbeth wusste, was ihre Freundin meinte. Im Gebiss des Schädels blitzten zwei goldene Schneidezähne.

»Ist das etwa Curd?«, fragte Karin. »Ich dachte, er wäre auf See verschollen. So hat Agathe es uns erzählt. Sie hat doch gesehen, wie er auf das Schiff gegangen ist.«

»Haben Sie schon die Polizei informiert?«, fragte Olaf die Handwerker.

Alle drei schüttelten den Kopf.

Olaf griff nach seinem Handy. »Hallo Enno, hier ist Olaf. Könnt ihr die Spurensicherung schicken? Wir haben im Keller der Strandvilla Seelust ein Skelett gefunden.«

Elsbeth hatte sich auf ein paar ruhige Tage gefreut. Sie brauchte Zeit, um all das zu verarbeiten, was in den letzten Tagen passiert war. Das konnte sie jetzt vergessen. Denn da unten lag Agathes Mann Curd, da war Elsbeth sich sicher.

»Vielleicht war es ein Unfall«, sagte Ursel. »So etwas soll ja vorkommen. Einmal nicht aufgepasst – und schwupps –, rutscht man aus.«

»Das nehme ich auch an«, sagte Karin mit fester Stimme.

Elsbeth schwieg. Agathe hatte immer wieder betont, wie sehr sie Curd liebte. Elsbeth hatte ihrer Freundin das Glück gegönnt und es nie in Frage gestellt. Sie persönlich hatte jedoch immer ein unangenehmes Gefühl in der Nähe von Curd gehabt.

»Lasst uns oben warten«, schlug Benny vor.

Die Handwerker schlossen sich ihnen an. Alle gemeinsam gingen sie nach draußen, um etwas frische Luft zu schnappen. Sie standen auf der Treppe und warteten. In der Ferne hörten sie das Martinshorn näher kommen. Fred setzte sich neben Benny und schnupperte aufmerksam in die Luft. Etwa achtzig Meter von ihnen entfernt rollte die Ostsee im stetigen Rhythmus auf das Ufer zu und wieder zurück. Die See hatte ihre Geheimnisse, so wie sie alle. Ein Lächeln umspielte Elsbeths Lippen. Auch sie hatte ein kleines Geheimnis. Sie wusste, wie Edoardos richtiger Name lautete.

Olafs Pizza

Hefeteig:

400 g Mehl
100 g Grieß (egal welcher)
1 Päckchen Trockenhefe
1 TL Salz
2 TL Zucker
325 ml lauwarmes Wasser
50 ml Olivenöl

Belag:

5 mittelgroße Kartoffeln, gekocht und geschält
2 Birnen, mittelfest, geschält, entkernt
1 EL frische Rosmarinblätter
Saft einer Zitrone
100 ml Olivenöl
1 Knoblauchzehe
1 Dose gehackte Tomaten, Salz, Pfeffer
200 g geriebener Käse oder Mozzarella in Scheiben
8 Scheiben Bacon

Teig:
Mehl, Grieß, Hefe vermischen. Alle anderen Zutaten

dazugeben und zu einem geschmeidigen Teig verkneten. In einer geölten Schüssel abgedeckt an einem warmen Ort eine halbe Stunde gehen lassen.

Belag:
Zitrone auspressen und mit dem Öl mischen. Knoblauch pressen oder kleinhacken und dazugeben. 1 gestrichener Teelöffel Salz und die Rosmarinnadeln einrühren.

Kartoffeln und Birnen in etwa fingerdicke Scheiben schneiden und mit der Marinade mischen.

Gehackte Tomaten mit der Gabel zerdrücken und mit Salz und Pfeffer würzen.

Backofen auf 200 Grad Umluft stellen.

2 Backbleche jeweils gut einölen und dünn mit Grieß bestreuen.

Hefeteig in vier Teile teilen. Auf einer bemehlten Arbeitsfläche zu länglichen Pizzen ausrollen – nicht zu dünn. Jeweils zwei nebeneinander auf ein Blech setzen.

Etwas Tomatensoße darauf verteilen und den Käse daraufstreuen. (Der Käse kommt unter den Belag, nicht drüber!)

Nun die Kartoffelscheiben und jeweils 2 Baconscheiben darauflegen.

Die Pizza wird sehr heiß, aber nicht zu lang gebacken. Etwa 10 bis 12 Minuten bei 200 Grad Umluft.

Autorin

Jette Jakobi ist das Pseudonym von Andrea Russo und ihrer Tochter Christin-Marie Below, die unabhängig voneinander Romane veröffentlichen, die nicht selten die Bestsellerlisten erklimmen. Sie kennen sich aus mit der Küste und den Menschen, die dort leben – so wie Elsbeth, Karin und Ursula, den Hauptfiguren aus »Heiner ist tot«, dem Beginn der Ostsee-Mordclub-Serie. Weitere Titel von Jette Jakobi sind bei Goldmann in Vorbereitung.

Jette Jakobi im Goldmann Verlag:
Heiner ist tot. Der Ostsee-Mordclub ermittelt

(Auch als E-Book erhältlich)

Unsere Leseempfehlung

416 Seiten
Auch als E-Book erhältlich

400 Seiten
Auch als E-Book erhältlich

423 Seiten
Auch als E-Book erhältlich

Norderney 1912: Im eleganten Seebad verbringt die feine Gesellschaft der Kaiserzeit die Sommerfrische. Auch die junge, unabhängige Viktoria Berg genießt die Zeit am Meer, bevor sie ihre Stellung als Lehrerin antritt. Doch die Idylle trügt. Gemeinsam mit dem Hamburger Journalist Christian Hinrichs stößt sie in der adeligen Seebadgesellschaft der Belle Époque bald auf dunkle Geheimnisse …

goldmann-verlag.de

GOLDMANN

Unsere Leseempfehlung

416 Seiten
Auch als E-Book erhältlich

512 Seiten
Auch als E-Book erhältlich

512 Seiten
Auch als E-Book erhältlich

608 Seiten
Auch als E-Book erhältlich

Anwältin Evelyn Meyers aus Wien und Kommissar Pulaski aus Leipzig – ein eher ungewöhnliches Team, das doch der Zufall immer wieder zusammenführt. Gemeinsam ermitteln sie in drei ungewöhnlichen Fällen und folgen den Spuren perfider Serienmörder quer durch Europa…

goldmann-verlag.de